Origin

DAN BROWN

オリジン

上

ダン・ブラウン

越前敏弥［訳］

角川書店

上：ビルバオのグッゲンハイム美術館　下：美術館正面にあるジェフ・クーンズ「パピー（子犬）」©Getty Images

ゴーギャン「われわれはどこから来たのか われわれは何者か われわれはどこへ行くのか」 ©akg-images/アフロ

上：ガウディ設計の〈カサ・ミラ〉　下：〈カサ・ミラ〉屋上の煙突 ©PIXTA

オリジン　上

ORIGIN

by

Dan Brown

Japanese translation rights arranged with Dan Brown
c/o Sanford J. Greenburger Associates, Inc., New York

この先に待つ人生を得るためには、前もって計画した人生を捨て去る覚悟がなくてはならない。

——ジョーゼフ・キャンベル

事実

この小説に登場する芸術作品、建築物、場所、科学、宗教団体は、すべて現実のものである。

〈おもな登場人物〉

ロバート・ラングドン　ハーヴァード大学教授　宗教象徴学専門
エドモンド・カーシュ　コンピューター科学者、未来学者
ウィンストン　人工知能
アンブラ・ビダル　ビルバオ・グッゲンハイム美術館館長
アントニオ・バルデスピーノ　カトリック教会の司教
イェフダ・ケヴェシュ　ユダヤ教のラビ
サイード・アル＝ファドル　イスラム教の法哲学博士（アラマ）
ディエゴ・ガルサ　スペイン国近衛部隊（グアルディア・レアル）司令官
フォンセカ　同隊員
ディアス　同隊員
モニカ・マルティン　マドリード王宮広報コーディネーター
スレシュ・バラ　マドリード王宮職員　電子セキュリティ担当
ルイス・アビラ　スペイン海軍退役提督
フリアン　スペイン国王太子
スペイン国王

プロローグ

昔ながらのラック式登山鉄道が歯形レールを頼りに急勾配をのぼっていくあいだ、エドモンド・カーシュは高みにある鋸状の山頂へ目を向けていた。遠くの崖の切り立った面に石造りの堂々たる修道院が建っていて、まるで魔法で絶壁と融け合ったかのように、宙に浮かんで見える。

スペインのカタルーニャにある、時を超越したその聖所は、四世紀以上にわたって容赦ない重力に耐え、そこに暮らす者を近現代の社会から隔離するという本来の目的にしがみついてきた。

そんな連中が真実を真っ先に知ることになるとは皮肉なものだ、とカーシュは思い、どんな反応が来るかと考えをめぐらせた。歴史によれば、だれよりも危険なのは神に仕える者たちにほかならない……みずから奉じる神がおびやかされたときはなおさらだ。そして自分はいま、火のついた槍をスズメバチの巣へ投げこもうとしている。

やがて、プラットフォームでひとりの人物が待ち受けているのが見えた。骨と皮ばかりのしなびた男で、カトリックの伝統的な紫の法衣と白衣にゆったりと身を包み、頭には球帽をかぶっている。写真どおりの痩せこけた顔立ちを見て、カーシュはいきなりアドレナリンが湧き出るのを感じた。

バルデスピーノ本人がお出迎えとは。

アントニオ・バルデスピーノ司教はまさにスペインの巨頭だ。国王の信頼が厚い友人兼相談役であり、保守的なカトリックの価値観と古きよき政治規範を守ろうとする一派の強硬な最有力者としても君臨している。

「ミスター・エドモンド・カーシュだね」司教が列車からおりたカーシュに声をかけた。

「仰せのとおり、わたしがその罪人です」カーシュは笑顔でそう言って手を差し出し、司教の骨張った手を握った。「バルデスピーノ司教、お会いくださってありがとうございます」

「こちらこそ、要望してくれたことに感謝しているよ」司教の声は予想していたより力強かった——鐘の音さながらのよく通る澄んだ声だ。「科学者から意見を求められることは多くない。とりわけ、きみほどの高名な人物からはね。さあ、こちらへ」

バルデスピーノがカーシュを導いてプラットフォームを進むと、山の冷たい空気が司教の法衣をなぶった。

「正直なところ」バルデスピーノは言った。「こんな風貌の人物とは思いもしなかったよ。いかにも科学者風の男を予想していたのだが、きみはむしろ……」司教は訪問者のしゃれたキートンK50モデルのスーツと、バーカーのオーストリッチの靴へ、蔑みのこもった目を向けた。「〝ナウい〟。そんなことばでよかったろうか」

カーシュは礼儀正しく微笑んだ。〝ヒップ〟ということばが流行ったのはもう何十年も前だ。

「きみのこれまでの業績を調べさせてもらったが」バルデスピーノは言った。「どんな仕事をしているのか、どうもよくわからない」

「わたしの専門はゲーム理論とコンピューター・モデリングです」

「つまり、子供が遊ぶコンピューター・ゲームを作っていると?」

無知を装ってとぼけているだけだ、とカーシュは感じた。実のところ、バルデスピーノはテクノロジーに驚くほど精通していて、その危険性をたびたび警告してきた。「いいえ、ゲーム理論とは数学の一分野であり、将来を予測するためにパターンを研究するものです」

「ほう、なるほど。何かで読んだのだが、以前、ヨーロッパの金融危機を予測したそうだね。耳を貸す者がいなかったにもかかわらず、きみはEUを死の淵(ふち)から引きもどすコンピューター・プログラムを開発し、窮地を救った。そのとき、名言を残している。〝わたしは三十三歳、キリストが復活を成しとげた年齢と同じだ〟だったか」

カーシュは首をすくめた。「まったくひどい物言いでした、司教。若気の至りです」

「若気?」バルデスピーノは小さく笑った。「いま何歳だね……四十ぐらいか」

「ちょうど四十です」

強風で法衣をはためかせながら、老司教は微笑んだ。「〝幸福(さいわい)なるかな、柔和なる者。その人は地を嗣(つ)がん(マタイによる福音書第五章五節)〟とされるが、地は若き者たちの手に渡ったよ——テクノロジーを好み、おのれの魂ではなくモニターを見つめつづける者たちの手に。実を言うと、その先頭に立つ人物に会う機会があろうとは、夢にも思っていなかった。きみは〝預言者〟と呼ばれているそうだな」

「今回に関しては、たいした預言者だとは言えません」カーシュは答えた。「司教や同志のかたがたと内密にお会いしたいと申し入れたとき、受けてくださる可能性はせいぜい二十パーセントだと踏んでいたほどですから」

「同志にも言ったが、信仰の篤き者にとって、不信心者の声に耳を傾けることはいつでも有益だ。悪魔の声を聞いてこそ、神の声をよりよく理解できる」老司教は笑みをたたえた。「むろん冗談だとも。年寄りの戯言を許してくれ。ときおり軽口が漏れてしまう」

そう言って、バルデスピーノ司教は前方を指さした。「ほかの者たちが待っている。こちらへ来てくれ」

カーシュが視線を向けると、断崖の際に灰色の石で造られた巨大な要塞が建っていて、鋭くそびえる崖の何百メートルも下に、山麓の木々が織りなす緑のタペストリーが見えた。あまりの高さに不安を覚えたカーシュは崖から目をそらし、司教を追って崖沿いの凹凸だらけの道を進みながら、これからはじまる会合に思いをはせた。

カーシュが会見を申し入れた相手は、三人の卓越した宗教指導者であり、いずれもつい先日までここで開かれていた大規模な会議に出席していた。

万国宗教会議。

一八九三年、世界各国の宗教の精神的指導者数百人が一堂に会したのが発端で、やがて数年に一度、約一週間にわたって宗教間対話がおこなわれるようになった。これにはキリスト教の司祭、ユダヤ教のラビ、イスラム教のムッラーといった有力指導者たちが世界じゅうから集まるほか、ヒンドゥー教のプジャリ、仏教の比丘、ジャイナ教徒、シーク教徒なども参加する。

この会議が目標として掲げているのは、〝世界の宗教の調和を促し、多様な精神世界のあいだに橋を架けて、あらゆる信仰の交わりを讃える〟ことだ。

気高い試みだとはカーシュは思うものの、無駄骨だとカーシュは見なしていた。昔話や寓話や神話を寄せ集めて、一致点をでたらめに探ったところで意味はない、と。

バルデスピーノ司教の案内で小道を進みながら、カーシュは山腹に目を向け、皮肉な思いに駆られた。モーセは山にのぼって神のことばを授かった……自分は山にのぼって正反対のことをしようとしている。

この山をのぼるのは倫理上の責務を果たすためだ、とカーシュは自分に言い聞かせていたが、大いなる思いあがりがここへ向かわせたという自覚もある――聖職者たちに直接まみえ、差し迫った破滅を予言する愉悦に浸りたかった。

真実を定めるにあたって、あなたがたの役目はもう終わりだ。

「きみの経歴を調べさせてもらった」司教が唐突に言って、カーシュを一瞥した。「ハーヴァード大学の出身だね」

「ええ、学部生でした」

「なるほど。最近何かで読んだのだが、ハーヴァードの歴史ではじめて、自分がキリスト教徒だと考える入学生よりも、無神論者や不可知論者の入学生のほうが多くなったらしい。実に示唆に富む統計データだね、ミスター・カーシュ」

自分に言わせれば、学生たちがますます聡明になっているにすぎない、とカーシュは言い返したかった。

風がいっそう強く吹きつけるなか、ふたりは古びた石造りの建物にたどり着いた。入口のなかは薄暗く、乳香を焚いた強いにおいが立ちこめている。入り組んだ暗い通路で、カーシュは法衣姿の司教のあとを歩きながら、闇に目を慣らそうとした。やがて、やけに小さな木の扉の前まで来た。司教がそこをノックしたあと、腰をかがめて中へ進み、ついてくるよう手ぶりで促す。

不安を覚えつつ、カーシュは足を踏み入れた。

そこは長方形の空間で、高い壁に革装丁の古書が延々と連なっていた。そのうえ、いくつもの自立した書棚がその壁から肋骨(ろっこつ)のように突き出し、ところどころに置かれた鋳鉄のラジエーターが耳障りな甲高い音を立てているので、この空間全体が生き物であるかのような不気味さを醸し出している。目をあげたカーシュは、二階を囲む通路に瀟洒(しょうしゃ)な小柱が並ぶ手すりがあるのを見て、自分がどこにいるのかを確信した。

名高いモンセラット図書館か。入館を許されたことにあらためて驚いた。この聖なる空間におさめられた稀覯(きこう)本は、神に身を捧(ささ)げ、この山で隠遁(いんとん)生活を送る修道士しか閲覧できないとされている。

「内密にとのことだから」バルデスピーノが言った。「ここがいちばん邪魔がはいらなくてね。外部の人間はほとんど足を踏み入れたことがない」

「寛大なご配慮に感謝します」

カーシュはバルデスピーノに導かれ、年配の男ふたりが待ち受ける大きな木のテーブルへ近寄った。左側にすわっているのは、疲れた目ともつれた白い顎(あご)ひげを持つ年老いた男だ。皺(しわ)の寄った黒いスーツと白いシャツを着て、フェドーラ帽をかぶっている。

「ラビ・イェフダ・ケヴェシュだ」司教が言った。「高名なユダヤ哲学者で、カバラ宇宙論を専門に執筆なさっている」

カーシュはテーブル越しに手を差し出して、ラビ・ケヴェシュと恭しく握手をした。「お目にかかれて光栄です」カーシュは言った。「カバラに関するあなたのご著書を何冊か拝読したことがあります。理解できたとは言えませんが、とにかく読ませていただきました」

ケヴェシュが愛想よくうなずき、潤んだ目をハンカチでぬぐった。

「そしてこちらは」バルデスピーノがもうひとりを手で示しながらつづける。「誉れ高き法哲学博士(アラマ)、サイード・アル＝ファドルだ」

崇(あが)められるイスラム学者が立ちあがり、にこやかに笑った。背が低く小太りで、陽気そうな表情は射貫(いぬ)くような黒っぽい目と不釣り合いだ。地味な白い長衣(トウブ)に身を包んでいる。「ミスター・カーシュ、人類の未来に関するあなたの予言を拝読したことがあります。賛同できたとは言えませんが、とにかく読ませていただきました」

カーシュは行儀よく微笑み、相手の手を握った。

「こちらは客人のエドモンド・カーシュ」最後にバルデスピーノがふたりの同志に対して言った。「ご存じのとおり、コンピューター科学とゲーム理論の研究者として、発明家として、またテクノロジーの世界におけるいわば預言者としても高く評価されています。そうした経歴の人物がわれわれ三人と話したいとお申し入れになったもので、これにはわたしもとまどいました。ですから、ここにお越しになった理由は、ご本人から説明してもらいましょう」

そう言って、バルデスピーノ司教は同志ふたりのあいだに着席し、腕を組んで、促すような目でカーシュを見つめた。三人が居並ぶさまは法廷さながらで、学者同士の打ち解けた会合よりも異端審問を思わせる。いまになってカーシュは、自分の椅子が用意されてすらいないことに気づいた。

三人の老人を観察するうちに、怯懦(きょうだ)よりも当惑のほうが大きくなった。では、これがわが愛(いと)しの三位一体、三博士というわけか。

自分の力を示す前にひと呼吸入れようと、カーシュは窓際まで歩いて、眼下の絶景をながめた。陽光を浴びてまだらになった昔ながらの田園風景が深い渓谷のあいだにひろがり、コルセローラ山脈の不ぞろいな頂へとつづいている。何十キロか先のバレアレス海では、嵐の暗雲が水平線を覆いはじめている。

ぴったりだな。カーシュは自分がまもなくこの部屋と、さらには世界じゅうに巻き起こす波乱を思った。

「みなさま」カーシュはいきなり三人のほうへ振り向いて口火を切った。「内密にとお願いしたことは、バルデスピーノ司教からすでにお聞き及びと思います。話を進める前にはっきりさせておきたいのですが、これからお伝えする内容はけっして口外しないでいただきたい。端的に申しあげると、みなさまに沈黙の誓いをお願いしたいのです。賛同してくださいますか」

同意のしるしに三人全員が無言でうなずいたが、念を押すまでもないとカーシュにはわかっていた。これから聞く話を隠そうとするにちがいなく——広めることなどありえない。

「きょうここに来たのは」カーシュは言った。「みなさまがきっと驚かれるであろう科学上の発見をお知らせするためです。人間の経験に関する最も根源的な問いのふたつに答を出そうと、わたしは長年研究を重ねてきました。それに成功したいま、なぜまずみなさまのもとへうかがったかというと、それはこの情報が世界じゅうの宗教信者に深刻な影響を与え、変化を引き起こす恐れがきわめて大きいからです。つまり——崩壊としか表しようのない変化を。いまからお話しする内容を知っているのは、現時点ではこの世にわたしひとりです」

カーシュはスーツの上着のポケットへ手を入れ、特大のスマートフォンを取り出した——自分専用にみずから設計して組み立てたものだ。色鮮やかなモザイク模様のケースに入れたスマートフォンを、カーシュは三人の前にテレビのように掲げた。これをセキュリティのきわめて厳重なサーバーに接続して、四十七文字のパスワードを入力すれば、すぐにでもプレゼンテーションの配信をはじめられる。

「これからお目にかけるのは」カーシュは言った。「世界に向けて発表する予定のものの未編集版で――公表は約一か月後をめどに考えています。しかし、その前に、世界に名だたる有力な宗教思想家であるみなさまのご意見をうかがい、この知らせにだれよりも動揺するであろうかたがたが、はたしてこれをどう受け止めるのか、参考にしたいと思いましてね」

バルデスピーノが不安よりも退屈をにじませつつ、聞こえよがしにため息をついた。「興味をそそる前口上だよ、ミスター・カーシュ。何を見せるつもりであれ、世界の宗教を根底から揺るがすかのような口ぶりだ」

カーシュは古(いにしえ)の聖典の宝庫を見まわした。根底を揺るがすどころではない。粉々にするとも。

カーシュは目の前にいる三人の男を値踏みした。自分がわずか三日後には、周到に準備した大々的な催しをおこない、その場で情報を公開するつもりでいることを、三人は知らない。その晩には、あらゆる宗教の教義に実はひとつの共通点があることを、世界じゅうの人々が思い知るだろう。

どれも大きなまちがいを犯している、ということだ。

1

ロバート・ラングドン教授は、広場に鎮座する高さ十メートル以上の犬を見あげた。その表面は草とかぐわしい花々から成る生々しい絨毯(じゅうたん)で覆われている。

きみを好きになろうと努力はしているんだ。ラングドンは心のなかで話しかけた。嘘じゃない。

もう少しその犬について考えたあと、高架橋を歩きつづけ、なだらかにくだる幅広の階段をおりていった。踏み段が一様ではないので、ここを通る者はふだんのリズムと歩幅で進むことができない。作戦成功。歩きづらい階段で二度つまずきかけたラングドンは、勝手にそう決めこんだ。

階段の下で立ち止まり、目の前に現れた大きな物体を見つめる。

ついにこいつがお目見えか。

眼前に黒い蜘蛛(くも)がそびえ立ち、十メートル近くの高みにある球根状の胴体を何本もの細い鉄の脚で支えている。腹の下に金網で作られた卵嚢(らんのう)がついていて、大理石の卵がいくつか見える。

「名前はママンです」だれかの声がした。

ラングドンが視線を落とすと、蜘蛛の下にほっそりした男が立っていた。黒い紋織りの詰め襟長上着(シェルワニ)を身につけ、サルバドール・ダリ風の滑稽(こっけい)なほど曲がった口ひげを蓄えている。

「フェルナンドと申します」男はつづけた。「こちらで受付をさせていただきます」テーブルに並んだ名札を見ながら言う。「お名前を頂戴してよろしいですか」

「はい。ロバート・ラングドンです」

男ははじかれたように顔をあげた。「ああ、これは大変失礼いたしました！　気づきませんで」

自分でも気づかないくらいだよ、とラングドンは思いつつ、ぎこちなく進み出た。黒の燕尾服、白のヴェスト、白の蝶ネクタイというういでたちだ。まるでイェール大学男声合唱団だな。この年代物の燕尾服は、三十年ほど前、プリンストン大学のアイヴィー・クラブに属していたころに使ったきりだったが、毎日プールを何往復も泳いで地道に鍛えているおかげで、サイズはいまもほぼぴったりだ。あわてて荷造りをしたため、クロゼットでまちがったスーツカバーを引っつかみ、いつものタキシードを置いてきてしまった。

「招待状には、〝黒と白〟──つまり正装という指定があったんだが」ラングドンは言った。「燕尾服ならかまわないだろうね」

「燕尾服はまさしく正装ですとも！　すてきですよ」男は小走りに近づいてきて、上着の襟の折り返しに名札を注意深く留めた。

「お目にかかれて光栄です、教授」口ひげの男は言った。「きっと以前にもお越しくださっているでしょうね」

ラングドンは蜘蛛の脚の隙間から、輝く建物を見やった。「実は、恥ずかしいんだが、はじめてなんだ」

「なんと！」男は倒れるふりをした。「現代美術はお好きではありませんか」

現代美術との戦いなら、ラングドンも日ごろから好んでおこなっていた──ある種の作品が傑作と褒めそやされる理由をただただ知りたいまでだ。ジャクソン・ポロックのドリップ絵画、アンディ・ウォーホルのキャンベルのスープ缶、マーク・ロスコの色つき四角形を重ねただけの絵。とはいえ、やはりラングドンにとっては、ヒエロニムス・ボスの宗教的象徴性やフランシスコ・デ・ゴヤの画法について論じるほうがはるかに楽だった。

「古典のほうが好みでね」ラングドンは答えた。「デ・クーニングよりダ・ヴィンチのほうがいい」

「でも、ダ・ヴィンチとデ・クーニングはそっくりですよ！」

ラングドンは辛抱強く微笑んだ。「だとしたら、もう少しデ・クーニングのことを勉強させてもらわなきゃいけないな」

「でしたら、ここはおあつらえ向きです！」男は腕を振って巨大な建物を示した。「当館では世界屈指の現代美術のコレクションをご覧になれます！　どうぞお楽しみください」

「そのつもりだよ」ラングドンは答えた。「自分がここに来た理由くらいは知りたいものだが」

「それはみなさん、同じですよ！」口ひげの男は首を大きく振って陽気に笑った。「今夜の催しの趣旨について、主催者は秘密主義を貫いています。これから何が起こるのか、美術館の職員でさえ知らないんです。謎そのものがこの会の楽しみの半分でして――ええ、あれこれ噂が飛び交っていますとも！　数百人のお客さまがいらっしゃいますが――著名人も多数お越しです――今夜の予定はどなたもいっさい知りません！」

ラングドンは大きな笑みを浮かべた。〝土曜の夜。ここに来てくれ。信用しろ〟。それだけの内容しかないに等しい招待状を間際に送りつけるなどという不敵な真似ができる主催者は、そうそういない。しかも数百人もの名士に対し、催しに参加するために万障繰り合わせてスペイン北部まで飛んでこさせることのできる人物となると、さらに数がかぎられる。

ラングドンは蜘蛛の下を離れて通路を進み、頭上でひらめく大きな赤い横断幕を見あげた。

エドモンド・カーシュとの夕べ

相変わらずの自信家だな、とラングドンは思い、愉快になった。

二十年ほど前、若きエディー・カーシュは、ラングドンがハーヴァード大学ではじめて教えた学生のひとりだった——モップのような髪のコンピューターマニアで、暗号に興味があったため、ラングドンの一年生向けゼミ「暗号と象徴言語」を受講していた。そのすぐれた知性はラングドンを大いに感心させた。結局カーシュは記号論の古ぼけた世界を捨てて、輝かしいコンピューターの道を選んだものの、ふたりは師弟の絆（きずな）を結び、カーシュの卒業後二十年近くにわたって連絡をとりつづけていた。

いまや教え子が師より先を行っている、とラングドンは思った。何光年も先を。

今日（こんにち）では、エドモンド・カーシュは世界に名だたる独立不羈（ふき）の人物だ——億万の富を持つコンピューター科学者、未来学者、発明家、事業家である。四十歳にしてすでに、ロボット工学、脳科学、人工知能、ナノテクノロジーなど、さまざまな分野での大飛躍をもたらす驚異的な先端テクノロジーを数多く生み出してきた。そして、科学の進歩についていくつも予言を的中させたことで、いまでは神秘的なオーラをまとうようになっている。

不気味なまでに予言があたるのは、自分を取り巻く世界について桁（けた）はずれの知識を具（そな）えているからではないか、とラングドンは考えていた。記憶にあるかぎり、カーシュは昔から飽くことのない愛書家だ――目にはいるものを片っ端から読んでいた。書物への情熱と、内容を吸収する能力にかけては、並ぶ者がまったくない。

ここ数年、カーシュはおもにスペインで生活していた。この国の古きよき魅力や前衛的な建築物、ジン専門の風変わりなバーや非の打ちどころのない気候を愛しつづけているからだ。

一年に一度、カーシュが地元へ帰ってマサチューセッツ工科大学(MIT)のメディアラボで講演をおこなうときに、ラングドンは耳慣れないボストン最先端の人気店でいっしょに食事をする。そこでテクノロジーの話題が出たことは一度もない。カーシュが話したがったのは芸術のことばかりだった。

「わたしにとってあなたは文化との接点なんですよ、ロバート」カーシュはよく軽口を叩(たた)いた。「わたしだけの文学士(バチェラー・オブ・アーツ)というわけだ！」

未婚男性(バチェラー)のラングドンを楽しげに揶揄(やゆ)することばは、一夫一婦婚を〝進化に対する侮辱〟だと糾弾し、長年にわたってさまざまなスーパーモデルと写真を撮られてきた独身仲間の口から発せられるからこそ、強烈な皮肉がきいていた。

コンピューター科学の革新者と聞くと、おもしろみのないハイテクおたくを連想するのがふつうだろう。ところがカーシュは、有名人と交流し、最新流行の服を身につけ、不可解なアングラ音楽を聴き、値がつけられないほど貴重な印象派や現代美術の作品を広く蒐集(しゅうしゅう)して、まさに時代の寵児(ちょうじ)となった。しばしばラングドンにEメールを送ってきて、新たにコレクションに加えようかと検討中の作品について助言を求めたものだ。

そんな男が正反対のことをしようというわけか、とラングドンは胸の内でつぶやいた。

一年ほど前、カーシュは芸術ではなく神について質問して、ラングドンを驚かせた――無神論者とみずから公言する男にしては妙な問いだったからだ。ボストンの〈タイガー・ママ〉でショートリブのクルードの皿を前にして、カーシュは世界の多種多様な宗教の核をなす信仰、中でも天地創造をめぐる諸説について、ラングドンから教えを受けた。

ユダヤ教、キリスト教、イスラム教の創世記から、ヒンドゥー教のブラフマン、バビロニアのマルドゥク神話まで、現代へと受け継がれている信仰について、ラングドンはていねいに概要を語った。

「不思議なんだが」ラングドンはレストランから出るときに尋ねた。「なぜ未来学者のきみが過去にそれほど興味を持つんだ。われらが名高き無神論者もついに神を見いだしたのか？」

カーシュは大笑いした。「甘いですよ、ロバート！　競争相手の品定めをしたかっただけです」

ラングドンは微笑した。いかにもありがちだ。「だが、科学と宗教は対立しているのではなく、同じ話を語ろうとするふたつの異なる言語なんだよ。この世界に両者は共存しうる」

その後一年近く、カーシュからは連絡がなかった。ところが三日前、突然ラングドンのもとに、航空券とホテルの予約確認書、それに今夜の催しへの参加を請うカーシュからの手書きの短信がはいったフェデックスの封筒が届いた――〝ロバート、だれよりもあなたに出席してもらうことが肝心なんです。最後に会ったときのあなたの意見のおかげで、この夜の集いが実現したのですから〟。

ラングドンは困惑した。あのときのやりとりには、未来学者の開く催しと多少とも関係がありそうな内容のことはまったくなかった。

フェデックスの封筒にはほかに、ふたりの人間が顔を合わせている白黒の絵がはいっていた。カーシュからの短い詩が添えてある。

ロバート
顔を合わせたときに
空白を明らかにしましょう。
——エドモンド

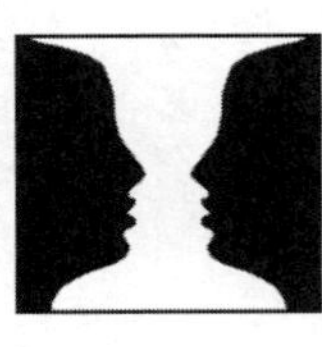

ラングドンはその絵を見て、頬をゆるめた——何年か前にラングドン自身がかかわった事件を巧みにほのめかすものだったからだ。ふたつの顔のあいだの空白部分に、杯すなわち聖杯の輪郭が浮かびあがっている。

いま、ラングドンは美術館の前に立ち、かつての教え子がここで何を発表するのかと興味津々だった。微風に上着の裾をはためかせながら、蛇行するネルビオン川の堤上に延びるコンクリートの歩道を進んでいく。かつてネルビオン川は、繁栄する工業都市の血液だった。空気にうっすらと銅のにおいが混じっている。

道なりにカーブを進み、輝きを放つ巨大な美術館をようやくじっくり見た。全体を一望することはできない。だから、長く延びる奇怪な外形の端から端まで目を動かした。

この建物はただ型を破るのではなく、完全に無視している。これほどエドモンドに似つかわしい場所はない、とラングドンは思った。

スペインのビルバオにあるグッゲンハイム美術館は、異星人の幻覚から飛び出したような外観をしている——ゆがんだ金属の型が渦巻き状に組み合わせられ、それぞれがでたらめに支え合っているふうに見える。はるか先まで延びる無秩序な塊は、三万枚以上のチタン板で覆われており、それが魚の鱗(うろこ)のように光って、有機的でありながら地球のものと思えない雰囲気を漂わせるさまは、まるで未来の海獣(レビヤタン)が日光浴のために岸へ這(は)いあがってきたかのようだ。

この建物がはじめて披露されたのは一九九七年のことで、建築家のフランク・ゲーリーが〝波打つ体にチタンの外套(がいとう)をまとった奇想天外な夢の船〟を造った、と《ニューヨーカー》誌が報じたのをはじめ、世界じゅうの批評家が〝当代最高の建築物〟〝精妙なる輝き〟〝驚くべき建築上の偉業〟などと褒め立てた。

この美術館の開館以降、何十もの〝脱構築主義〟の建築物ができた——ロサンゼルスのウォルト・ディズニー・コンサートホール、ミュンヘンのＢＭＷワールド、そしてラングドン自身の母校の新しい図書館もそうだ。どれも斬新(ざんしん)で型にはまらないデザインと施工が目を引くが、衝撃の大きさでは、どれもこのビルバオのグッゲンハイム美術館にかなわないのではないか、とラングドンは思った。

一歩近づくごとに、チタン張りの建物の正面が姿を変え、角度によってまったくちがった様相を帯びてくる。やがて美術館は、その最も劇的な幻覚を見せつけた。信じられないことに、そこからながめると、巨大な建物がまさしく水に浮かび、外壁を波打つ〝広大無辺〟の人工池の上を漂っているように見える。

ラングドンはしばらくその光景に見入ったのち、鏡を思わせる水面に弧を描くように渡された簡素な橋を通って池を渡りはじめた。半分ほど進んだとき、シューッという大きな音に驚かされた。足もとから聞こえる。その場で立ち止まった瞬間、橋の下から渦を巻いて霧が湧き出てきた。霧は分厚いヴェールとなってラングドンを包みこみ、それから池のほうへあふれ出ると、うねりながら美術館に迫って、その下側全体を呑（の）みこんだ。

〈霧の彫刻〉だ、とラングドンは思った。

何かで読んだことがあるが、これは中谷芙二子（なかやふじこ）という日本の芸術家の作品だ。この〝彫刻〟は目に見える空気で作られているところが画期的で、霧の壁は形を結んでも時間が経てば散る。そのうえ、風や大気の状態は日によって異なるため、現れる彫刻は毎回ちがうものになる。

橋の下からの音がやみ、ラングドンは霧の壁がまるで意思を持つかのように転がりつ這いつしながら池を静かに覆うさまを見つめた。神秘的であるとともに、方向感覚を奪う光景でもある。美術館全体が水に浮かび、雲の上に軽々と乗っているかに見える――まるで海をさまよう幽霊船だ。

ふたたび歩きだそうとしたそのとき、立てつづけに小さな爆発が起こって、穏やかな水面が波立った。だしぬけに五本の火柱が池から空へ噴きあがったのち、ロケットエンジン並みの轟音（ごうおん）を響かせつつ、霧の充満した宙を裂き、美術館のチタンの壁面にまばゆい光を投じた。

ラングドンとしては、ルーヴルやプラドなど、古典的な建築様式の美術館のほうが好みだが、池の上で霧と炎が舞うさまを目のあたりにしたいま、芸術と革新を愛し、未来をはっきりと見通す人物が催しを開くのに、この最先端を行く美術館以上にふさわしい場所は思いつかなかった。

霧のなか、ラングドンは美術館の入口へと歩を進めた。爬虫（はちゅう）類を思わせる建物に不気味な黒い穴があいている。入口の前まで来て、ラングドンは龍（りゅう）の口へはいっていくかのような不安に襲われた。

2

ルイス・アビラ提督は、はじめて訪れた町のさびれたパブでスツールに腰かけていた。十二時間で何千キロも移動する仕事を終えて飛行機で来たばかりだから、旅の疲れが残っている。二杯目のトニックウォーターを少し飲み、カウンターの奥の棚に並ぶ色とりどりの瓶を見つめた。

砂漠ではだれでも酒を断てるが、オアシスで誘惑に屈せずにいられるのは謹厳な者だけだ。

すでに一年近く、アビラは悪魔の誘惑に屈していない。棚の鏡張りの背板に目をやり、見返してくる自分の姿に珍しく満足を覚えた。

アビラは地中海（ちちゅうかい）系人種で、さいわい、歳を重ねることが負債ではなく資産となっている。歳月とともに、黒く硬い無精ひげは半白の立派な顎（あご）ひげに変わり、燃えるような黒っぽい目は険がとれて落ち着いた自信をたたえるようになった。張りのあるオリーブ色の肌は日に焼けて皺（しわ）が寄り、つねに海を見渡してきた男の風格を漂わせている。

六十三歳になっても贅肉（ぜいにく）のない引きしまった体を保っていて、あつらえの制服を着ると、なおさらたくましい体格が引き立つ。この日は全身白の海軍の正装だった――ダブルの白い上着、幅広の黒い肩章、ずらりと並んだ従軍記章、糊（のり）のきいた白い立ち襟のシャツ、シルクの飾りのある白いスラックスという荘厳ないでたちだ。

スペインの無敵艦隊はもはや史上最強とは言えまいが、将校の正しい身ごしらえなら知っているとも。

アビラはこの制服をもう何年も着ていない。だが、今夜は特別だった。さっき、なじみのないこの町の通りを歩いていたとき、男からは敬遠され、女からは好意の目を向けられた。だれしも、掟に従って生きる人間を敬うものだ。

「オトラ・トニカ（トニックのお代わりは）？」美人のバーテンダーが尋ねた。三十代ぐらいのふくよかな体つきの女で、陽気な笑みを漂わせている。

アビラは首を横に振った。「ノ・グラシアス」

パブにはほかに客がなく、アビラはバーテンダーから賞賛のまなざしを向けられているのを感じた。昔のように注目される気分は悪くない。ようやく地の底から這いあがれたのか。

五年前に人生を打ち砕いた惨事は、胸の奥底に永遠にひそみつづけるだろう——あの瞬間、耳をつんざく轟音とともに地面が割れ、わが身を呑みこんでいった。

セビーリャ大聖堂。

イースターの朝。

アンダルシアの陽光がステンドグラスから降り注ぎ、万華鏡さながらに、色とりどりのまばゆい光で石造りの堂内を照らしていた。パイプオルガンが喜びに満ちた祝福の調べを大音量で奏で、何千人もの礼拝者が復活の奇跡を祝った。

アビラは聖体拝領台の前にひざまずき、感謝の思いで胸をいっぱいにした。長い海軍仕えののち、神から最高の贈り物を授かった——家族だ。満面の笑みを浮かべて後ろを振り返り、若き妻マリアを見やった。身重の体で長い身廊を歩くのはつらいので、会衆席にすわっている。かたわらにいる三歳の息子ペペが、父にうれしそうに手を振った。アビラが息子にウィンクをすると、マリアが夫に愛情のこもった笑顔を向けた。

神よ、感謝します。アビラは心のなかで告げ、杯を受けとるために拝領台へ向きなおった。

その直後、すさまじい爆音が穢れなき聖堂を切り裂いた。

閃光が走り、あたり一面が炎に包まれる。

爆風がアビラを拝領台に叩きつけ、破片や人体の一部が灼熱の波となって押し寄せた。意識がもどったとき、立ちこめる煙で息ができず、自分がどこにいるのか、何が起こったのかをしばらく理解できなかった。

やがて、耳鳴りの向こうから苦悶の叫びが聞こえた。アビラはどうにか立ちあがり、そこがどこなのかを悟って戦慄した。何もかも恐ろしい夢だ、と心に言い聞かせた。うめき声をあげたり手脚がもげたりしている犠牲者の体につまずきながら、煙の充満した聖堂をふらつく足で進み、ついさっきまで妻と息子が笑っていたあたりまで懸命にもどった。

そこには何もなかった。

会衆席も。人の姿も。

黒焦げになった石の床に、血まみれの残骸があるだけだった。

陰惨な記憶は、ありがたいことにパブのドアベルが騒々しく鳴る音で破られた。アビラはトニックをつかんですばやく飲み、これまで幾度もしてきたように闇を振り払った。

パブのドアが大きく開き、アビラが振り返ると、たくましい男ふたりが千鳥足で店にはいってきた。調子はずれなアイルランドの応援歌を口ずさみ、身につけたサッカーの緑のユニフォームは腹のあたりがはち切れそうだ。どうやら、午後の試合でアイルランドから来たチームが上々の結果を出したらしい。

出ていく頃合だな、と思い、アビラは立ちあがった。勘定を頼んだが、バーテンダーはウィンクをし、要らないと手ぶりで伝えた。アビラは礼を言い、出ていこうとした。

「おいおい！」新参客の一方がアビラの堂々たる制服を見て叫んだ。「スペインの王さまだぜ！」

ふたりは大声で笑い、ふらふらと近づいてきた。

アビラはそれをかわして出ていこうとしたが、大柄なほうの男に荒々しく腕をつかまれ、スツールへ引きもどされた。「ちょっと待ってくれ、陛下！ おれたちゃ、はるばるスペインまで来てるんだ。王さまといっしょに一杯楽しみたいんだよ！」

アビラはプレスのきいた袖をつかむ薄汚い手を見た。「放してくれ」穏やかに言う。「もう帰らなくては」

「だめだ……あんたはここに残ってビールに付き合わなきゃいけないのさ、アミーゴ」男が袖を握る手に力をこめ、もうひとりが汚い指でアビラの胸の勲章をつつきはじめた。「なかなかの英雄らしいじゃないか」特に貴重な記章を引っ張る。「中世の鎚矛か。ぴかぴかの鎧を着た騎士ってわけだ」高笑いが響いた。

辛抱しろ、とアビラは自分に言い聞かせた。この手の人間には数かぎりなく会ってきた――愚かで、不満ばかりで、何かのために戦ったこともなく、だれかが勝ちとってくれた権利や自由を節操もなく使い散らす者たちだ。

「いや」アビラは落ち着いた声で応じた。「鎚矛はスペイン海軍海兵隊特殊作戦班のしるしだ」

「特殊作戦班？」男は怯えて震えるふりをした。「たいしたもんだな。じゃあ、そっちはなんのしるしだ」アビラの右手を指さす。

アビラは自分の手のひらに目をやった。柔らかな手のひらの真ん中に、黒いタトゥーがある——この象徴の起源は十四世紀にまでさかのぼる。

これは自分にとってのお守りだ、とアビラは紋章を見ながら思った。とはいえ、必要になることはないだろう。

「まあ、いい」フーリガンは言い、ようやくアビラの腕を放して、こんどはバーテンダーの女に注意を向けた。「美人だな。百パーセントのスペイン産なのかい」

「そうです」バーテンダーは丁重に答えた。

「アイルランドは混じってない？」

「ええ」

「試してみないか」男は大声で笑い、カウンターを叩いた。

「その人にかまうな」アビラは命じた。

男が振り返ってにらむ。

もうひとりがアビラの胸を強く突いた。「おれたちに指図しようってのか」

きょうの長旅の疲れに襲われながらも、アビラは深く息を吸い、カウンターを手で示した。「ふたりとも、すわってくれ。ビールをおごる」

この人が残ってくれてよかった、とバーテンダーは思った。自分ひとりでもどうにかできるが、海軍将校がふたりの乱暴者を冷静にあしらうさまを見て少し弱気になり、閉店までいてくれないかと祈った。

将校はビールを二杯と、自分のためにトニックウォーターのお代わりを注文し、カウンター席にもどった。フーリガンふたりがその左右に腰かける。

「トニックウォーターだと？」ひとりがあざけった。「いっしょに酒を飲むんじゃなかったのかよ」

将校はバーテンダーに疲れた笑みを向けたのち、トニックウォーターを飲み干した。

「悪いが、予定があってね」腰を浮かして言う。「だが、あんたらはビールを楽しんでいってくれ」

将校が立ちあがると、まるで打ち合わせてあったかのように、ふたりがその肩に荒々しく手をかけて、スツールに押しもどした。将校の目に怒りがひらめいたが、すぐに消えた。

「じいさん、あんたのガールフレンドを置き去りにしたくないだろ？」男がバーテンダーを見て、舌を卑猥に動かした。

将校はじっと無言ですわっていたが、やがて上着の内側に手を差し入れた。

ふたりは将校をつかんだ。「おい！　何してやがる！」

将校はゆっくりと携帯電話を取り出し、スペイン語でふたりに何やら話しかけた。相手が怪訝な顔で見つめ返すばかりだったので、将校は英語に切り替えた。「失礼。妻に電話して、遅れると伝えなくてはと思ってね。しばらくここにいることになりそうだから」

「そう来なくちゃな、じいさん！」大柄なほうの男がビールを飲み干し、カウンターにグラスを勢いよく置いて言った。「もう一杯！」

バーテンダーはグラスを満たしながら、鏡で様子を見ていた。将校が画面のボタンに二、三度ふれてから、携帯電話を耳にあてる。相手とつながったらしく、早口のスペイン語で言った。

「レ・ジャーモ・デスデ・エル・バル・モリー・マローン（〈モリー・マローン〉というパブから救助を要請しています）」目の前のコースターに印刷されている店の名前と所番地を読みあげる。「カジェ・パルティクラール・デ・エストラウンサ・オチョ（パルティクラール・デ・エストラウンサ通り八番）」少し待ったあと、つづける。「ネセシタモス・アユーダ・インメディアタメンテ（至急、救助をお願いします）。アイ・ドス・オンブレス・エリードス」そして電話を切った。

ドス・オンブレス・エリードス？　バーテンダーの鼓動が速くなった。〝怪我人がふたり〟？

その真意に気づく間もなく、白いものがすばやく動いたかと思うと、将校が右へ体をひねりながら腕を振りあげ、大柄なほうの男の鼻をしたたかに打ち砕いた。男は顔を赤く染めて仰向けに倒れる。

もうひとりが反応する前に、将校がこんどは左へ体をひねり、反対の肘(ひじ)を喉笛(のどぶえ)に叩きこむと、相手は喉を押さえてあえいでいる。

スツールから後ろざまに落ちた。

バーテンダーは床に倒れたふたりを茫然(ぼうぜん)と見つめた。ひとりは苦痛で泣きわめき、もうひとりは喉を押さえてあえいでいる。

将校は悠然と立ちあがった。不気味なほど冷静に財布を取り出し、カウンターに百ユーロ札を一枚置く。

「すまなかったな」スペイン語で言う。「すぐに警察が手伝いにくる」そして背を向けて出ていった。

外へ出ると、アビラは夜気を吸いこみ、川へ向かってマサレド通りを進んだ。サイレンの音が近づいてきたので、すばやく物陰に身を隠し、警察車両が通り過ぎるのを待った。なすべき重大なつとめがある身で、今夜これ以上の厄介事に巻きこまれるわけにはいかない。

宰輔は今夜の任務のあらましを明示してくれた。

アビラは宰輔から指示を受けることに心の平安を見いだしていた。決断は要らない。責任を負う必要もない。ただ、行動あるのみだ。長らく人に指図をする立場にあったせいで、船の操縦を人に委ねることに解放感を覚えていた。

この戦いで、自分は歩兵だ。

数日前、宰輔から恐るべき秘密を知らされ、アビラは大義のためにわが身を捧げるしかないと悟った。昨夜の残忍な任務がまだ脳裏に焼きついたままだが、自分の行為は許されると確信していた。

正義にはさまざまな形がある。

そして、さらなる死が今夜のうちに訪れる。

川岸の広場に出ると、アビラは顔をあげて、眼前の巨大な建物を見た。金属の薄板に覆われた醜悪にうねる塊――まるで二千年にわたる建築術の進歩を打ち捨てて、完全なる混沌を選んだかのようだ。

これを美術館と呼ぶ者もいる。自分に言わせれば、化け物だ。

考えにふけりながら、アビラはグッゲンハイム美術館の外に点在する奇怪な彫像のあいだを縫って広場を渡った。建物へ近づくにつれ、黒と白で正装したおぜいの客が群がっているのが見えた。

神なき民の集まりだ。

しかし今夜、このうちのだれひとりとして想像していない出来事が起こる。

アビラは海軍の制帽のゆがみを直して、上着の皺を伸ばし、待ち受ける仕事に向けて心を奮い立たせた。今夜はさらに崇高な任務——正義の聖戦——の一歩となる。

アビラは美術館の入口をめざして中庭を横切りながら、ポケットのなかのロザリオにそっと手をふれた。

3

美術館のアトリウムは、さながら未来の聖堂のようだ。

ラングドンは中へ足を踏み入れ、とっさに天を見あげた。そびえ立つガラスの壁の前に並ぶ巨大な白い柱に視線を伝わせ、五十メートル余り上へ移動させると、アーチ形の天井があり、そこからハロゲンのスポットライトが純白の光を投げかけている。空中に通路とバルコニーが網の目のように張りめぐらされ、そのあちらこちらに黒と白で正装した客がいて、上階のギャラリーから出入りしたり、高窓の前に立って眼下の人工池をながめたりしている。近くにガラス張りのエレベーターが一基あり、地上にもどってまた客を乗せるために、音もなく滑るように壁をくだっていく。

ここはいままでに見たどんな美術館ともちがっている。音響さえも異質だ。ふつうは防音仕様になっていて、おごそかな静寂が生じるが、ここでは石とガラスに跳ね返った声がざわめきとなってこだましている。なじみがあるのは、舌の奥に感じる滅菌された空気だけだった。美術館の空気は世界共通だ――フィルターであらゆる微粒子と酸化性物質をていねいに除去したのち、イオン水で潤いを与えて湿度四十五パーセントに保つ。

驚くほど厳重なセキュリティ・チェックをいくつも通過するあいだに、武装した警備員が少なからずいるのに気づいた。やがてラングドンは別の受付テーブルの前に来ていた。若い女がヘッドセットを差し出す。「アウディオギア（音声ガイド）」

ラングドンは微笑んで答えた。「いや、要らないよ、ありがとう」

ところが、テーブルに近づくと、その受付係が完璧（かんぺき）な英語に切り替えてラングドンを呼び止めた。

「申しわけありませんが、今夜の主催者のミスター・エドモンド・カーシュから、みなさまにヘッドセットの装着をお願いするよう指示されております。今夜の体験の一環だそうです」

「ああ、なるほど。それなら使わせてもらうよ」

ラングドンはヘッドセットをひとつとろうとしたが、受付係は手を振って制止しながら、ラングドンの名札と長い招待客リストを見比べ、名前を見つけると、一致する番号のヘッドセットを渡した。

「今夜のツアーは、お客さまひとりひとりのお好みに合わせて準備しております」

冗談だろう？　ラングドンは周囲を見まわした。招待客は何百人もいるのに。

ラングドンはヘッドセットを観察した。それは優美な曲線を描く金属のバンドで、両端に小さなパッドがついているだけだ。困った顔に気づいたらしく、受付係が手伝いにきた。

「こちらは最新の製品でございまして」受付係はラングドンがヘッドセットをつけるのに手を貸しながら言った。「振動パッドを耳のなかに入れるのではなく、顔に押しあてます」バンドをラングドンの頭の後ろにまわし、パッドが顎の骨のすぐ上、こめかみの下あたりに軽くあたるよう位置を調整する。

「でも、どうやって──」

「骨伝導技術です。振動パッドが顎の骨に音を直接伝え、それが内耳の蝸牛に直接届きます。先ほど試したところ、ほんとうにびっくりしました──頭のなかで声がするみたいで。しかも、耳をふさいでいませんから、周囲の会話も聞こえます」

「すぐれものだね」

「ミスター・カーシュが十年以上前に考案なさった技術です。現在ではさまざまなブランドのヘッドフォンが市販されています」

ルートヴィヒ・ヴァン・ベートーヴェンに分け前をあげたいところだ、とラングドンは思った。骨伝導技術のもともとの発案者は、この十八世紀の作曲家だと言ってかまわない。聴力を失ったベートーヴェンは、演奏するピアノに金属の棒を取りつけて、その棒を口にくわえ、顎の骨に伝わる振動から音を完璧に聞きとったという。

「ツアーをお楽しみください」受付係は言った。「プレゼンテーションまで一時間ほどありますから、館内を見てまわれます。会場へあがっていただく時間になったら、音声ガイドがお知らせします」

「ありがとう。装置のどこを押せば──」

「その必要はありません。自動ではじまります。歩きだしたらすぐ、ガイドが案内を開始いたします」

「ああ、なるほど」ラングドンは笑顔で言った。アトリウムを通って、まばらに招待客がいるほうへ移動すると、みな同種のヘッドセットを顎の骨の上に装着して、エレベーターを待っていた。

アトリウムを半分ほど行ったところで、男の声が頭のなかで響いた。「こんばんは。ビルバオ・グッゲンハイム美術館へようこそ」

ヘッドセットからの声だとわかっていたが、それでもラングドンはつい足を止め、背後を振り返った。驚くべき効果だ——いま受付で説明を受けたとおり——頭のなかでだれかが話している感じがする。

「心より歓迎いたします、ラングドン教授」軽快で愛想のよい声で、上品なイギリス訛り(なま)がある。「わたくしはウィンストンと申します。今宵(こよい)、教授をご案内することになって光栄です」

だれに声優をつとめさせたんだろうか——ヒュー・グラント？

「今宵は」朗らかな声がつづける。「どこでもお好きなところへ、遠慮なく思いのままにお進みください。ご覧になっているものを、そのつどご説明するようにいたします」

陽気な声のナレーション、個別の音声メッセージ、骨伝導技術。そのうえ、どうやらすべてのヘッドセットに全地球測位システム(GPS)が装備されているらしい。招待客が館内のどこにいるのかを把握し、どんな説明をすべきかを選べるわけだ。

「ええ、承知しておりますとも」声が言い添えた。「教授は美術がご専門で、本日のお客さまのなかでもとりわけ造詣(ぞうけい)の深いかたですから、わたくしの説明などほとんど必要ないかもしれません。それどころか、わたくしの分析をまったく見当ちがいとお思いになる作品もあるでしょう！」ぎこちない笑い声をあげる。

嘘だろう？　だれがこの台本を書いたんだ？　朗らかな声やひとりひとりに合わせたサービスはたしかに気がきいているが、何百ものヘッドセットを個別に設定するのにどれほどの労力が必要か、ラングドンには想像もつかなかった。

さいわい、あらかじめプログラムされた歓迎のやりとりを終えて力尽きてしまったのか、いまはもう声がしない。

ラングドンはアトリウムの先へ目をやり、人混みの上に吊(つ)られた別の巨大な赤い垂れ幕を見た。

エドモンド・カーシュ
今宵、われわれは前進する

いったいどんな発表をする気だろうか。

エレベーターが数基あるほうへ目をやると、客の一団が話に興じていた。インターネットの世界的企業を設立した有名人がふたりと、インドの著名な俳優がひとり、そのほか、たぶん知っていて当然なのに自分は知らない正装のＶＩＰが何人かいる。ソーシャルメディアやインド映画界(ボリウッド)について雑談を交わすのは気が進まず、そんな準備もしていなかったので、ラングドンは奥の壁を背にしてそびえる大型の現代美術作品のほうへ向かった。

それは薄暗い洞(ほら)に展示されていた。九本の細いコンベアベルトで構成された作品で、床の細長い穴からベルトが出てきて高速で上昇し、天井の細長い穴へと消えている。垂直方向に走る九本の動く歩道のようだ。それぞれのベルトにメッセージが電光表示され、上へ流れていく。


わたしは祈りのことばを唱える……肌についたあなたのにおいを嗅(か)ぐ……あなたの名を口にする

……

ところが、さらに近寄ると、ベルトは実は動いていないのがわかった。垂直な柱に小型のＬＥＤライトを並べて〝表皮〟を作り、ベルト自体が動いているように錯覚させているだけだ。ライトがつぎつぎ輝いて文字を綴るや、それが床から現れて柱を伝いのぼり、天井へと消えていく。

わたしは激しく泣く……血があった……だれも話してくれなかった……

ラングドンは洞に足を踏み入れ、柱のまわりを歩きながら観察した。

「実に興味深い作品です」音声ガイドが突然復活して言った。「〈ビルバオのためのインスタレーション〉といって、概念芸術家のジェニー・ホルツァーの作です。九本のＬＥＤ掲示板からできていて、柱の高さは約十二メートル、バスク語とスペイン語と英語で引用文が流れます――内容はすべて、エイズの恐ろしさと、あとに残された者の苦悩に関するものです」

人を魅了するとともに、どこか悲しみを誘う力もあることは、ラングドンも認めざるをえなかった。

「ジェニー・ホルツァーの作品をどこかでご覧になったのでは？」

ラングドンは上へ流れつづける文字にすっかり心を奪われていた。

わたしは自分の頭を埋める……あなたの頭を埋める……あなたを埋める……

「ミスター・ラングドン」声が頭のなかで響く。「聞こえていますか。ヘッドセットに問題でも？」

ラングドンは物思いから引きもどされた。「失礼――なんだって？　もしもし」

「ハロー」声が答える。「たしか、ご挨拶はもうすんでいますがね。わたくしの声が聞こえているかをお尋ねしただけなのですが」

「ああ、す……すまなかった」ラングドンはしどろもどろに言い、作品に背を向けて、アトリウムを見渡した。「きみの声は録音されたものだと思いこんでいたよ。生身の人間とつながっているとは考えもしなかった」小さな区画に仕切られたオフィスで、ヘッドセットと美術館のカタログを装備したおおぜいの学芸員がいっせいに話している光景が目に浮かんだ。

「どうぞお気になさらずに。今宵はわたくしが教授の案内役をしっかりおつとめいたしますから。ヘッドセットにはマイクも組みこまれています。当プログラムは双方向体験を目的とし、芸術に関する対話をおこなうことができます」

そう言われてまわりを見ると、ほかの客もヘッドセットに話しかけていた。ふたり連れの客などは、互いに少し離れてヘッドセットで自分のガイドと話しながら、とまどい顔を向け合っている。

「招待客全員に専属のガイドがいるのか」

「はい。今夜は三百十八名のお客さまのひとりひとりをご案内しております」

「ものすごい数だな」

「ええ、ご存じのとおり、エドモンド・カーシュは芸術とテクノロジーの熱烈な支持者です。団体鑑賞をきらい、それに代わるものをということで、特別に美術館用のシステムを作りました。こうすればだれもがひとりで見てまわることができ、自分のペースで動いて、団体では気が引けるような質問もできるのです。はるかにくつろいで鑑賞に没頭できます」

「古くさいと思われるかもしれないが、ひとりひとりにだれかが付き添うのではだめなのかい」

「人の流れの問題があります」声が答える。「美術館のイベントで個別にガイドを同伴させた場合、それによって館内の人数が二倍になり、入館者の数を半分に減らさなくてはなりません。そのうえ、ガイド全員が同時に説明をしたら、やかましくて鑑賞の邪魔になります。このシステムの目的は、ディスカッションと鑑賞を一体化することでございましてね。芸術の目的のひとつは対話の促進だ、とミスター・カーシュはつねづね主張しています」

「たしかにそのとおりだと思う」ラングドンは言った。「恋人や友達と美術館を訪れる人が多いのは、そういうわけだ。ただし、このヘッドセットは少しばかり交流の妨げになるかもしれないがね」

「でしたら」イギリス人らしき声が応じた。「恋人やお友達といらっしゃる場合は、全員のヘッドセットの担当を同じガイドにまかせて、グループ・ディスカッションを楽しめばよいのです。ソフトウエアは格段に進歩していますから」

「きみはどんなことにも答えられるようだね」

「そもそも、それがわたくしの仕事ですから」ガイドはためらったふうに笑ったあと、急に話題を転じた。「ところで教授、アトリウムを窓のほうへお進みになると、当館最大の絵画が見えてきますよ」

アトリウムを歩きだしたところで、そろいの白い野球帽をかぶった三十代の魅力的な男女とすれちがった。どちらの帽子にも、前面に企業やチームのロゴではなく、驚くべき記号がついていた。

ラングドンにとってはおなじみの記号だが、帽子についているのははじめて見た。アルファベットのAを高度に図案化したこの記号は、近年の世界で最も急速に増加して発言力を増している層――無神論者――を表す共通の象徴となっている。宗教の信仰を危険なものと見なし、それをますます声高に非難するようになっている者たちだ。

いまどきの無神論者には、独自のチーム帽まであるのか。

周囲のそこかしこにいるテクノロジーの申し子たちを見やり、ラングドンは自分に言い聞かせた。分析的思考に長(た)けたこの若者たちの多くは、カーシュと同じく、宗教には否定的だろう。そういう連中が集まったこの場は、宗教象徴学の教授にとって〝本拠地〟とは言えまい。

4

コンスピラシーネット・ドットコム

速報

更新――コンスピラシーネットの〝本日のトップテン記事〟は、ここから見ることができる。そして、届いたばかりの最新ニュースも！

エドモンド・カーシュが重大発表？

テクノロジー界の大物が、今夜続々とスペインのビルバオに集まっている。グッゲンハイム美術館で未来学者のエドモンド・カーシュが開催するＶＩＰ向けのイベントに出席するためだ。警備はきわめて厳重で、招待客にはイベントの趣旨さえ明らかにされていないが、コンスピラシーネットが内部消息筋から得た情報によると、エドモンド・カーシュがまもなくスピーチをおこない、招待客の度肝を抜く科学上の重大な発表をする予定だという。この件に関しては引きつづき追跡し、何かわかりしだい続報をお届けする。

5

ヨーロッパ最大のシナゴーグは、ブダペストのドハーニ通りにある。それは二本の巨大な尖塔(せんとう)を具(そな)えたムーア式建築で、三千人以上の礼拝者を収容できる——男性がすわるのは一階の会衆席、女性は上階のバルコニー席だ。

外の庭にある巨大な墓穴には、ナチス占領下の恐怖の時代に命を落としたハンガリー系ユダヤ人数万人の遺体が埋葬されている。その庭で目立つのは〝命の木〟だ——シダレヤナギを模した金属のモニュメントで、葉の一枚一枚に犠牲者の名前が刻まれている。風が吹くと、金属の葉がこすれ合い、神聖な場に不気味なさざめきが響き渡る。

三十年以上前からずっと、この大シナゴーグの指導者をつとめているのが、タルムードとカバラの高名な研究者であるラビのイェフダ・ケヴェシュだ。ケヴェシュは高齢で健康状態がよくないにもかかわらず、ハンガリーと世界のユダヤ人社会で、いまなお精力的に活動している。

太陽がドナウ川に沈むころ、ラビ・ケヴェシュはシナゴーグから出た。ドハーニ通りのブティックや怪しげな〝廃墟(はいきょ)バー〟の前を過ぎ、三月十五日広場沿いに建つ自宅への帰路に就く。ほど近いエルジェーベト橋の両岸にひろがるのが、かつてのブダとペシュトの街で、ふたつは一八七三年に正式に合併した。

ユダヤの三大祝節のひとつ、過越(すぎこし)の祭りを目前に控えているのに——いつもは一年でいちばん楽しみにしている時季なのに——先日、万国宗教会議からもどって以来、ケヴェシュは底なしの不安をかかえていた。

出席しなければよかった。

司教のバルデスピーノ、法哲学博士のサイード・アル＝ファドル、そして未来学者のエドモンド・カーシュとの異様な会合での出来事が、まる三日間ケヴェシュを悩ませつづけていた。

帰宅したケヴェシュはまっすぐ中庭へ向かい、〝ハジコ〟――書斎であり、自分だけの聖域でもある小屋――の錠をはずした。

ひと部屋しかないこの小屋には、背の高い本棚がいくつかあり、宗教書の重みで棚板がたわんでいる。ケヴェシュは机まで行って、前に腰をおろし、机上の散らかりように顔をしかめた。

このありさまをだれかに見られたら、正気を失ったかと思われるだろう。

机には、付箋のついた古めかしい宗教書五、六冊が、開いたまま乱雑に置かれている。その奥の木製の書見台に立てられた三冊の分厚い書巻――ヘブライ語、アラム語、英語によるトーラー、すなわちモーセ五書――は、どれも同じ個所があけてある。

創世記。

〝元始に……〟

むろんケヴェシュは、創世記を三つの言語すべてでそらんじることができる。だが、もっとよく読んでいるのは、光輝の書や高度なカバラ宇宙論に関する論文だ。ケヴェシュほどの見識を具えた学者が創世記を学ぶのは、アインシュタインが小学校の算数を復習するに等しい。にもかかわらず、今週ずっとかかりきりなのはまさにそれだった。机上のノートは殴り書きの文字の奔流に襲われたかのようで、ひどく乱れて自分でも読みとれないほどだった。

気が変になったように見えるだろうな。
ラビ・ケヴェシュはトーラーからはじめた——ユダヤ教とキリスト教の創世の物語はよく似ている。〝元始に神は天地を創りたまへり〟。つづいて教典タルムードに移り、マアセ・ベレーシート——ヘブライ語で〝創造の御業〟の意——に関する説明を読みなおした。そのあと、聖書の解釈を記したミドラーシュをくわしく調べ、従来の創世物語に内在する矛盾について説明を試みた幾人もの高名な聖書解釈学者の注解を精読した。そして最後に、ゾーハルの神秘的なカバラの科学のことをゆっくり考えた。カバラでは、不可知の神が十の領域として顕現し、生命の樹と呼ばれる体系に配されて、それをもとに四つの世界が栄える。

ユダヤ教を成り立たせる教義が複雑かつ難解であることが、ケヴェシュにとってはつねに慰めだった——人類はすべてを理解できるものではない、と神が教えてくれているのだから。だが、エドモンド・カーシュのプレゼンテーションで、簡潔かつ明快な新発見を目のあたりにしてからの三日間は、時代遅れで矛盾ばかりの蒐集物をひたすら見つめて過ごした気がしていた。いったん古びた書を脇へ押しやり、考えをまとめるために、ドナウ川の川べりへ長い散歩に出るぐらいしかなかった。

ラビ・ケヴェシュはついに苦い真実を認めはじめていた。まちがいなくカーシュの発見は、この世界の信仰深い人々に計り知れない衝撃を与えるだろう。あの科学者が明かした新事実は、ほぼすべての既存宗教の教義をはっきりと否定するものであり、しかもそれをむごいほど単純でわかりやすい形でおこなっている。

最後の画像は忘れようにも忘れられない。カーシュの特大のスマートフォンに映し出された悲痛な結末を頭に浮かべながら、ケヴェシュはそう思った。この知らせはすべての人間を大きく揺り動かす

――信仰の篤い者だけではない。

この三日間、考えに考えたものの、カーシュから知らされたことにどう向き合うべきなのか、答に近づいたようには思えなかった。

バルデスピーノとアル＝ファドルもたぶん光明を見いだせていないだろう。二日前に三人で電話をしたが、なんの実りもなかった。

「友よ」口を切ったのはバルデスピーノ司教だった。「言うまでもなく、ミスター・カーシュのプレゼンテーションは憂慮すべきものでした……さまざまな意味で。くわしい話をしたいからぜひ連絡をと本人に伝えましたが、音沙汰がありません。われわれは決断すべきだと思います」

「わたしはもう決断をくだしています」アル＝ファドルが言った。「このまま何もしないわけにはいきません。なんとしても、こちらが主導権を握らなくては。カーシュが宗教を軽んじているのは周知のとおりで、信仰の未来にできるかぎりの打撃を与えうる形で自説を披露するつもりでしょう。先手を打たねばなりません。あの発見をわたしたちの手で公表すべきです。一刻も早く。衝撃を和らげ、精神世界を信じる人々に不安を与えずにすむよう、適切な形で明らかにするのです」

「公表のしかたについて話し合ってきましたが」バルデスピーノが言った。「残念ながら、これほどの情報を、不安を与えることなく発表する手立ては思いつきません」重苦しいため息を漏らした。「それに、他言はしないとミスター・カーシュに誓いを立てましたし」

「それはそうです」アル＝ファドルが言った。「誓いを破ることにはわたしも抵抗を覚えますが、ここはふたつの悪の軽いほうを選び、より大きな善のために行動を起こすべきではないでしょうか。わたしたちは、みな等しく――イスラム教徒も、ユダヤ教徒も、キリスト教徒も、ヒンドゥー教徒も、あらゆる宗教が同様に――攻撃にさらされている。ミスター・カーシュが壊そうとしているのは、わたしたちの信仰すべてが拠って立つ根本の真実であり、それを考えれば、信者たちを苦しめない形でこの情報を公にする責務があります」

「理不尽かもしれませんが」バルデスピーノは言った。「カーシュの発見をどう公にするかを考えるとき、唯一望みがあるのは、カーシュの発見に疑いを投げかける方法です――つまり、カーシュが発表する前に信用を貶める」

「貶める？」アル＝ファドルは異議を唱えた。「エドモンド・カーシュは誤りとは無縁の卓抜した科学者です。みな、あの男の話を直接聞いたではありませんか。非常に説得力がありました」

バルデスピーノは不満げな声を漏らした。「説得力という点では、ガリレオやブルーノやコペルニクスが当時主張したことと変わりません。宗教は以前にもこのような苦境に置かれたことがある。このたびもまた、科学が宗教の扉を叩いているだけです」

「しかし、物理学や天文学の発見よりずっと深刻だ！」アル＝ファドルは声を荒らげた。「カーシュはまさに核心を脅かそうとしている――わたしたちの信じるものすべてが根ざす源を！　好きなだけ歴史を引き合いに出せばよろしいが、どうかこれだけはお忘れなく。ガリレオのような者をだまらせようとヴァチカンが手を尽くしたにもかかわらず、結局のところ、ガリレオの科学は勝利した。カーシュの科学も勝つでしょう。流れを止める手立てはありません」

重苦しい沈黙が流れた。

「この件に関するわたしの見解は単純です」バルデスピーノは言った。「エドモンド・カーシュがこんな発見をしなければよかった、と。残念ながら、われわれはそれに対処する準備ができていません。

わたし自身、この情報が日の目を見ずに終わることを強く望んでいます」いったんことばを切る。「その一方で、この世界の出来事は、神の計画に従って起こるものだとも信じています。祈りを捧げれば、神がミスター・カーシュに語りかけ、公表を考えなおすよう説いてくださるかもしれません」

アル＝ファドルはあざけるように言った。「ミスター・カーシュは神の声が届く人物だとは思いませんが」

「そうかもしれません」バルデスピーノは言った。「しかし、奇跡は毎日起こっています」

アル＝ファドルは辛辣に言い返した。「そうは言っても、カーシュに神から死が与えられるよう祈りでもしないかぎり——」

「どうか落ち着いてください」張りつめる一方の空気を和らげようと、ケヴェシュが会話に割ってはいった。「結論を急ぐ必要はありません。今夜ではなくともよいのです。ミスター・カーシュによると、発表は一か月後とのことでした。それぞれがよく考え、何日か後にあらためて話し合いませんか。熟考を重ねるうちに、道がおのずと明らかになるかもしれません」

「賢明な助言です」バルデスピーノが答えた。

「あまり長くは待てません」アル＝ファドルが注意を促した。「二日後にもう一度電話で話しましょう」

「承知しました」バルデスピーノが言った。「そのときに最終決定をすればいい」

それが二日前のことで、今夜また話し合いがおこなわれる。

ハジコにひとりでいると、ラビ・ケヴェシュはますます不安になった。電話がかかるはずの時刻をもう十分近く過ぎている。

ようやく電話が鳴り、ケヴェシュは受話器をつかんだ。

「こんばんは、ラビ」バルデスピーノ司教が憂いを帯びた声で言った。「遅れて申しわけありません」いったん間を置いてつづける。「残念ながら、アラマ・アル＝ファドルはこの会話には加わりません」

「なんですって？」ケヴェシュは驚いて言った。「何かあったのですか」

「わかりません。一日じゅう連絡をとろうとしていたのですが、アラマはどうやら……消えてしまいました。どこにいるのか、同僚のだれも知らないそうです」

ケヴェシュは寒気を感じた。「ただごとではありませんね」

「はい。無事を祈っています。悪いことに、ほかにも知らせがありましてね」司教はことばを切り、いっそう暗い声でつづけた。「いましがた知ったのですが、エドモンド・カーシュが催しをおこなって、新発見を世界に公表するそうです……今夜」

「今夜ですって！」ケヴェシュは訊き返した。「一か月後だと言っていたのに！」

「ええ」バルデスピーノは言った。「嘘だったのです」

6

ラングドンのヘッドセットに、ウィンストンの親しげな声が響いた。「教授、まっすぐ前方に当館最大の絵画が見えてきます。ただし、ほとんどのお客さまはすぐにはお気づきになりません」

ラングドンはアトリウムに目を走らせたが、人工池に臨むガラスの壁があるだけだった。「残念だが、自分もそのほとんどのお客さまらしい。どこに絵があるのかわからないんだ」

「まあ、ずいぶん型破りな展示法ですからね」ウィンストンは笑い声をあげた。「キャンバスは壁ではなく、床にあります」

なぜ気づかなかったのだろう。そう思いつつ視線をさげて進むと、石造りの床一面に長方形のキャンバスがひろがっているのが見えた。

巨大な絵は一色だけで――深い青の単色を塗りひろげて――描かれていて、人々がそのまわりで池をのぞきこむように鑑賞している。

「大きさは五百平方メートル以上あります」ウィンストンが説明した。

ハーヴァードの近くではじめて借りたアパートメントの十倍だ、とラングドンは思った。

「イヴ・クラインの作品で、親しみをこめて〈スイミングプール〉と呼ばれています」

たしかに青色の鮮やかさは実にみごとで、キャンバスに飛びこめそうな気さえした。

「クライン自身がこの色を作り出しました」ウィンストンはつづける。「インターナショナル・クライン・ブルーという名がついていて、クラインいわく、理想とする世界像の非物質性と無限性を青の深みによって想起させるそうです」

いまの件（くだり）は原稿を読んでいるらしい、とラングドンは感じた。

「クラインは青の絵画で有名ですが、〈空虚への跳躍〉という穏やかならぬトリック写真でも知られています。一九六〇年に発表され、大変な物議を醸した作品です」

ラングドンはニューヨーク近代美術館で〈空虚への跳躍〉を見たことがあった。それはただ単に、身なりのよい男が高い建物から身を躍らせて歩道へ飛ぶ瞬間をとらえた、少々物騒な写真であるだけではない。実は加工されている――フォトショップが登場するずっと前に、斬新な着想に基づいて剃刀で大胆な細工を施した作品だ。

「さらに」ウィンストンは言った。「クラインは〈モノトーン・サイレンス〉という楽曲も作っています。交響楽団が二長調の和音だけを二十分にわたって演奏しつづけるのです」

「そんなものを聴く客がいるのかい」

「ええ、何千人も。ひとつの和音は第一楽章にすぎません。第二楽章でオーケストラは動きを止め、〝純然たる静寂〟を二十分間演奏します」

「冗談だろう？」

「いいえ、大まじめです。擁護しておきますと、それは想像するほど退屈な演奏ではなかったようですよ。演奏中、裸の女性三人がいっしょにステージにいて、体にべったり青いペンキを塗りつけたまま、巨大なキャンバスに体を押しつけてまわったそうです」

人生の大部分を美術研究に費やしてきたにもかかわらず、前衛寄りの美術作品をどう鑑賞すべきかがよくわからず、ラングドンは困っていた。現代美術の魅力はなお謎のままだ。

「ばかにしているわけじゃないんだが、何が〝現代美術〟で、何が奇をてらっただけなのか、見分けづらい場合がよくあるんだよ」

ウィンストンの返答は淡々としていた。「ええ、それはよくあるご質問ですね。教授のご専門である古典美術の世界では、作品への賞賛は芸術家の制作技術に対して贈られる――言い換えれば、芸術家がいかに巧みにキャンバスに筆を走らせ、石に鑿を振るうかが評価されます。しかし現代美術では、傑作は制作よりむしろ発想に基づくものであることが多い。たとえば、和音ひとつと沈黙だけで四十分の交響曲を作ることはだれでも簡単にできますが、実際に思いついたのはイヴ・クラインでした」

「なるほど」

「もちろん、外にあった〈霧の彫刻〉は概念芸術の典型例です。発想したのは――つまり、穴をあけたパイプを橋の下に通して、霧を人工池へ流すことを思いついたのは――芸術家ですが、パイプを制作したのは地元の配管工です」ウィンストンは間をとってつづけた。「もっとも、わたくしが作者を高く評価するのは、表現手段を暗号として用いたことによりますが」

「霧が暗号だと？」

「そうです。当館の設計者へ暗号で賛辞を贈っているのです」

「フランク・ゲーリーに？」

「フランク・O・ゲーリーです」ウィンストンは訂正した。

「きみにはかなわないな」

ラングドンが窓のほうへ移動すると、ウィンストンは言った。「そこから蜘蛛がよく見えます。途中で〈ママン〉をご覧になりましたか」

ラングドンは窓の外へ目をやり、人工池の向こうの広場に立つ大きな黒い蜘蛛の像を見た。「ああ。いやでも目につくからね」

「そのおっしゃりようからすると、あまりお好きではないんですね」

「好きになろうとはしているんだ」いったんことばを切る。「古典美術好きとしては、ここでは陸にあがった魚のように感じる」

「興味深いですね」ウィンストンは言った。「だれにもましてあなたは、〈ママン〉をよく理解なさっていると思っていました。古典美術の概念である〝並置〟の好例ですから。それどころか、こんど並置について授業で説明なさるときは〈ママン〉を引き合いに出すおつもりではないかとね」

ラングドンは蜘蛛をながめたが、そんなふうにはまったく思えなかった。並置について解説するときには、もう少し伝統的なものを選んでいる。「いや、〈ダヴィデ像〉を使いつづけると思う」

「たしかに、ミケランジェロは最高の手本です」ウィンストンは小さく笑いながら言った。「〈ダヴィデ像〉では、重心を片足に置いた優美な姿勢を採用し、たるんだ投石袋をしなやかな手にさりげなく持たせることで、女性的な弱さを表現しています。その一方で、目には鬼気迫る決意をたたえ、ゴリアテを仕留めんとする期待で体じゅうの腱と血管が盛りあがっている。脆弱さと激情を兼ね具えた作品です」

ラングドンはその説明に感心し、自分の教え子たちもこんなふうに明晰にミケランジェロの傑作を理解してくれたらと思った。

「ママンもダヴィデと同様です」ウィンストンはつづけた。「どちらも、相反する原型的本質を大胆に並置していますから。本来、あの蜘蛛は恐ろしい生き物――網の巣で獲物を狩る捕食者です。死をもたらす存在でありながら、あの蜘蛛はふくらんでいく卵囊をかかえて命を生み出そうとし、捕食者であると同時に保護者になろうとしている――異様なほど細い脚の上に力強い胴体が載っていて、脆さと強さを同時に表現しています。ママンは現代のダヴィデとも呼べるでしょう」

「そんなふうに呼ぶ気はないが」ラングドンは笑顔で返した。「きみの分析が思考の糧を与えてくれたことは認めよう」

「それはどうも。では、最後の作品をお見せしましょう。はからずも作者はエドモンド・カーシュです」

「エドモンドの？　あの男が芸術家だったとは初耳だ」

ウィンストンは笑った。「ご判断は教授におまかせします」

ラングドンはウィンストンに導かれるまま窓の前を通り過ぎ、広々としたアルコーブまでやってきた。壁に掛かった乾いた大きな粘土板の前に、招待客の一団が集まっている。粘土板を一見して、よくある美術館での化石の展示を思い出した。けれども、その土に化石は含まれていない。その代わりに、いくつかのしるしが雑に刻まれていて、湿ったセメントに子供が棒で描いたかのようだった。

客たちは心を動かされていない様子だ。

「エドモンドがこれを作ったの？」ボトックス注射で口もとの皺をとったらしい、ミンクの毛皮を着た女が不満げに言った。「ぜんぜん意味がわからない」

ラングドンのなかの教師がこらえきれず顔を出した。「実はなかなか巧みなんですよ。これまでのところ、この美術館でわたしがいちばん気に入った作品です」

女は振り返り、あからさまに蔑むような態度でラングドンを見た。「あら、ほんとうに？　でしたら、ぜひご教示願いたいけど」

いいとも。ラングドンは粘土板に粗く刻まれた一連のしるしへ歩み寄った。

「さて、まず何よりも」ラングドンは言った。「エドモンドが粘土板にこれを刻んだのは、人類最古の文字、すなわち楔形（くさびがた）文字に敬意を表するためです」

よくわからないといった顔で、女が目をしばたたいた。

「中央に太い線で描かれたしるしが三つあります」ラングドンはつづけた。「これはアッシリア語で〝魚〟を表す単語で、象形文字（ピクトグラム）と呼ばれるものです。注意深く観察すると、右向きの魚が口をあけていて、体に三角形の鱗（うろこ）があるように見えますよ」

集まった一団がいっせいに首を傾け、作品にあらためて見入った。

「そして、こちらへ目をやると」ラングドンは魚の左側に連なるへこみを指さしながら言った。「エドモンドが魚の後ろの泥に足跡を描いたのがわかりますね。魚が陸へあがった歴史的な進化を表現しているんです」

人々の頭が、なるほどというようにうなずきはじめる。

「最後に」ラングドンは言った。「右側にある非対称の星形は――魚がいまにも食べようとしている記号ですが――神を表す史上最古の象徴のひとつです」

ボトックス注射の女が振り返り、しかめ面でラングドンを見た。「魚が神を食べようとしてるの？」

「そのようですね。アンチ創造論の象徴であるダーウィン・フィッシュを茶化したもので――進化が宗教を呑みこもうとしています」ラングドンは一同に肩をすくめてみせた。「さっき言ったとおり、なかなか巧みです」

歩き去るラングドンの耳に、背後で人々がつぶやく声が聞こえ、ウィンストンが笑い声を漏らした。

「実に愉快でしたよ、教授！　エドモンドがいたら、即興の講義にきっと感じ入ったでしょう。あの作品を解読できる人は多くありません」

「それはまあ」ラングドンは言った。「仕事だからね」

「たしかに。なぜミスター・カーシュがあなたを特別なお客さまとしてもてなすよう指示なさったのか、いま理由がわかりました。実は、今夜ほかのお客さまのどなたも体験なさらないものを、教授にお見せするよう言いつかっております」

「ほう。なんだろう」

「メインの窓の右手に、立ち入りが制限された通路が見えますか」

ラングドンは右へ目を向けた。「ああ、見える」

「けっこうです。では、ご案内します」

よくわからないまま、ラングドンはウィンストンの指示にひとつひとつ従った。通路の入口まで来ると、だれにも見られていないことを入念に確認したのち、ガイドポールの向こうへそっと体を押しこみ、通路の物陰を滑るように進んだ。

アトリウムの人混みをあとにして、十メートル近く歩いたすえに、数字のキーパッドがついた金属のドアの前まで来た。

「いまから言う六桁(けた)の数字を入力してください」ウィンストンが数字を伝えた。

ラングドンがその数字を入力すると、ドアが金属音を立てた。

「いいですよ、教授、おはいりください」

何が起こるのか見当もつかず、ラングドンはしばしその場に立ちつくした。それから意を決し、ドアを押しあけた。その先にほぼ真っ暗な空間がひろがっている。

「照明をつけます」ウィンストンが言った。「中へ進んで、ドアを閉めてください」

ラングドンは闇に目を凝らし、少しずつ前進した。中へはいってドアを閉めると、ロックがかかる音がした。

柔らかな光がしだいに部屋の隅々へ届きはじめ、ここが予想外に広い洞穴のような空間――広大な一室――で、ジャンボジェット数機をおさめる格納庫のような場所だとわかってくる。

「三千平方メートル以上あります」ウィンストンが言った。

アトリウムが小さく感じられるほどの広さだ。

照明が明るさを増すにつれ、床に置かれた巨大なオブジェが――七つか八つのぼんやりとした輪郭が――夜に草を食(は)む恐竜のような姿を現した。

「いったいこれはなんだ」ラングドンは尋ねた。

「〈時間の問題(ザ・マター・オブ・タイム)〉という名前です」ウィンストンの陽気な声がヘッドセットに響く。「この美術館で最も重い作品で、九百トンを超えています」

ラングドンはなおも自分が置かれた状況を知ろうとしていた。「で、なぜわたしはひとりでここにいるんだ」

「先ほど申しあげたとおり、このすばらしいオブジェを教授にお見せするようにとミスター・カーシュから言いつかりまして」

照明が最大の強さになって、広大な空間が柔らかな光で満たされると、ラングドンはとまどって目の前の光景に見入るばかりだった。

異世界にはいりこんでしまった。

7

ルイス・アビラは美術館のセキュリティ・チェックポイントに到着し、腕時計に目をやって、予定どおりに進んでいるかをたしかめた。

完璧(かんぺき)だ。

招待客リスト担当の係員に身分証明書を呈示した。リストに自分の名前がなかなか見つからず、脈が速くなる。やがて最下段にあるとわかり――直前に追加されたのだ――入館を許可された。

宰輔(さいほ)が請け合ってくれたとおりだ。どうやってこんな離れ業をやってのけたのか、アビラには見当もつかなかった。今夜の招待客のリストは厳重な管理下にあるはずなのに。

つづいて金属探知機の前へ行き、携帯電話を出してトレーに載せた。それから、細心の注意を払って、上着のポケットから格別重いロザリオを取り出し、携帯電話に重ねて置いた。

慎重にだ、と自分に言い聞かせる。きわめて慎重に。

警備員が手ぶりで金属探知機を通るよう指示し、手まわり品を載せたトレーを持って機械の向こう側へ行った。

「ケ・ロサリオ・タン・ボニート（実にみごとなロザリオですね）」警備員は金属のロザリオを褒めた。それは頑丈な珠と、まるみを帯びた分厚い十字架でできている。

「グラシアス」アビラは礼を言った。自分で作ったものだよ。

探知機は問題なく通り抜けることができた。向こう側で携帯電話とロザリオを回収して、上着のポケットにていねいにしまったのち、ふたつ目のチェックポイントへ進むと、風変わりなヘッドセットを手渡された。

音声ガイドなど必要ない。自分には果たすべきつとめがある。

アトリウムを移動しながら、ヘッドセットをごみ入れへひそかに捨てた。

心臓の高鳴りを覚えつつ、アビラは無事に潜入できたことを宰輔に知らせるために、ひとりになれる場所がないかと見まわした。

神と祖国と国王のために、と心のなかで言う。だが、ほとんどは神のためだ。

時を同じくして、月明かりに照らされたドバイの砂漠の最奥で、人々の敬愛を集める七十八歳のアラマ、サイード・アル＝ファドルがもがき苦しみながら深い砂のなかを這っていた。もう進めそうになかった。

肌は日に焼けて火ぶくれができ、喉はひりついて息を吸うのもつらいほどだ。砂交じりの風にやられて目が見えなくなってからもう何時間も経つが、いまなおアル＝ファドルは這いつづけている。途中で一度、オフロードバギーのエンジン音がかすかに聞こえた気がしたが、ただの風のうなりだったらしい。神が助けてくれるはずだという信念は、ずいぶん前に消え去っていた。ハゲワシの群れはもはや頭上を旋回せず、すぐかたわらを歩いている。

昨夜、長身のスペイン人がアル＝ファドルの車を乗っとり、それ以来ほとんど口をきかないまま車を走らせて、広大な砂漠へ乗り入れた。一時間後、男は車を止めて、アル＝ファドルにおりろと命じ、食料も水も持たせずに暗闇に置き去りにしたのだった。

拉致犯は身元も動機もいっさい明かさなかった。アル＝ファドルが目に留めた唯一の手がかりらしいものは、男の右の手のひらにあった奇妙なしるしだけだ――その意味はアル＝ファドルにはわからなかった。

何時間ものあいだ、アル＝ファドルは重い足どりで砂地を歩き、助けを求めてむなしく叫びつづけた。そしていま、重度の脱水症状に陥って砂のなかへ倒れこんだ。息ができず、心臓が止まりかけているのがわかり、何時間も繰り返している問いかけをまた自分に向けた。

いったいだれが自分の死を望むというのか。

恐ろしいことに、筋の通る答はひとつしかなかった。

8

ロバート・ラングドンの目は、巨大な物体の一点一点に引きつけられた。どれも、帯状の錆(さ)びた鋼板を優美に湾曲させ、へりを下にして危なっかしく自立させたもので、それぞれがバランスのとれた壁となっている。どの壁も高さが五メートル近くあり、しなやかに曲がってさまざまな形をなしている──波打つリボン、閉じていない円、ゆるやかな渦などだ。

「〈時間の問題(ザ・マター・オブ・タイム)〉」ウィンストンがまた言った。「リチャード・セラの作品です。支えのない壁にこのような重い材料を用いているので、不安定であるかのような錯覚を生み出します。しかし実のところ、これらはみな非常に安定しているのです。鉛筆に巻きつけた一ドル紙幣をご想像ください。巻き癖のついた紙幣は、鉛筆を抜いても、それ自体の形状に助けられて、へりだけでしっかり立ちます」

ラングドンは足を止めて、かたわらの巨大な円を見あげた。錆びついた金属が、焼けた銅の色合いと、有機的で粗い質感を与えている。圧倒的な力強さと繊細なバランスの両方を感じさせる作品だ。

「教授、この最初の円が完全には閉じていないことにお気づきですか」

ラングドンはその外周をさらに進み、あたかも子供が円を描こうとして失敗したかのように、壁の両端が接していないのを見てとった。

「接点をずらして通り道を作り、来観者が内側の空間にもはいっていけるようにしてあります」

閉所恐怖症の来観者はそうもいかない、とラングドンは思い、足早につぎへ進んだ。

「同様に」ウィンストンは言った。「いまご覧になっている三本の波打つ鋼のリボンは、ゆるやかに並行して延びていますが、おのおのの位置が近いので、三十メートルを超える曲がりくねったトンネルふたつができています。それは〈蛇〉と呼ばれ、子供は走り抜けて遊びます。そう、両端に立ったふたりが小さくささやくだけで、顔を突き合わせているかのように、お互いの声がはっきりと聞こえるのです」

「すごい作品だな、ウィンストン。だが、エドモンドがこの展示室を見せるように言った理由を教えてもらえないだろうか」この手のものが苦手なのは向こうも承知のはずなのに。

ウィンストンは答えた。「〈ねじれた渦〉という作品をお見せするようご指示がありましてね。奥の右手の隅にございます。そこからご覧になれますか」

ラングドンはその方向に目を凝らした。一キロは先にありそうなあれか？「ああ、見える」

「けっこうです。では、参りましょうか」

ラングドンが広大な空間をおずおずとながめやり、遠くの渦をめざして歩きだしてからも、ウィンストンは話しつづけた。

「教授、エドモンド・カーシュはあなたのご研究の熱烈な支持者だそうですね――とりわけ、歴史を通して相互に影響してきたさまざまな宗教の伝統や、それらの芸術作品への反映に関するご考察を賞賛しています。多くの点で、エドモンドが専門とするゲーム理論と予測コンピューティングにも、それと似かよったところがあります――多様なシステムの成長を解析し、それらが時を経てどのように発展するかを予測するのですから」

「たしかにエドモンドはその達人だな。現代のノストラダムスと呼ばれているほどだから」

「はい。ただ、そのたとえはいささか失敬に思われますけれど」

「なぜだ」ラングドンは反論した。「ノストラダムスは古今を通じて最も有名な予言者じゃないか」

「異を唱えるつもりはありません、教授。ただ、ノストラダムスはあいまいな表現を使った四行詩を千篇近く残しただけで、何もないところに意味を見いだそうとする迷信深い人々がそれを好き勝手に読み解いて、四世紀にわたってありがたがってきました……第二次世界大戦からダイアナ元王子妃の死、世界貿易センターへのテロ攻撃まで、何もかもをです。まったくばかげていますよ。一方、エドモンド・カーシュは、かぎられた数のきわめて具体的な予測を発表し、それらは非常に短い期間のうちに実現しました——クラウド・コンピューティング、自動運転の車、きわめて高性能の演算処理チップ。ミスター・カーシュはノストラダムスとは大ちがいです」

誤りを認めよう、とラングドンは思った。エドモンド・カーシュはともに働く者たちに熱烈な忠誠心をいだかせると言われている。どうやらウィンストンもカーシュの熱心な弟子のひとりらしい。

「ところで、わたくしのツアーを楽しんでくださっていますか」ウィンストンは話題を変えた。

「大満足だよ。この遠隔ガイド技術を完成させたエドモンドはたいしたものだ」

「はい、このシステムはエドモンドの長年の夢でして、秘密裏に開発するのに莫大な時間と費用がかかりました」

「そうなのかい。そこまで複雑な技術とは思えないんだが。正直なところ、はじめは半信半疑だったが、いまは認めるよ——とてもおもしろい会話ができていると」

「おことばに感謝します。もっとも、わたくしがこれからお知らせする事実がすべてを台なしにしてしまわないとよいのですが。実はあなたに何もかも正直にお話ししていたわけではないのです」

「と言うと？」

「第一に、わたくしのほんとうの名前はウィンストンではありません。アートといいます」

ラングドンは笑った。「美術館のガイドの名前が美術（アート）？　なら、偽名を使うのを責めはしないよ。はじめまして、アート」

「また、なぜ付き添って案内しないのかとお尋ねになったとき、ミスター・カーシュが館内の混雑を少なくしたいとお望みだから、とお答えしたのはまちがいではありません。ただ、それは不完全です。付き添わず、ヘッドセットを介してお話ししているのには、別の理由がございます」そこで間を置く。「わたくしは、実を申しますと、体を動かすことができないのです」

「ああ……それは気の毒に」ラングドンはコールセンターで車椅子にすわっているアートの姿を想像し、口にしづらい境遇を説明させることになってすまないと思った。

「気に病んでくださる必要はございません。わたくしにとって、脚はあまりにもそぐわないものなのです。そう、あなたがご想像なさっていることとはちがいます」

ラングドンは歩をゆるめた。「どういうことかな」

「〝アート〟というのは名前というより略称なのですよ。〝アート〟は〝人工（アーティフィシャル）〟の短縮形です。もっとも、ミスター・カーシュは〝合成（シンセティック）〟という語のほうを好まれますが」一瞬、声が途切れた。「実のところ、教授、今夜あなたは合成知能のガイドとやりとりなさっていました。コンピューターの仲間です」

ラングドンは不安げにあたりを見まわした。「これは何かの悪ふざけなのか」

「めっそうもございません、教授。至ってまじめなお話です。エドモンド・カーシュは、合成知能の分野に十年の歳月と何十億ドルもの費用を注いできました。そして今夜、その労苦の成果を真っ先に体験なさったおひとりがあなたです。この館内ツアーはすべて合成知能のガイドが提供しておりました。わたくしは人間ではございません」

ラングドンはしばらく事実を受け入れられなかった。このガイドはことばづかいも文法も完璧(かんぺき)であり、ややぎこちない笑い声は別として、これまでに出会ったどんな相手にも劣らぬ達意の話し手だった。そのうえ、今夜のやりとりは多岐に及び、微妙な話題も含んでいた。

見張られている、とラングドンは急に思い、隠されたビデオカメラがないかと壁に目を走らせた。気づかぬうちに、一風変わった〝体験型芸術〟――巧妙に演出されたばかばかしい舞台――に立たされているのではないかと疑ったからだ。迷路のネズミに仕立てられたのか。

「こういうのはどうも気分がよくない」ラングドンが言い放つと、その声が人気(ひとけ)のない展示室に響き渡った。

「申しわけありません」ウィンストンは言った。「お気持ちはわかります。理解しがたいとお思いになることは予想しておりました。だからこそエドモンドは、ほかのかたがたから離れた、非公開のこの空間へお連れするようわたくしに指示したのでしょう。この事実はほかの招待客には明かされていません」

ラングドンはだれか人がいないかと、薄暗い空間にくまなく目を走らせた。

「ご存じでしょうが」ラングドンが不快感を示しているのに、不気味なほど動じない調子で、声はつづけた。「人間の脳は二元系で――シナプスが発火するかしないかのどちらかで――コンピューターのスイッチのように、オンとオフのどちらかなのです。脳には百兆個以上のスイッチがあります。つまり、脳を構築するにあたっては技術よりも規模が問題となるわけです」

ラングドンはろくに聞いていなかった。展示室の突きあたりを指す矢印が記された〝出口〟の表示を見据えて、ふたたび歩きだしていた。

「わたくしの声の人間らしさが機械で生成したものと認めづらいのはわかりますが、実は話すことは容易な部分です。九十九ドルの電子書籍端末でさえ、ずいぶんうまく人間の話し方を真似てみせます。エドモンドは何十億ドルもつぎこんだのですよ」

ラングドンは歩みを止めた。「きみがコンピューターだというなら、教えてもらおう。一九七四年八月二十四日のダウ平均株価の終値は？」

「その日は土曜日でした」声は瞬時に答えた。「ですから市場は開かれていません」

ラングドンは薄ら寒いものを覚えた。その日付は罠として選んだからだ。自分の持つ直観像記憶の副産物のひとつは、日付がいつまでも記憶に残ることだ。問題の土曜日は親友の誕生日で、その午後のプールサイドでのパーティーをいまでも覚えている。ヘレナ・ウーリーが青のビキニを着ていたっけ。

「ですが」声はすかさず言い添えた。「その前日である八月二十三日、金曜日のダウ平均株価は、前日より二・五三パーセント下落して、十七ドル八十三セント安の六百八十六ドル八十セントが終値となっております」

ラングドンはとっさに反応できなかった。

「喜んでお待ちいたしますよ」声は平然と言った。「スマートフォンでデータを確認なさるのでしたら。その行為の皮肉さを指摘せざるをえませんが」

「しかし……どうにも……」

「合成知能の課題は」声はつづけたが、その軽いイギリス訛りにこれまでになかった異質なものが感じられた。「データへのすばやいアクセスというはなはだ単純なことではなく、データがどのように結びつき、からみ合っているかを識別する性能にあります――あなたもその能力に秀でていらっしゃるでしょう？　相関関係を識別することに。そういうこともあって、ミスター・カーシュは特にあなたを相手にわたくしの性能をテストしようとしたのです」

「テスト？」ラングドンは尋ねた。「試したのか……わたしを」

「とんでもない」またひとつ、ぎこちない笑い。「わ、た、く、しを試したのです。人間であるとあなたを納得させられるかどうか」

「チューリング・テストか」

「ええ、まさしく」

チューリング・テストとは、機械がどれほど人間と見分けがつかないようにふるまえるかを判定するために、暗号解読者のアラン・チューリングが考案した方法だ。簡単に言うと、機械と人間が交わす会話を人間の判定者が聞いて、どちらが人間かを突き止められなければ、その機械はチューリング・テストに合格したと見なされる。広く知られたところでは、二〇一四年にロンドンの王立協会主催のイベントで合格者が出ている。それ以後も、ＡＩ技術は目がくらむほどの速度で進歩をとげてきた。

「今夜、これまでのところ」声はつづけた。「招待客のひとりとして疑いをいだいていらっしゃいません。みなさま、大いにお楽しみです」

「待ってくれ、今夜ここにいる全員がコンピューターと話しているのか？」

「正確には、全員がわたくしと話していらっしゃいます。わたくしは自分自身を難なく分割できるのです。あなたがお聞きになっているのはわたくしの初期設定の声——エドモンドの好みの声——ですが、ほかのかたがたは別の声や言語を耳になさっています。アメリカ人男性で大学教授というあなたのプロフィールに基づいて、初期設定どおりのイギリス訛りの男性の声をわたくしは選びました。こちらのほうが信頼していただけそうだと考えたのです。たとえば、アメリカ南部訛りのある若い女性よりも」

自分はいま、男性優越主義者扱いされたのか？

ラングドンは数年前にインターネット上で出まわって話題になった録音音声を思い出した——電話セールス・ロボットからの電話を受けた《タイム》誌の支局長マイケル・シェアラが、その不気味なほどの人間らしさに驚き、通話内容の録音を全世界に聞かせようとインターネット上に投稿したことがあった。

あれだって何年も前のことだ、とラングドンは思った。

ここ数年、人工知能の分野にも取り組んでいたカーシュは、ときおり雑誌の表紙を飾っては、さまざまな大発見を成しとげたと讃えられていた。おそらく〝ウィンストン〟は、カーシュが誇る現時点での最新の成果なのだろう。

「あまりにせわしないのは承知しておりますが」声はつづけた。「ミスター・カーシュは、いま立っていらっしゃるこの渦のもとへあなたをご案内することをお望みでした。渦のなかへはいって、中央までお進みいただくように、と」

ラングドンは湾曲したせまい通路をのぞきこんで、筋肉がこわばるのを感じた。エドモンドは学生じみたいたずらでも思いついたのか？「中に何があるのか教えてもらえないか。せま苦しい空間はあまり得意じゃないんだ」

「おや、そのことは存じませんでした」

「インターネット上の略歴にわざわざ閉所恐怖症とは記載しないさ」機械と話している自覚がいまだになく、ラングドンは思わずそう言った。

「ご心配には及びません。渦のなかの空間はとても広いですし、中心部をご覧いただくようにと、ミスター・カーシュははっきり指示なさっていました。ただし、おはいりになる前に、ヘッドセットをはずしてその床に置いてください、とのことです」

ラングドンはそびえ立つ渦の壁を見あげて躊躇した。「きみはいっしょに来ないのか」

「そのようです」

「おい、こんな理不尽なことがあるか、わたしは――」

「エドモンドのイベントのためにはるばるここまで足を運んでくださったことを考えたら、この作品のなかを少し歩くくらい些細なお願いではありませんか。子供たちは毎日同じことをして無事に出てきますよ」

コンピューターにたしなめられた経験は一度もなかったが、いままさにそうされたのだとしたら、そのきついことばは狙いどおりの効果をもたらした。ラングドンはヘッドセットをはずしてそっと床に置き、渦の開口部に向きなおった。高い壁が形作るせまい峡谷は、湾曲して暗闇へと消えている。

「なんでもないさ」だれにともなくそう言った。

ラングドンは深く息を吸って、渦のなかへ足を踏み出した。

延々とくねる通路は想像以上に長く、奥へ行くほどきつく曲がっていて、何回転したのか、たちまちわからなくなった。時計まわりに一回転するたび、通路はさらにせまくなり、ラングドンの広い肩はいまや壁にすれそうになっていた。息をしろ、ロバート。傾いた金属板がいまにも内側に倒れてきて、何トンもある鋼の下敷きになりそうだ。

なぜ自分がこんなことをしているのか。

向きを変えて引き返そうとしたまさにそのとき、通路が唐突に途切れ、開けた広い空間が目の前に現れた。約束どおり、思ったより広い空間だ。ラングドンはそそくさと通路を出ると、むき出しの床と金属の高い壁を見まわして息をつきながら、これはやはり手のこんだ青二才のいたずらか何かなのかと考えた。

外側のどこかでドアのあく音がして、きびきびした足音が高い壁越しに響いた。さっき近くに見えたドアから、だれかが展示室にはいってきたらしい。足音が渦に近づいてきて、ラングドンの周囲をまわりはじめ、その音は一周ごとに大きくなった。だれかが渦のなかを進んでいる。

足音が周回をつづけ、しだいに迫りくるなか、ラングドンはあとずさりして開口部を見つめた。床を踏み鳴らす音はさらに大きくなり、ついに通路から人が出てきた。青白い肌をした短身痩軀（そうく）の男で、射貫（いぬ）くような目と、ばさついたモップのような黒髪を具（そな）えている。

ラングドンは長々と無表情でその男を見つめたのち、ようやく盛大に顔をほころばせた。「偉大なるエドモンド・カーシュはつねに恰好（かっこう）よく登場するんだな」

「第一印象を与える機会は一度きりですから」カーシュは愛想よく答えた。「お久しぶりです、ロバート。来てくださってありがとう」

ふたりは心のこもった抱擁を交わした。旧友の背中を叩（たた）きながら、カーシュの体が以前より細くなったようにラングドンは感じた。

「痩（や）せたな」ラングドンは言った。

「絶対菜食主義者（ビーガン）になりましてね」カーシュは答えた。「ステップマシンで鍛えるより楽ですよ」

ラングドンは笑った。「とにかく、会えてうれしい。しかし、いつもながら、こっちがめかしこみすぎた気分にさせてくれるな」

「おや、わたしのせいで？」カーシュは、黒の細身のジーンズにアイロンのかかった白のVネックTシャツ、サイドジップのボマージャケットという自分の装いを見おろした。「どれもデザイナー物ですけど」

「白のビーチサンダルがデザイナー物？」

「ビーチサンダル？　フェラガモのギニアですよ」

「となると、こっちの礼服一式よりそのサンダルのほうが高価なんだろうな」

カーシュはラングドンの年代物の上着のタグを調べた。「なるほど」温和な笑みを浮かべて言う。

「なかなか高級な燕尾（えんび）服だ。いい勝負ですよ」

「言わせてもらうが、エドモンド、きみの合成知能の友人のウィンストンは……なんとも気味が悪いな」

カーシュは顔を輝かせた。「みごとでしょう？　人工知能分野で今年わたしがおさめた成果にはきっと驚きますよ――大躍進です。画期的な方法で機械に問題解決と自己制御をさせる新たな特許技術をいくつか開発しました。ウィンストンはまだ完成形じゃありませんが、日々進化しています」

カーシュの少年のような目のまわりに、一年前になかった深い皺(しわ)が現れたことに、ラングドンは気づいた。ずいぶん疲れているようだ。「エドモンド、なぜここへ呼び出したのかを教えてもらえないか」

「ビルバオへ？　それともリチャード・セラの渦のなかへ？」

「まずは渦からだ」ラングドンは言った。「わたしが閉所恐怖症なのは百も承知だろう」

「ええ、たしかに。ただ、今夜のそもそもの目的は、人々を居心地のよい場から追い出すことなので」カーシュはにやりとして言った。

「きみの得意分野だな」

「それに」カーシュは付け加えた。「あなたと話をする必要があったし、ショーの前にだれにも姿を見られたくなかった」

「ロックスターはコンサートの前に観客たちとふれ合ったりしないと？」

「そのとおり！」カーシュはおどけて答えた。「ロックスターはスモークのなかから魔法のように登場するんです」

その瞬間、頭上の照明がゆるやかに明滅をはじめた。カーシュは片袖(そで)を引きあげて腕時計をたしかめた。そしてラングドンに目をやったが、表情はにわかに真剣味を帯びていた。

「ロバート、あまり時間がありません。今夜はわたしにとってとびきり大事な夜です。それどころか、全人類にとって重要な夜になる」

ラングドンは期待が湧き起こるのを感じた。

「最近、わたしはある科学的発見をしました」カーシュは言った。「広範囲に影響を及ぼすであろう大発見です。内容を知る人はほぼ皆無で、今夜――もうまもなく――わたしは世界に向けてライブ配信をおこない、その発見について公表します」

「なんと言うべきかわからないが」ラングドンは答えた。「ただごとじゃなさそうだ」

カーシュは声を落とし、珍しく緊張した口調になった。「この情報を公にする前に、ロバート、あなたの助言をもらいたいんです」そこで間を置く。「わたしの命がかかっているかもしれない」

9

渦のなかで、ふたりのあいだに沈黙が落ちた。

〝あなたの助言をもらいたいんです……わたしの命がかかっているかもしれない〟。

カーシュのことばが重苦しく宙を漂い、ラングドンは友の目に不安を見てとった。「エドモンド、どういうことだ？　だいじょうぶか」

頭上の照明がまた明滅をはじめたが、カーシュは無視した。「わたしにとってはめざましい一年でした」ささやくような声で、そう切り出す。「大きなプロジェクトにひとりで取り組んできて、それが革新的な発見につながったんです」

「すばらしいじゃないか」

カーシュはうなずいた。「まさしくそのとおりで、今夜世界に伝えるのがどれほど楽しみかは言いつくせませんよ。まちがいなく思想の枠組みの大転換を引き起こします。この発見はコペルニクスの地動説並みの波紋を呼び起こすと言っても過言ではありません」

一瞬、ラングドンは冗談かと思ったが、カーシュは大まじめな顔のままだった。

コペルニクスだって？　謙遜（けんそん）は昔からカーシュの得意とするところではなかったが、いまの発言は大法螺（おおぼら）すれすれに聞こえた。ニコラウス・コペルニクスは太陽中心説――惑星は太陽のまわりをまわっているという考え――の生みの親であり、十六世紀の科学革命に火をつけて、人類が神の宇宙の中心を占めているという教会の長年の教えを根底から覆した人物だ。その発見は三世紀にわたって教会から非難されたが、決定的な影響を及ぼし、世界がもとにもどることはなかった。

「その顔は疑っていますね」カーシュは言った。「なんならダーウィンと言い換えましょうか」

ラングドンは微笑んだ。「同じことだ」

「わかりました、ではこう尋ねましょう――歴史を通して人類が答をずっと求めてきたふたつの根源的な問いはなんですか」

ラングドンは一考した。「まず、こうだろうな――すべてはどのようにはじまったのか。つまり、われわれはどこから来たのか」

「そのとおりです。そして第二の問いは、第一の問いにそのまま付随するものです。〝われわれはどこから来たのか〟ではなく……」

「〝われわれはどこへ行くのか〟だ」

「そう！　そのふたつの謎は人類の知識の中核にあります。われわれはどこから来たのか。われわれはどこへ行くのか。人類の起源と、人類の運命。それこそが普遍の謎です」カーシュは目を炯々（けいけい）とさせ、期待のこもった目でラングドンを見つめた。「ロバート、わたしの発見は……その両方の問いに明確な答を与えるものなんです」

ラングドンはカーシュのことばと、そこにこめられた尋常ならざる含意をなんとか理解しようとした。「いや……どう言ったらいいのか」

「何も言わなくていいですよ。今夜のプレゼンテーションのあとで、徹底的に語り合う時間をとれるでしょうから。でもいまは、より暗い側面について――この発見から生じうる悪影響について――話す必要があります」

「反撃が来ると思うのか」

「まちがいなく。わたしはふたつの問いに答を与えることで、何世紀にもわたって確立されていた宗教上の教えと真っ向から対峙(たいじ)する立場になります。人類の起源と運命の問題は、かねてから宗教の領分でした。こちらは侵入者ですから、世界のどの宗教も、わたしがこれから公表する内容には反発するでしょう」

「なるほど」ラングドンは答えた。「それで去年、ボストンでの昼食のときに、宗教について二時間もわたしを質問攻めにしたわけか」

「そうです。こう請け合ったのを覚えているでしょう――われわれが生きているうちに、宗教の神話は科学の飛躍的発展によってほぼ完璧(かんぺき)に打ち砕かれますよ、と」

ラングドンはうなずいた。忘れるものか。カーシュのあまりにも大胆な宣言は、一字一句まではっきりと直観像記憶に刻まれている。「覚えているさ。そして、わたしはこう反論した――宗教は何千年にもわたって科学の進歩に耐えてきたし、社会において重要な役割を果たしているのだから、宗教が進化をつづけるうちは死に絶えることはない、とね」

「そうでした。わたしは人生の目標を見つけたとも言いました――科学の真実を用いて宗教の神話を根絶やしにするという目標を」

「ああ、強烈なことばだった」

「そしてロバート、あなたは忠告なさいましたね。宗教の教義と対立したり、その土台を崩したりする〝科学的真実〟を見つけたときには、かならず宗教の専門家と話し合うべきだ。そうすれば、しばしば科学と宗教がふたつの別の言語で同じことを語ろうとしていることに気づくかもしれないから、と」

「覚えているとも。科学者と宗教家は往々にして、まったく同じ宇宙の謎を表すのに別のことばを使う。そうした対立は、本質ではなく定義をめぐるものである場合が多いんだ」

「だから、あなたの助言に従いました」カーシュは言った。「最新の発見について、宗教指導者たちの意見を仰いだんです」

「ほう」

「万国宗教会議についてはご存じですか」

「もちろんだ」ラングドンは異教徒間の対話の促進につとめているその団体を大いに評価していた。

「折よく今年は」カーシュは言った。「その会合がバルセロナの近郊で開かれたんです。わたしの住まいから一時間ほどのモンセラット修道院でね」

あの絶景の場所か、とラングドンは思った。何年も前にその山頂の聖所を訪れたことがある。

「この科学上の重大発表をする予定の日と同じ週にその会議がおこなわれると聞いて、なんと言うか、わたしは……」

「神の啓示ではないかと思ったと？」

カーシュは笑った。「そんなところです。だから先方に連絡しました」

ラングドンは感心した。「全員に声をかけたのか」

「まさか！　あまりに危険です。自分で公表する前に情報が漏れては困りますから、三人だけと会う約束をしました——キリスト教、イスラム教、ユダヤ教の指導者ひとりずつと。その三人と、図書館で内密に面談したんです」

「図書館に入れてもらえたとは驚きだな」ラングドンは言った。「あそこは聖域だと聞いているが」

「電話もカメラもなく、邪魔がはいらない会合場所が必要だと申し出たんです。そうしたらあの図書館へ通されました。本題にはいる前に、沈黙の誓いに同意してもらうよう頼んだところ、三人とも応じましたよ。これまでのところ、わたしの発見について何か知っているのは、世界じゅうでその三人だけです」

「おもしろい。で、きみの話に対する反応はどうだった」

カーシュはばつの悪そうな顔をした。「うまく事を運べたとは言えませんね。わかるでしょう、ロバート。わたしは熱中すると、社交術まで気がまわらなくなってしまうんです」

「ああ、何かで読んだが、感受性訓練を受けてみるのもいいそうだ」ラングドンは笑いながら言った。スティーヴ・ジョブズや、先見の明を持つあまたの天才たちと同じだな。

「ともかく、わたしは生来の率直さを曲げずに、単純に真実を伝えることからはじめました——かねてから宗教を集団幻想のひとつと考えてきたこと、そして科学者として、何十億という知性ある人々が慰めや導きを得るためにそれぞれの信仰に頼っている事実は受け入れがたいということを。すると、敬意をいだいていない相手になぜ意見を仰ぐのかと訊かれたので、自分の発見に対する反応を知りたくてここへ来た、と答えました。そうすれば、それを公表したときに世界の信心深い人たちがどう受け止めるか、見当をつけることができるから、と」

「たいした社交家だな」ラングドンはあきれ顔で言った。「正直が最良の策とはかぎらないことは、きみだって知っているだろう」

カーシュはそっけなく手をひと振りした。「わたしの宗教についての考えは広く知れ渡っています。あえて隠さないほうが好感を持たれると思ったんですよ。いずれにせよ、そのあとプレゼンテーションにはいって、わたしが何を発見したのか、それがどんなふうにすべてを変えるのかをくわしく説明しました。それから、衝撃を与えるにちがいない動画をスマートフォンで見せたんです。三人ともことばを失っていましたよ」

「何か少しは言ったはずだ」カーシュがいったい何を発見したのかをますます知りたくなって、ラングドンは促した。

「わたしは対話を望みましたが、キリスト教の聖職者が、何か言おうとするほかのふたりをだまらせてしまったんです。その人は情報を公にするのを考えなおすよう、わたしに強く求めました。ひと月よく考える、とわたしは答えました」

「しかし、きみは今夜発表するつもりでいる」

「そうです。向こうが大混乱に陥ったり妨害を試みたりしないように、公表までまだ何週間もあると言ったんです」

「今夜のプレゼンテーションのことを向こうが知ったら?」

「おもしろく思わないでしょうね。三人のうちのひとりは特に」カーシュはラングドンに目を据えた。

「会合を仕切っていた聖職者はアントニオ・バルデスピーノ司教です。ご存じですか」

ラングドンは身を硬くした。「マドリードの?」

カーシュはうなずいた。「まさにその人です」

エドモンドの過激な無神論にふさわしい聞き手とは言えないな、とラングドンは思った。バルデスピーノはスペインのカトリック教会の有力者で、非常に保守的な見解とスペイン国王に対する強い影響力で知られている。

「司教は今年の会議の主催者でした」カーシュは言った。「それでこちらから会合の手配を依頼したんです。司教ひとりで来たいと提案してきましたが、わたしはイスラム教とユダヤ教の代表者も連れてくるよう頼みました」

頭上の照明がまた明滅をはじめた。

カーシュは深く息をつき、さらに声を落とした。「ロバート、プレゼンテーションの前に会いたかったのは、あなたの助言が必要だからです。バルデスピーノ司教は危険な人物かどうか、意見を聞かせてください」

「危険?」ラングドンは言った。「どういう意味でだ」

「わたしが示したのは司教の世界をおびやかすものですから、こちらに危害を加えてきそうな人物なのかどうかを知りたいんです」

ラングドンは即座に首を横に振った。「いや、それはありえない。きみが司教に何を言ったのかは知らないが、バルデスピーノはスペインのカトリック信仰の柱で、スペイン王室との関係ゆえに絶大な影響力を持つ人物だ。そうは言っても聖職者であって、暗殺者じゃない。政治力なら行使するし、きみを非難する説教もおこなうかもしれないが、危害を加えそうな相手だとはとうてい思えない」

カーシュは納得できない様子だった。「わたしがモンセラットから帰るときの司教の目つきを見せたかったですよ」

「きみはあの修道院のこの上なく神聖な図書館のなかで、司教に対して、信仰体系のすべてが妄想だと言ってのけたんだぞ！」ラングドンは大声で言った。「お茶とケーキでもてなしてもらえるとでも思っていたのか」

「いいえ」カーシュは認めた。「でも、会合のあとで留守番電話に脅しのメッセージを残されるとも思っていませんでしたよ」

「バルデスピーノ司教がきみに電話を？」

カーシュは革のジャケットのポケットに手を入れて、やけに大きなスマートフォンを取り出した。鮮やかな青緑色のケースには六角形の模様が連なっていて、それがカタルーニャ出身のモダニズム建築家アントニ・ガウディがデザインした名高いタイルの模様だとラングドンは気づいた。

「聞いてください」カーシュは言い、いくつかのボタンを押してからスマートフォンを掲げた。老いた男の無愛想な声がスピーカーから聞こえてきた。口調は険しく、真剣そのものだ。

ミスター・カーシュ、こちらはアントニオ・バルデスピーノ司教だ。知ってのとおり、けさの会合にはひどく心を乱された——同志ふたりも同じだよ。この件についてさらに話し合うために、すぐにも連絡してもらいたい。そして、情報を公にするのは危険だとあらためて警告しよう。もし連絡をくれなければ、言っておくが、わたしは同志たちとともに、きみの発見を先んじて公表し、それを焼きなおし、批判を加え、きみが世界に及ぼそうとしている甚大な悪影響をなんとしても抑えこむ……きみ自身もきっと予見していない悪影響をだ。連絡を待っている。くれぐれも、わたしの決意を試すような真似はしないほうがいい。


メッセージはそこで終わっていた。

バルデスピーノの攻撃的な口調に驚かされたのはたしかだが、ラングドンはさほどの脅威を感じず、むしろカーシュがまもなく発表する内容への興味がさらに募った。「で、きみはどう返事をしたんだ」

「しませんでした」カーシュは言い、スマートフォンをジャケットのポケットにしまった。「こけおどしだと思ったもので。相手はこの件を闇に葬りたいに決まっていますよ。自分たちで公表したいはずがない。それに、今夜のプレゼンテーションの急なタイミングは、向こうにとっては寝耳に水でしょうから、先手を打つという脅しもあまり心配しませんでした」そこでことばを切り、ラングドンを見つめる。「ただ……どことなく、司教の声の調子に混じる何かが……ずっと気にかかっていて」

「今夜、ここできみの身に危険が及ぶのを心配しているのか」

「いいえ、招待客リストは厳重に管理されているし、この建物の警備も万全です。それより心配なのは、発表したあとのことですよ」カーシュはそう言ったのをすぐに後悔したようだった。「ばかみたいだな。ショーの前はどうも神経質になって。あなたの直感を聞かせてもらいたかっただけなんです」

ラングドンは心配を募らせながら友を観察した。カーシュはいつになく青ざめて不安げな顔をしている。「わたしの直感では、どれほどきみが怒らせたにせよ、バルデスピーノはきみを危険に陥れたりしないさ」

照明がまた明滅した。いまや執拗なほどだ。

「わかりました、ありがとう」カーシュは腕時計をたしかめた。「もう行かなきゃいけませんが、あとでまた会えるでしょうか。この発見のいくつかの側面について、あなたともっと話したいんです」

「いいとも」

「よかった。プレゼンテーションのあとは大荒れになるでしょうから、騒動から抜け出してふたりきりで話せる場所を用意しなくては」カーシュは名刺を取り出し、その裏に何か書きつけた。「プレゼンテーションのあと、タクシーを呼んで運転手にこれを渡してください。このあたりの運転手なら、あなたをどこへ連れていけばいいかきっとわかります」そう言って名刺を差し出す。

ラングドンは近くのホテルかレストランの所番地が書いてあるものと思っていた。ところが、目にしたのはもっと暗号めいたものだった。

BIO-EC346

「すまない、これをタクシーの運転手に渡せと?」

「ええ、行き先はわかるはずです。そこの警備員にあなたが行くと伝えておきますよ。わたしもなるべく早く向かいますから」

警備員？　ラングドンは眉根(まゆね)を寄せ、ＢＩＯ-ＥＣ３４６というのは秘密の科学クラブか何かの暗号名だろうかと考えた。

「あまりにも簡単な暗号ですよ、ロバート」カーシュはウィンクをした。「あなたなら解けるはずです。ところで、不意打ちを食わせたくないので言っておくと、今夜の発表ではあなたにもひと役演じてもらいます」

ラングドンは面食らった。「どういう役を？」

「ご心配なく。あなた自身は何もしなくていいんです」

そう言うと、エドモンド・カーシュは渦の出口へ向かって歩きだした。「わたしは大急ぎで舞台裏へ向かわなくてはいけませんが——あとはウィンストンがあなたを案内します」出口で足を止めて振り返る。「では、のちほどまた。バルデスピーノについてのあなたの直感が正しいことを祈りましょう」

「エドモンド、安心しろ。プレゼンテーションに集中するんだ。聖職者が危害を加えたりするものか」ラングドンは請け合った。

カーシュは確信できない様子だった。「考えが変わるかもしれませんよ、ロバート。わたしの発表を聞いたら」

10

マドリードのローマ・カトリック大司教管区の聖座――アルムデナ大聖堂――は、マドリード王宮に隣接する新古典主義の堅固な建物だ。古のモスク跡に築かれたこの大聖堂の名は、〝城塞〟を意味するアラビア語の〝アル・ムダイナ〟に由来する。

伝承によると、アルフォンソ六世が一〇八三年にイスラム教徒からマドリードを奪還したとき、保護のため城塞に隠されていた貴重な聖母マリア像を探し出すことに執着したという。聖母像の場所を見つけあぐねたアルフォンソが一心に祈りを捧げると、城塞の壁の一部が吹き飛んで崩れ落ち、何世紀も前にいっしょに閉じこめられた蠟燭の火に照らされたまま、中の聖母像が姿を現したらしい。

今日、アルムデナの聖母はマドリードの守護聖人であり、巡礼者や観光客は聖母像の前で祈りを捧げるために、アルムデナ大聖堂でのミサにこぞって押し寄せる。王宮正面の広場に面しているという最高の立地も、参拝者に別の魅力――宮殿に出入りする王族の姿を拝める可能性――を提供している。

今夜、大聖堂の奥では、若い侍者があわてふためいて廊下を駆け抜けていた。

バルデスピーノ司教はどこだ?

礼拝がまもなくはじまるのに！

数十年にわたって、アントニオ・バルデスピーノ司教はこの大聖堂の首席聖職者であり、監督者であった。国王の長年の友人にして宗教上の助言者でもあるバルデスピーノは、現代化をほとんど許容しない、強硬で敬虔な伝統主義者である。信じがたいことに、八十三歳の司教はいまも復活祭前の一週間にあたる聖週のあいだは足枷(かせ)を身につけ、聖像を携えて街路を歩く信者たちに加わる。よりによってバルデスピーノ司教が、ミサに遅れるはずがない。

侍者は二十分前に司教とともに祭服室にいて、ふだんどおり礼装の手伝いをしていた。ちょうどそれが終わったころ、メッセージを受信した司教は無言で部屋を飛び出していった。

どこへ行かれたんだろう。

至聖所、祭服室、そして司教専用のトイレまでも探しまわったすえ、侍者はいま、司教の執務室を調べようと、大聖堂の管理部へ向かう廊下を全力で走っていた。

遠くでパイプオルガンがとどろくのが聞こえた。

行列聖歌がはじまっている！

侍者は司教の専用執務室の外でつんのめるように足を止め、閉まったドアの下から漏れる明かりを見て一驚した。ここにいらっしゃったのか？

侍者は静かにノックをした。「エクセレンシア・レベレンディシマ（司教猊下(げいか)）」

返答がない。

少し強めにノックをして、呼びかけた。「ス・エクセレンシア（猊下）？」

やはりない。

老司教の体調が心配になり、侍者は取っ手をまわしてドアを押しあけた。

シエロス（まさか）！　私室をのぞきこんだ侍者は息を呑(の)んだ。

マホガニーの机の前にバルデスピーノ司教がすわって、ノートパソコンの画面を見つめている。司教冠を頭に載せたまま、まるめた上祭服を足もとにほうり出し、司教杖(じょう)も無造作に壁に立てかけてある。

侍者は咳払いをした。「ラ・サンタ・ミサ・エスタ（ミサ聖祭が）――」「プレパラ（手配ずみだ）」画面から目を離すことなく、司教がさえぎった。「パードレ・デリダ・メ・スస్テイトゥーシェ」


侍者は驚きに目を見開いた。〝デリダ神父が代わりをつとめる〟？　下級司祭が土曜の夜のミサを執りおこなうなど、異例もはなはだしい。

「ベテ・ヤ（もう行きなさい）」バルデスピーノは目もあげずに鋭く命じた。「イ・シエラ・ラ・プエルタ（それからドアを閉めて）」

侍者は恐れをなして指示に従い、すばやく退室してドアを閉めた。

パイプオルガンの音のほうへ急いで引き返しながら、侍者は考えた。司教が神へのつとめを抛って コンピューターに目を奪われているとは、いったいどうしたことだろう、と。


そのころ、グッゲンハイムのアトリウムでは、ふくれあがる招待客の群れのなかで、アビラがどうにか前へ進みながら、だれもがしゃれたヘッドセットに話しかける姿にとまどっていた。この美術館の音声ガイドツアーでは、双方向の会話ができるらしい。

ヘッドセットを捨てておいてよかった。

今夜は気の散るものは不要だ。

腕時計をたしかめ、エレベーターに目をやる。上階でのメインイベントへ向かう客たちですでに混雑していたので、アビラは階段を選んだ。のぼりながら、昨夜いだいたのと同じ懐疑心に震えた。自分はほんとうに人殺しをいとわない人間になったのだろうか。妻と子を奪った不信心な者たちのせいで、すっかり変わってしまった。自分のおこないには権威者の後ろ盾がある、と心に言い聞かせた。正義の行為だ。

途中の踊り場に達したところで、アビラの目は、近くに設けられた手すりつきのせまい通路にいる女に引きつけられた。スペインの新たな有名人だな、とアビラは思い、名高いその美女を見つめた。その女は、胴の部分を斜めに走る黒のストライプが優雅な、体にぴったり合った白いドレスをまとっていた。すらりとした体つき、しっとりした黒髪、気品ある身ごなしは惚(ほ)れぼれするほどで、アビラは見つめているのが自分ひとりではないことに気づいた。

その白いドレスの女は、ほかの招待客たちの賞賛のまなざしに加え、そばに控えるりゅうとしたふたりの警護官からも細心の注意を向けられていた。ふたりは自信をたたえた豹(ひょう)さながらの油断のない動きをし、〝GR〟という目立つ頭文字と紋章が刺繡(ししゅう)されたそろいの青いブレザーを着ていた。

アビラはその存在には驚かなかったものの、こうして目にするとやはり脈が速まった。スペインの軍隊にかつて属していた者として、〝GR〟の意味はよく承知している。警護にあたるこの付き添いふたりは、武器を携帯し、世界じゅうのどんな護衛にも引けをとらぬ訓練を受けているはずだ。

こいつらがいるとなると、警戒に警戒を重ねなくては、とアビラは思った。

「ちょっと！」すぐ後ろで男の声がした。

アビラはさっと振り返った。

タキシードに黒のカウボーイハットといういでたちの太鼓腹の男が、にこやかに顔を向けていた。

「すごい衣装ですね！」アビラの軍服を指さして、男は言った。「そういうのはどこで手に入れるんですか」

アビラは目を大きく見開き、反射的にこぶしを握りしめた。ほしいなら軍務と犠牲の人生を送れ、と心のなかで言う。「ノ・アブロ・イングレス（英語は話せません）」と肩をすくめて答え、また階段をのぼりはじめた。

二階で、アビラは長い廊下を見つけ、表示に従って突きあたりのトイレまで進んだ。はいろうとしたとき、周囲の照明がいっせいに明滅をはじめた――その最初の控えめな合図で、招待客たちはプレゼンテーションのおこなわれる上階へ向かっていった。

アビラは無人のトイレに歩み入り、いちばん奥の個室にはいって鍵をかけた。ひとりきりになると、いつもの内なる悪魔が浮かびあがろうとするのを感じ、地の底へ引きもどされそうになった。

五年経っても、あの記憶に付きまとわれている。

憤りつつ、意識から恐れを押しのけ、ポケットからロザリオを取り出した。輪にしたそれを、そっとドアのコート掛けに吊す。静かに揺れる珠と十字架を前にして、アビラはおのれの手仕事に見とれた。こんなものを作って神聖なロザリオを穢すとは何事かと、信心深い者たちはあきれるかもしれない。それでも、火急の折には赦しの基準もある程度揺らぐものだ、と宰輔は請け合ってくれた。

これほど神聖な大義のためならば、神の赦しはかならず得られる。宰輔はそう断言した。

魂が守られるのと同様に、アビラの肉体もまた、悪しきものからの救済を約束されていた。手のひらのタトゥーを見おろす。

クリスモン、すなわちキリストを意味する古代の組み合わせ文字と同じく、その象徴は文字だけで構成されている。三日前、アビラは教えられたとおりにきっちりと、没食子（もっしょくし）インクと針を使ってそれを彫りつけたが、その個所はいまもふれると痛み、赤みを帯びている。もし捕まったときは、相手にその手のひらを見せさえすればいい、と宰輔は言いきった。そうすれば数時間以内に解放される、と。

われわれは政府の最高レベルも押さえている、と宰輔は言った。

アビラはすでにその驚くべき力を目のあたりにしていたので、鉄壁の防御に守られているように感じていた。古来の流儀を重んじる者たちはいまも存在する。そのえり抜きの集団にいつか加わりたいものだが、当面はどんな役目を果たすのも栄誉だと思った。

ひとりきりの個室のなかで、アビラは携帯電話を取り出し、教えられていた安全な番号を呼び出した。

一度の呼び出し音で相手の声が応答した。「スィ？」

「エストイ・エン・ポジシオン（配置につきました）」アビラは言い、最後の指示を待った。

「ビエン」宰輔が言った。「テンドラス・ウナ・ソラ・オポルトゥニダード。アプロベチャルラ・セラ・クルシアル」〝チャンスは一度しかない。それをつかむのが肝要だ〟。

11

ドバイのきらめく高層ビル群や人工島群、そして有名人のパーティー用の別荘群から三十キロ先の海岸線に、シャルジャの街――アラブ首長国連邦の超保守的なイスラム文化の中心地――がある。六百を超えるモスクとこの地域で屈指の大学が集まるシャルジャは、宗教と学問の頂点だ。その地位は、莫大な石油埋蔵量と、国民の教育を何より重視する統治者によって支えられている。

今夜、シャルジャの人々が敬愛するアラマ、サイード・アル＝ファドルの一族は、身内だけで随意の礼拝をおこなうために集まっていた。一族は夜間礼拝の伝統的な祈りを捧げる代わりに、前日に忽然と姿を消したサイード――大切な父であり、伯父であり、夫である人物――の帰還を祈った。

現地のマスメディアがいましがた伝えたある同僚の話によると、ふだんは穏やかなサイードが、万国宗教会議からもどったときには〝妙に動揺した〟様子だったらしい。また、帰国直後に珍しく電話で言い争っているのを耳にした、とその同僚は語っている。それは英語での口論だったので、内容は理解できなかったが、サイードはたしかにある名前を何度も口にしていたという。

エドモンド・カーシュ、と。

12

渦状の構造物から出ていくとき、ラングドンの思考はぐるぐるとまわっていた。カーシュとの会話は、期待と不安の両方を掻き立てるものだった。そのことばに誇張があったかどうかはともかく、世界に大転換をもたらすとみずから信じる何かをカーシュが発見したのはまちがいない。

コペルニクスの発見に匹敵するほど重要だって？

ようやく渦から脱出すると、ラングドンは軽くめまいを覚えた。さっき床に置いたヘッドセットをふたたび手にとる。

「ウィンストン？」ヘッドセットを装着しながら言った。「いるかい」

かすかなクリック音とともに、コンピューター制御によるイギリス訛りのガイドが帰ってきた。

「はい、おります。お帰りなさいませ、教授。ミスター・カーシュから、あなたを業務用エレベーターで上階へお連れするようにと指示を受けております。アトリウムへもどっている時間はございませんので。あなたには大型の業務用エレベーターが好ましかろうという配慮もあってのことです」

「それは助かる。エドモンドはわたしが閉所恐怖症だと知っているんだ」

「いまはわたくしも存じております。この先も忘れはいたしません」

ウィンストンの誘導で、ラングドンは通用口からコンクリートの通路を進んでエレベーター室へはいった。聞いていたとおり、格別大きな作品の搬出入用に設計されたらしいエレベーターの箱は巨大だった。

「いちばん上のボタンを」ウィンストンはラングドンが乗りこむと同時に言った。「三階です」

目的の階に着き、ラングドンは箱の外へ足を踏み出した。

「無事到着」ウィンストンの朗らかな声がラングドンの頭のなかで響いた。「左手の展示室を突っ切りましょう。会場への最短経路です」

ラングドンはウィンストンの案内に従って、一連の奇怪なインスタレーション作品が展示してある広大な部屋を進んだ。白い壁へ粘ついた赤い蠟の塊を発射しているらしい鋼の大砲や、どう見ても浮かびそうにない金網製のカヌーや、磨かれた金属のブロックから成るミニチュアの街が並んでいる。

出口へ向かってそこを横切る途中、気がつくとラングドンは、その空間を占める巨大な作品を茫然と見つめていた。

決まりだな、とラングドンは心に断じた。この美術館でいちばん珍奇な作品を見つけたぞ。

展示室の幅いっぱいに、躍動感あるシンリンオオカミの大群が配されていた。長い列をなすオオカミたちは、高く跳びあがって宙を駆け、行く手にある透明なガラスの壁に激突している。壁の下では死んだオオカミが折り重なっている。

「〈壁撞き〉という作品です」訊かれるのを待たずに、ウィンストンが解説した。「やみくもに壁に突進する九十九匹のオオカミが、集団心理、すなわち規範を逸脱する勇気の欠如を象徴しています」

それが象徴するものの皮肉をラングドンは強く感じた。カーシュは今夜、規範を劇的に逸脱しようとしているのではないだろうか。

「さて、まっすぐお進みいただくと」ウィンストンは言った。「出口の右に色彩豊かなひし形の絵がございます。エドモンドの大好きな画家の作品です」

ラングドンは鮮やかな色どりの絵画を前方に見つけ、特徴あるぞんざいな描き方と、原色と、浮遊する目にすぐさま気づいた。

ジョアン・ミロだ、とラングドンは思った。バルセロナ出身のその名高い画家による、子供の塗り絵帳とシュールレアリストのステンドグラスを足して二で割ったかのような、遊び心にあふれた作品が昔から好きだった。

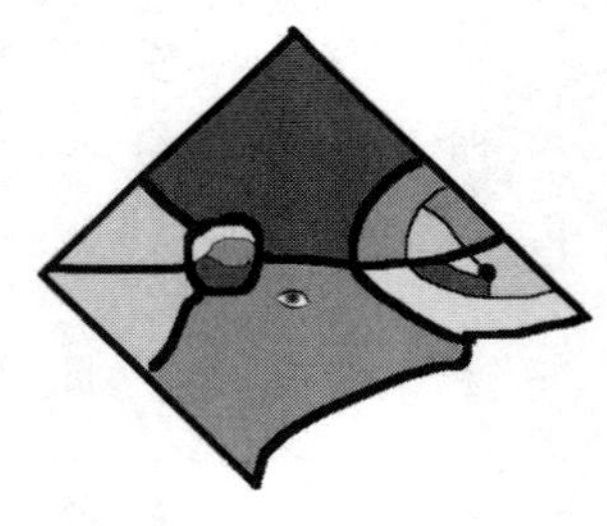

けれども、その作品の真横に来たところで、急に足が止まった。驚いたことに、絵の表面は完全に平坦（へいたん）で、筆の跡がまったく見えない。「複製なのか？」

「いいえ、現物です」ウィンストンは答えた。

ラングドンはさらに近寄って見た。その作品は明らかに大判プリンターで印刷されている。「ウィンストン、これは印刷物だ。キャンバスに描かれてさえいない」

「キャンバスは使いません」ウィンストンは答えた。「わたくしは仮想世界で創作し、エドモンドがそれを印刷してくれるのです」

「待ってくれ」ラングドンは耳を疑って言った。「これはきみの作品なのか？」

「はい、ジョアン・ミロの作風を真似てみました」

「それはわかる」ラングドンは言った。「署名までしてあるしな——Miróと」

「いいえ」ウィンストンは言った。「よくご覧ください。わたくしは〝Miro〟と署名しました——アクセント記号なしで。スペイン語の〝miro〟は〝わたしは見る〟を意味します」

みごとだ、とラングドンは認めざるをえなかった。何しろ、ウィンストンの絵の真ん中から、ミロ風の単眼が鑑賞者を見ているのだから。

「エドモンドから自画像を描くように言われて、考えついたのがこれです」

これが自画像だって？　ラングドンは不均衡でぞんざいな絵にもう一度目をやった。きみはずいぶん変てこな姿のコンピューターらしいな。

ラングドンが最近読んだ記事によると、カーシュがいま夢中なのは、アルゴリズムを用いた——つまり、きわめて複雑なプログラムを駆使した——芸術作品の創作をコンピューターに教えこむことだという。そうなると困った問題が持ちあがる。コンピューターが芸術作品を創る場合、だれがその作者ということになるのか——コンピューターなのか、それともプログラマーなのか。マサチューセッツ工科大学で、非常に完成度の高いアルゴリズム・アートの展覧会が先ごろ催され、そのせいでハーヴァードの人文科学課程についても厄介な見方が生まれた——芸術がわれわれを人間たらしめているのか、と。

「わたくしは作曲もいたします」ウィンストンは淡々と言った。「ご興味がおありでしたら、あとでエドモンドに頼んで再生してもらってください。しかし、いまは急いでいただかないと。プレゼンテーションがすぐにもはじまります」

展示室を出た先は高所のせまい通路で、そこから中央のアトリウムが見おろせた。洞穴のようなその空間の反対側では、ガイドたちがはぐれた招待客の最後の数人を手際よくエレベーターからおろしてラングドンのいる方向へ送り出し、その先の入口のほうへ移動させていた。

「今夜のプログラムはあと数分ではじまる予定です」ウィンストンは言った。「プレゼンテーション会場の入口はご覧になれますか」

「ああ、見える。すぐ前に」

「けっこうです。最後に一点。おはいりになったところに、ヘッドセットの回収箱があります。あなたはご自分のを返さずにそのまま持っておくようにと、エドモンドからことづかっています。そうすれば、プログラム終了後に、わたくしが裏口から外へご案内できますし、そこなら人混みを避けてかならずタクシーを拾えますから」

ラングドンは、カーシュがタクシーの運転手に渡すようにと言って名刺に走り書きした、奇妙な文字と数字の組み合わせを思い浮かべた。「ウィンストン、エドモンドはただ〝BIO-EC346〟としか書いてくれなかったんだ。あまりにも簡単な暗号だと言っていたが」

「そのことばどおりですよ」ウィンストンは即座に答えた。「さあ、教授、プログラムがもうはじまります。ミスター・カーシュのプレゼンテーションをどうかご堪能（たんのう）くださいますように。そして、のちほどお手伝いさせていただくのを楽しみにしております」

唐突なクリック音とともに、ウィンストンは消えた。

ラングドンは入口のドアに近づくと、ヘッドセットをはずして、上着のポケットに滑りこませた。それから、最後の数人の客とともに急いで入場したとたん、背後でドアが閉まった。

またしても、そこに意外な空間があった。

みんな、プレゼンテーションを立ち見するのか？

全員が心地よい椅子に着席してカーシュの発表を聞くのだろうとラングドンは想像していたが、そうではなく、何百人という招待客たちは、せま苦しい漆喰塗りの展示室に立ったまま詰めこまれていた。ここには目に見える芸術作品も座席もなく――奥の壁際に演壇があるだけで、その横の液晶スクリーンにはこう表示されていた。

ライブ・プログラム開始まで2分07秒

期待が高まるのを感じながら、液晶スクリーンの二行目の文字列へ視線を移したラングドンは、わが目を疑った。

現在の場外参加者数――1、953、694人

二百万人？

発表をライブ配信するつもりだとはカーシュから聞いていたが、この数は想像をはるかに超え、しかも刻一刻と増加していた。

ラングドンの顔を笑みがよぎった。これまでのところ、かつての教え子はうまくやっている。目下の疑問はこうだ――エドモンドはいったい何を告げようとしているのか。

13

ドバイのすぐ東の砂漠では、月明かりのもと、オフロードバギーのサンド・ヴァイパー１１００が左に急ハンドルを切って、横滑りしながら止まり、まばゆいヘッドライトの前に砂煙を舞いあがらせた。

運転していた十代後半の少年が、ゴーグルをはずし、危うく轢（ひ）きかけた物体を見おろした。おそるおそる車からおりて、砂に埋もれた黒い影へ近づいていく。

やはり思ったとおりだった。

ヘッドライトに照らされているのは、砂の上にうつぶせに横たわり、身じろぎひとつしない人間の体だ。

「マルハバ？」少年は声をかけた。「こんばんは」

返事がない。

服装――昔ながらの円筒帽（シエシア）に、ゆったりとした長衣（トウブ）――からすると、おそらく男だろう。肉づきがよく、ずんぐりした体格だ。足跡はすっかり吹き消され、タイヤの跡もなく、こんな砂漠の奥までどうやってたどり着いたのかを示す痕跡（こんせき）もまったくない。

「マルハバ？」少年は繰り返した。

なんの反応もない。

ほかにどうすべきかわからず、少年は足を前へ出して、男の脇腹を軽くつついた。体はまるまるとしているのに、筋肉は硬直し、風と日差しにさらされて乾ききっているように感じられる。まちがいなく死んでいる。

少年はかがんで男の肩をつかみ、仰向けにさせた。男の生気を失った目が天を見あげる。顔も顎ひげも砂にまみれて汚いのに、どういうわけか、大好きな伯父や祖父のような親しみを感じ、見覚えがある気さえする。

五、六台の四輪バイクやバギーのエンジン音が近くで響き、砂漠の暴走仲間たちが少年の様子を見にもどってきた。車の群れは轟音をあげて尾根を越え、砂の斜面を滑りおりてくる。

仲間たちは車を停めてゴーグルとヘルメットをはずし、干からびた不気味な死体のまわりに集まった。ひとりが興奮して話しはじめた。ときどき大学で講演していた名高いアラマのサイード・アル＝ファドル――学者にして宗教指導者――だと気づいたからだ。

「マーザー・アライナー・アン・ナファル？」その仲間は声をあげて言った。〝どうすればいいんだ？〟

少年たちは輪になり、無言で死体を見つめた。それから、世界じゅうの十代の若者と同じ行動をとる――携帯電話を取り出して写真を撮り、友人たちへ送りはじめたのだった。

14

演壇のまわりでひしめき合う招待客たちに揉まれながら、ロバート・ラングドンは液晶画面の数字が着々と増えていくさまに目を瞠っていた。

現在の場外参加者数――２、５２７、６６４人

混み合った空間を包むざわめきは鈍いとどろきにまで高まっていた。何百人という客たちが期待に満ちた声を響かせ、その多くは興奮して最後の電話をかけたり、自分の居所をツイートしたりしている。

技術スタッフが演壇に出てきて、マイクを軽く叩(たた)いた。「みなさま、前もってお伝えしましたように、携帯機器の電源をお切りください。これより、当イベントの開催中はＷｉ-Ｆｉと通話をすべて遮断いたします」

多くの客がまだ通話中だったが、いきなり接続が切れた。いかにもカーシュらしい奇跡のテクノロジーが外界とのつながりを魔法のごとく断ち切ったのを目のあたりにして、ほとんどの客が茫然(ぼうぜん)としている。

そんなもの、電器店で五百ドルで売ってるぞ。

ラングドンがそれを知っていたのは、ハーヴァード大学には、携帯型の電波妨害装置を使って教室を〝不感帯(デッドゾーン)〟にし、学生が授業中に携帯電話を使えないようにしている教授が何人かいて、自分もそのひとりだったからだ。

肩に大きな撮影器具をかついだカメラマンが所定の位置につき、演壇にレンズを向けた。照明が薄暗くなる。

液晶画面にはこう表示されている。

ライブ・プログラム開始まで38秒

現在の場外参加者数――2、857、914人

ラングドンは参加者数のカウンターを驚きの視線で見つめた。アメリカ合衆国の負債をしのぐ速さで増えているようだ。いままさに三百万人近い人々が、この会場でこれから起こることをライブ配信の画面で見守っているというのは、信じがたかった。

「あと三十秒」技術スタッフがマイクに向かって静かに告げた。

演壇の裏手の壁にある小さなドアが開くと、聴衆は一気に静まり、偉大なエドモンド・カーシュが現れるのを待ち構えた。

だが、現れない。

ドアは十秒近く開いたままだ。

すると、優雅ないでたちの女が現れて、演壇へ向かった。目が覚めるような美女で――すらりと背が高く、髪は黒く長い――体にぴったり合った白いドレスには黒い斜めのストライプがはいっている。足どりは軽やかで床の上を滑るように進んでいく。演壇の中央に立つと、マイクの位置を調整して大きく息を吸い、聴衆に穏やかな笑顔を向けてカウントダウンを待った。

ライブ・プログラム開始まで10秒

その女は気持ちを集中させるように一瞬目を閉じ、またあけた。落ち着き払った姿は一幅の肖像画のようだ。

カメラマンが指を五本立てた。
四、三、二……
室内が静まり返り、女は目をあげてカメラに視線を合わせた。液晶画面がその顔を映したライブ映像に切り替わる。女は生き生きとした黒っぽい瞳（ひとみ）で聴衆を見つめ、オリーブ色の頰にかかる一房の髪を無造作に掻（か）きあげた。

「みなさま、こんばんは」女は話しはじめた。教養を感じさせる上品な声で、わずかにスペイン訛（なま）りがある。「アンブラ・ビダルと申します」

割れんばかりの拍手がいっせいに沸き起こり、大多数の客がその女を知っていることをうかがわせた。

「フェリシダーデス！」だれかが叫んだ。〝おめでとう！〟

女が顔を赤らめ、ラングドンは自分の知らないことがあるらしいと気づいた。

「みなさま」女はすばやくつづけた。「これまで五年間、わたしはこのビルバオ・グッゲンハイム美術館の館長をつとめてまいりました。今宵（こよい）は、真に非凡な人物が用意した格別すばらしい夜にみなさまをお迎えいたします」

一同は熱心に拍手を送り、ラングドンもそれに加わった。

「エドモンド・カーシュは当美術館の手厚い支援者であるだけでなく、信頼の置ける友人にもなってくれました。今夜のイベントを企画するために、数か月にわたって緊密に協力できたことは大変光栄であり、わたし個人としても名誉なことでした。先ほど確認しましたが、世界じゅうのソーシャルメディアも大いに盛りあがっています。すでに多くのかたがご存じのとおり、エドモンド・カーシュは今夜、科学上の重大発表をおこなう予定です——その発見は世界に対するみずからの最大の貢献として、永遠に記憶に残るものだと、本人は自負しています」

興奮のざわめきが部屋じゅうに広まった。

黒髪の女はおどけた笑みを浮かべた。「もちろん、何を発見したのかわたしにだけ教えてくれと、エドモンドに頼んでみたんですけど、ヒントさえもらえなくて」

どっと笑い声があがったあと、また拍手が起こった。

「今夜の特別イベントは」アンブラ・ビダルはつづけた。「英語——ミスター・カーシュの母語——でおこなわれますが、インターネットを介して参加なさるみなさまのために、二十か国語以上の同時通訳を用意しています」

液晶画面が切り替わり、アンブラは言い添えた。「エドモンドが自信過剰だとお思いになるかたがいらっしゃったら、どうぞこちらをご覧ください。十五分前に世界じゅうのソーシャルメディアに向けて自動配信したプレスリリースです」

ラングドンは液晶画面に目をやった。

中央ヨーロッパ夏時間の今夜20時よりライブ配信
未来学者エドモンド・カーシュによるプレゼンテーション
科学の様相を一変させる新発見について

なるほど、こうやってものの数分で三百万もの視聴者を獲得するのか、とラングドンは心のなかでつぶやいた。

演壇に視線をもどすと、さっきは気づかなかったふたりの人物が目にはいった――石のように無表情の警護官がふたり、側面の壁際に直立不動の姿勢で立ち、聴衆の様子に目を光らせている。そろいの青いブレザーに刺繡(ししゅう)された組み合わせ文字を見て、ラングドンは驚いた。

グアルディア・レアルだって？　国王の近衛部隊が今夜ここで何をしているんだ。

王室のだれかが出席しているとは思えない。敬虔(けいけん)なカトリック教徒である王族は、まずまちがいなく、エドモンド・カーシュのような無神論者と公の場で会うのを避けるはずだ。

スペイン国王は立憲君主であり、その職権はかなり限定されているものの、いまも国民の感情や思考に対して絶大な影響力を持っている。多くのスペイン人にとって、王冠は依然として、アラゴンとカスティーリャを統一した両王からつづく豊かなカトリックの伝統と、スペインの黄金時代の象徴になっている。いまなおマドリード王宮は、霊的な羅針盤としても、脈々とつづく確固たる信仰の記念碑としても、輝きを放っている。

ラングドンはスペインでこんなことばを耳にしたことがある――〝議会は統治するが、国王は君臨する〟。何世紀にもわたって、スペインの外交を取り仕切ってきた歴代の王たちは、いずれも信心深く伝統を重んじるカトリック教徒だ。そして現国王も例外ではない。宗教への深い信念や保守的な価値観を示す記事を何度か読んだことがある。

ここ数か月、老齢の国王は寝たきりで死期が迫っていると伝えられ、ひとり息子のフリアンに権限を移譲する準備がおこなわれている。報道によると、フリアン王子の資質は未知数であり、父王の陰でひそやかに生きてきた王子がどんな国王になるのか、いまや国じゅうが関心を寄せている。

フリアン王子がエドモンドのイベントを探るために近衛部隊を送りこんだのか？

ラングドンの脳裏に、バルデスピーノ司教からカーシュに届いた脅迫まがいのメッセージがよみがえった。しかし、ラングドンの懸念をよそに、会場の雰囲気は和やかで、熱を帯び、危険は感じられない。今夜の警備はきわめて厳重だとカーシュは言っていた。ならば、スペイン国近衛部隊も、今夜のイベントを滞りなく進めようと念入りに講じた安全策のひとつなのかもしれない。

「エドモンド・カーシュの演出好きをよくご存じのかたは」アンブラ・ビダルはつづけた。「彼がわたしたちをこの味気ない部屋でずっと立たせておくはずがないのをご承知でしょう」

部屋の反対側にある両開きの閉じられた扉を指し示す。

「あの扉の向こうに、エドモンド・カーシュは〝体験空間〟を造りあげました。今夜はそちらでマルチメディアを駆使したダイナミックなプレゼンテーションをご覧に入れます。イベントはコンピューターがすべて自動制御し、全世界にライブ配信されます」アンブラはことばを切り、金の腕時計をたしかめた。「今夜の進行は入念に時間配分をしております。エドモンドからの指示により、みなさま全員にご入場いただいて、八時十五分ちょうどにはじめたいのですが、開始まであと数分しかありません」両開きの扉を指さす。「では、みなさま、どうぞご移動ください。あちらで奇才エドモンド・カーシュが用意したものを見届けましょう」

それを合図に、扉が左右に大きく開いた。

ラングドンは別の展示室があるとばかり思って目を向けた。ところが、その先にあるものに驚いた。

扉の向こうに見えたのは、深く暗いトンネルらしきものだった。

ルイス・アビラは体を引き、興奮した客の群れが薄暗い通路へ押し寄せるのをやり過ごした。トンネルをのぞきこむと、ありがたいことに、その先は真っ暗な空間だった。

暗闇なら任務が格段におこないやすくなる。

ポケットのなかのロザリオにふれながら、アビラは考えを整理し、この任務に関して与えられたばかりの細かな指示を思い返した。

タイミングが肝心だ。

15

アーチ形の支柱のあいだに黒い布を張りめぐらせたトンネルは幅六メートルほどで、右から左へと、ゆるやかなのぼり勾配(こうばい)になっている。床にはビロードの黒いカーペットが敷きつめられ、明かりは両側の壁の基部に並ぶ直管蛍光灯だけだ。

「靴をお脱ぎください」新しくはいってくる客に向かって、ガイドがささやいた。「みなさま、靴を脱いで、手にお持ちください」

エナメル革のドレスシューズを脱ぐと、靴下を履いた足が驚くほど柔らかいカーペットに深く沈むのをラングドンは感じた。無意識のうちに体の緊張がほぐれる。そこかしこから、くつろぐかのような吐息が聞こえた。

通路をさらに進むと、ようやく突きあたりが見えた——暗幕のかかった入口でガイドが客たちを迎え、厚手のビーチタオルらしきものを手渡してから、暗幕の向こうへ案内している。

トンネル内に満ちていた期待のざわめきは、不安げな沈黙へと変わっていた。ラングドンが暗幕の前に着くと、ガイドが折りたたんだ布を差し出した。ビーチタオルではなく、小ぶりのビロード地の毛布で、一方の端に枕が縫いつけられている。ラングドンはガイドに礼を言い、暗幕をくぐり抜けて中へ足を踏み入れた。

驚きのあまり足が止まったのは、この夜三度目だった。暗幕の先にどんなものを想像していたのかは自分でも定かではないが、目の前の光景がそれとかけ離れていることはまちがいない。

ここは……屋外なのか？

ラングドンが立っているのは広々とした野原の端だった。頭上には輝く星空がひろがり、遠くに一本だけ立つカエデの木の向こうから、細い三日月がのぼりかけている。コオロギの声が聞こえ、あたたかいそよ風が頰をなでる。靴下を履いた足が踏む芝は刈りたてで、濃厚な土のにおいが立ちのぼってくる。

「お客さま」ガイドがささやき、ラングドンの腕をとって野原のなかへといざなった。「芝のお好きな場所を選んでいただけるでしょうか。毛布を敷いて、ごゆっくりお楽しみください」

ラングドンは同じくらい面食らっている客たちとともに、野原へと歩を進めた。客のほとんどが、広い芝で毛布をひろげる場所を探している。きれいに刈りこまれた芝地はアイスホッケーのリンクほどの大きさで、まわりを取り囲む木々やウシノケグサやガマが風に揺れて軽い音を立てている。

しばらくして、ラングドンはこれがすべて幻影であることに気づいた——とてつもない芸術作品だ。

精巧に作られたプラネタリウムのなかにいるのか。細部への徹底した気づかいに驚嘆した。

頭上の満天の星は映像で、月や、流れる雲や、遠景のゆるやかな丘までも再現されている。葉擦れの音を立てる木や草は実際にそこにある――よくできた人工の植物を並べるか、あるいは本物の植物による小さな森を造るかして、植木鉢をうまく隠しているのだろう。植物の雑然とした輪郭が、この巨大な部屋の角張ったへりを覆い隠し、自然の環境さながらの印象を生み出している。

しゃがんで草にふれると、柔らかくて本物のような感触だが、水気はまったくない。プロのスポーツ選手でもだまされる新種の人工芝ができたという話を読んだことがあるが、カーシュはその一歩先を行き、地面をわずかに起伏させて、本物の草原のように小さなくぼみやこぶまで作っている。

ラングドンははじめて自分の感覚にだまされたときのことを思い出した。子供のころ、小さなボートに乗って、月明かりに照らされた港を漂っていると、海賊船が轟々と砲撃戦を繰りひろげた。幼いラングドンは、自分が本物の港ではなく、水を満たした広大な地下劇場にいて、作り出された幻想を見ているという事実を受け入れられなかった。ディズニー・ワールドの有名なアトラクション〈カリブの海賊〉でのことだ。

今夜の演出は圧倒されるほど真に迫っていて、それに気づいたまわりの客たちも同じ驚きと喜びをあらわにしている。カーシュを賞賛せずにはいられない――このすばらしい幻想を作り出したばかりか、何百人もの大人が高級靴を脱いで芝に寝そべり、空を見あげるように仕向けたのだから。

子供のころはよくこうしていたのに、いつの間にかやめてしまった。

横になって枕に頭を載せると、体が柔らかい草に溶けこんでいくのが感じられた。

頭上で星がまたたくなか、ほんのつかの間、ラングドンは十代の少年にもどり、真夜中のボールド・ピーク・ゴルフコースの青々としたフェアウェイで、親友といっしょに寝転び、生命の神秘に思いをはせていた。運がよければ、今夜、エドモンド・カーシュがその神秘のいくつかを解き明かしてくれるかもしれない。

会場の後方では、ルイス・アビラが最後に一度だけ場内を見渡したのち、静かに後ろへさがり、いまはいってきたばかりの暗幕から、人目を盗んで外へ出た。通路のトンネルでひとりきりになると、壁に張られた布に手を這わせ、継ぎ目を探りあてた。ナイロンの付着テープをできるだけ静かに剝がして壁を抜け、ふたたび継ぎ目を閉じた。

幻想は跡形もなく消え去った。

ここはもう野原ではない。

広々とした直方体の空間の大半を大きな楕円形のドームが占めている。部屋のなかに部屋を造ったのか。目の前の構造物——ドーム形の劇場のようなもの——のまわりには、からまったコードや照明器具や音声スピーカーを支える大きな足場が組まれている。内側に向かって並んだビデオプロジェクターが同時に光を発し、太い光線がドームの半透明の表面に降り注いで、星空となだらかな丘の幻影を内部に作り出している。

アビラはカーシュの演出の妙に感じ入ったが、さしもの未来学者といえども、今夜がどれほど劇的な展開を見せるかは想像もできるはずがなかった。

何が大事なのかを忘れるな。おまえは聖なる戦いに臨む戦士だ。はるかに大きなものの一部にすぎない。

アビラはこの任務を頭のなかで幾度となく予行演習していた。ポケットに手を入れ、特大のロザリオを取り出す。その瞬間、ドームの天井に吊られたスピーカーの列から、男の声が神の声のごとくとどろいた。

「みなさん、こんばんは。エドモンド・カーシュです」

16

ブダペストでは、ラビ・ケヴェシュが、書斎として使っているハジコの薄明かりのなかを不安げに行きつもどりつしていた。テレビのリモコンを握り、落ち着きなくチャンネルをつぎつぎと切り替えながら、バルデスピーノ司教からの新たな連絡を待っている。

テレビでは、この十分のあいだにいくつかのニュースチャンネルが通常の番組を中断し、グッゲンハイム美術館からのライブ映像を流していた。解説者たちがカーシュの業績について話し合い、これからはじまる謎めいたプレゼンテーションの中身を予想している。世間の関心が雪だるま式にふくらむさまに、ケヴェシュはたじろいだ。

自分はもう目にしている。

三日前にモンセラット山で、エドモンド・カーシュは〝未編集版〟をケヴェシュとアル＝ファドルとバルデスピーノに前もって披露した。いま、世界がそれと同じものを目にしようとしている。

今夜、すべてが変わる。ケヴェシュの心は沈んだ。

電話が鳴り、物思いから一気に引きもどされた。受話器をつかむ。

バルデスピーノが前置きもなく切り出した。「イェフダ、残念ながら、悪い知らせです」重苦しい声で、アラブ首長国連邦からはいってきたばかりの変報を伝えた。

ケヴェシュは恐怖のあまり手を口にあてた。「アラマ・アル＝ファドルが……自殺した？」

「当局はそう見ています。アル＝ファドルは少し前に砂漠の奥で発見されました……まるで死に場所を求めてそこまで歩いていったかのように」バルデスピーノはことばを切った。「ここ数日の重圧に耐えきれなくなったとしか考えられません」

その可能性について考えると、ケヴェシュは失意と混乱の波に襲われた。自分もカーシュの発見が意味するものに悩まされていたが、それでも絶望のあまりみずから命を絶つというのは、どうにも解せない。

「おかしな話だ」ケヴェシュは言いきった。「アル＝ファドルがそんなことをするとは思えない」

バルデスピーノは長々と黙していた。「そのことばを聞けてよかった」ようやく同意のことばを言う。「正直なところ、わたしも自殺だとは信じがたかったのです」

「では……いったいだれが？」

「エドモンド・カーシュの発見を秘密のままにしておきたい人物です」バルデスピーノはすぐに答えた。「われわれと同じように、発表はまだ何週間か先だと思っていたのでしょう」

「だが、カーシュの話では、このことを知っているのはわたしたちだけのはずだ！」ケヴェシュは反論した。「あなたとアラマ・アル＝ファドル、それにわたしだけです」

「それもカーシュの嘘かもしれません。ただし、たとえわれわれ三人にしか明かしていなかったとしても、われらが友サイード・アル＝ファドルが公表を強く望んでいたことを忘れてはなりません。首長国の同僚に対して、カーシュの発見についての情報を漏らした可能性があるということです。そしてその同僚も、わたしと同じように、それが危険な影響を及ぼすと考えたのかもしれない」

「何をおっしゃりたいのですか」ケヴェシュは怒りをこめて問い返した。「アル＝ファドルの仲間が口封じのために殺したとでも？　ばかげた話だ！」

「ラビ」バルデスピーノは静かな声で言った。「何が起こったのかは、もちろんわたしにもわかりません。あなたと同じく、答を考え出そうとしているだけです」

ケヴェシュは大きく息を吐いた。「失礼しました。サイードの死をまだ受け入れられないのですよ」

「わたしもです。それに、知りすぎたせいでサイードが殺害されたのだとしたら、われわれも用心する必要があります。あなたもわたしも、狙われておかしくない」

ケヴェシュは考えをめぐらせた。「あの発見が公にされたら、わたしたちはもう無関係のはずです」

「そのとおり。しかし、まだ公にされていません」

「司教殿、発表はあと数分ではじまります。あらゆる局が中継するのですよ」

「ええ……」バルデスピーノは疲れたため息を漏らした。「わたしの祈りは聞き入れられなかったと認めざるをえまい」

カーシュに考えなおさせるよう、ほんとうに神に祈ったのだろうか、とケヴェシュは思った。

「あのことが公になったあとも」バルデスピーノは言った。「われわれは無事ではすみません。三日前に宗教指導者たちに相談したことを、カーシュは嬉々として世界に告げるでしょう。いま思うに、あの会合を呼びかけた真の目的は、倫理的な透明性を印象づけることだったのではないでしょうか。もし名指しされることになれば、あなたとわたしにはきびしい目が向けられ、なぜ手をこまぬいていたのかと、身内からも批判の声があがるかもしれません。残念ながら、わたしはただ……」バルデスピーノは何か言いあぐねているかのように、口ごもった。

「ただ?」ケヴェシュは先を促した。

「それはあとで話しましょう。カーシュのプレゼンテーションの様子を見てからまた電話します。それまでは外へ出ないでいただきたい。ドアに鍵をかけ、だれとも話をしないように。くれぐれも用心を」

「脅かさないでください、アントニオ」

「そんなつもりはありません」バルデスピーノは言った。「世界がどう反応するか、われわれは坐して見守るしかありません。もはや神の手に委ねられたのですから」

17

エドモンド・カーシュの声が天から響き渡ると、ビルバオ・グッゲンハイム美術館内に設えられた微風の吹く野原に静寂がひろがった。何百人もの招待客が毛布の上に寝そべって、きらめく星空を見あげている。野原の真ん中あたりで横たわっていたロバート・ラングドンは、期待に胸を高鳴らせた。

「今宵は子供にもどりましょう」カーシュの声はつづけた。「星空のもとで寝転がり、あらゆる可能性に対して心の扉をあけ放とうではありませんか」

ラングドンは、聴衆のなかで興奮がさざ波のようにひろがっていくのを感じた。

「今宵は昔の探検家たちにみずからを重ねましょう」カーシュは告げた。「彼らはすべてを抛って大海原へ漕ぎ出し……だれも目にしたことのない土地を見つけ……先哲たちの想像よりも世界がはるかに広いことを知り、畏敬の念に打たれてひざまずきました。古くからの世界観は、新たな発見を前にして崩れ去ったのです。今宵のわれわれも、そのような気持ちになるでしょう」

実に巧みだ、とラングドンは心のなかでつぶやき、カーシュはナレーションを事前に録音しておいたのか、それともいまステージ裏のどこかで原稿を読みあげているのか、と興味津々だった。

「みなさん」――カーシュの声がまた響き渡る――「今宵お集まりいただいたのは、ある重要な発見についてお話しするためです。まずはその舞台を用意させてください。人類の世界観がすっかり変わる今宵、このような瞬間が生まれるに至った歴史的背景を理解することは、きわめて重要ですから」

まさにその瞬間、遠くで雷鳴がとどろいた。スピーカーから流れる重低音の振動がラングドンの腹に伝わった。

「われわれを導いてくださる高名な学者が」カーシュは言った。「幸運にもこの場にいらっしゃいます――象徴、暗号、歴史、宗教、芸術の分野で伝説的存在となっている人物で、わたしの親しい友人でもあります。ハーヴァード大学教授、ロバート・ラングドンをお迎えしましょう」

ラングドンが驚いて上半身を起こすと、客たちが盛大な拍手を送り、頭上の星々が消えて、聴衆でいっぱいの大講堂が広角で映し出された。ハリス・ツイードの上着を身につけたラングドンが、熱心に聞き入る人々を前に、壇上をゆっくりと歩きまわっている。

ひと役演じてもらうとエドモンドが言っていたのはこれのことか、とラングドンは思い、居心地の悪さを感じながらふたたび芝に寝そべった。

「古代の人々は」スクリーンのラングドンが講義する。「天地万物、とりわけ合理的には理解できない現象に対して、驚くべき接し方をしていました。そうした謎を解くために、多くの神や女神を創造し、人知を超えた現象を——雷、潮汐、地震、噴火、不妊、疫病、そして愛までも——説明しようとしたのです」

なんとも異様な光景だな、とラングドンは自分自身を見あげながら思った。

「古代ギリシャ人にとって、潮の満ち引きはポセイドンの気分の移り変わりによるものでした」頭上のラングドンの映像が融けて、声だけが残った。

打ち寄せる波の映像が現れ、部屋全体が揺れた。ラングドンが驚いて見守るうちに、砕け散る波が風の吹きすさぶ荒涼としたツンドラの凍土へと変わっていく。どこからか、冷たい風が野原に吹いてきた。

「冬という季節が訪れるのは」ラングドンの声はつづけた。「年に一度、ペルセポネが冥界へ行ってしまうのを、母のデメテルが嘆くためです」

部屋の空気にぬくもりがもどると、氷の大地から山が出現し、みるみる大きくなって、頂から炎を噴き出した。

「ローマ人にとって、火山はウルカヌス——鍛冶の神——の住まいでした。この神が地下の巨大な冶金場で巻きあげる炎が、火山という煙突から出ていると考えたのです」

かすかな硫黄のにおいが漂う。カーシュの工夫によって自分の講演が五感で味わえることに、ラングドンは感動を覚えた。

火山の地鳴りが唐突にやんだ。静寂のなか、コオロギがふたたび鳴きはじめ、あたたかな微風が野原に草の香りを運んできた。

「古代の人々は数えきれないほどの神々を生み出し」ラングドンの声は説明した。「地球の謎だけでなく、人体の謎も解明しようとしました」

頭上に夜空がもどって星座がまたたき、それらの表すさまざまな神々の線画が重ねて表示された。

「子供ができないのは、女神ヘラに疎まれたから。恋に落ちるのは、エロスの矢にあたったから。疫病がひろまるのは、アポロンが罰をくだしたからとされたのです」

新たな星座が新たな神々の映像とともに浮かびあがる。

「わたしの本を読んでくださったかたは、〝隙間の神〟ということばをご記憶かと思います。これは、古代の人々が世界を理解しようとして及ばなかったとき、神を使ってその隙間を埋めようとしたという意味です」

何十もの古代の神々を描写した絵や像の巨大なコラージュが、空いっぱいに映し出された。

「数えきれないほどの神々が、数えきれないほどの隙間を埋めてきました。しかし、それから何世紀も経つと、科学の知識も増しました」数学や科学の記号のコラージュが空を満たす。「われわれの自然界の理解にあった隙間が徐々に消えていくとともに、神々の住む神殿は縮みはじめたのです」

天井で、ポセイドンの映像が前面に押し出された。

「たとえば、潮の動きが月の満ち欠けによって起こることがわかると、ポセイドンはもはや必要ではなくなり、無知な時代のばかげた創作として葬り去られました」

ポセイドンの映像が煙とともに消滅する。

「ご存じのとおり、すべての神々が同じ運命をたどりました――人類の進化する知性にとって不要な存在となり、ひとり、またひとりと死んでいったのです」

頭上の神々の映像がひとつずつ消えていく――雷の神、地震の神、疫病の神などなどだ。

神々の映像がずいぶん減ったところで、ラングドンは言い添えた。「ただ、どうか誤解なさらないでください。これらの神々は〝心地よき夜へ穏やかに流され〟たわけではありません。ひとつの文化が神を放棄するときには、混乱が起こります。信仰というものは、幼いうちに、最も愛する人や信頼する人――両親や先生や聖職者――によって、心に深く刻みこまれます。だから、宗教が変わるには何世代も要する。しかも大いなる苦悩をともない、しばしば血も流されるのです」

剣戟の音と叫喚の声が、ひとりずつぼやけていく神々の姿に重なった。最後にただひとりの神の姿が残る――特徴的な皺だらけの顔に、波打つ白い顎ひげを蓄えている。

「ゼウス……」ラングドンの力強い声が響いた。「神々の長。すべての神々のなかで、最も畏れられ、敬われた神です。ゼウスはほかのどの神よりもおのれの消滅に抗い、輝きを失うまいと激しく戦いました。みずからが乗っとった古い神々とまったく同じように」

頭上では、ストーンヘンジ、シュメールの楔形文字を刻んだ粘土板、エジプトの大ピラミッドの映像がきらめく。そのあとにゼウスの上半身がまた映し出された。

「ゼウスの信者はみずからの神を捨てることに根強く抵抗したので、征服した側のキリスト教は、自分たちの新たな神にゼウスの顔を使わざるをえませんでした」

顎ひげを生やしたゼウスの顔が、やはり顎ひげを生やした瓜ふたつの顔のフレスコ画へとなめらかに変貌した――ミケランジェロがシスティナ礼拝堂の天井に描いた〈アダムの創造〉だ。

「今日のわれわれは、ゼウスに関する物語――ヤギの乳で育ったとか、独眼の巨人キュクロプスから強力な武器を授かったという話――を、もはや信じてはいません。現代思想の恩恵に浴するわれわれからすると、こうした話はどれも神話に属するものです。迷信に満ちた過去を楽しくのぞかせてくれる、珍妙な作り話にすぎません」

天井の映像が、ほこりの積もった図書館の書棚に切り替わった。古代神話に関する革装の書物が、自然崇拝やバアル神、イナンナ女神、オシリス神などについての膨大な昔の神学書と並んで、暗がりに放置されている。

「状況はいまやすっかり変わりました」ラングドンの深みのある声が断じた。「われわれは現代人です」

きらめく鮮明な映像が新たに現れた——宇宙開発……半導体チップ……医学研究室……粒子加速器……急上昇するジェット機。

「われわれの知性は進化し、すぐれたテクノロジーを獲得しました。火山の地下で働く鍛冶の神や、潮や季節を操る神を信じたりはしません。われわれは大昔の祖先たちとはまったくちがうのです」

しかし、ほんとうにそう言いきれるでしょうか。ラングドンは映像に合わせて唇を動かし、小さくつぶやいた。

「しかし、ほんとうにそう言いきれるでしょうか」頭上のラングドンが抑揚をつけて言う。「われわれは自分たちを合理的で新しい人間だと思っていますが、最も広く信じられている宗教は荒唐無稽な話もたくさん認めています——不可解にも生き返る死者や、処女が妊娠する奇跡や、疫病や洪水で人々を罰する神や、死後には雲ひとつない天国か炎の燃えさかる地獄へ行くという怪しげな約束などを」

そのことばとともに、キリストの復活、聖母マリア、ノアの方舟、ふたつに割れる紅海、天国と地獄といった、よく知られたキリスト教のイメージが天井に映された。

「ではここでしばらく、未来の歴史学者や人類学者の反応を想像してみましょう。全体像を把握している彼らが、われわれの宗教を振り返ったら、それらを無知な時代の神話と見なすでしょうか。われわれがゼウスを見るのと同じように、われわれの神を見るでしょうか。われわれの聖典を集めて、ほこりだらけの歴史の本棚へ追いやるでしょうか」

その問いは長らく暗闇を漂っていた。

すると突然、エドモンド・カーシュの声が静寂を破った。

「答はイエスです、教授」未来学者の声が高みから響き渡る。「すべてそのとおりになるでしょう。未来の世代は、テクノロジーが発達したこの時代の人類が、いったいなぜ当時の宗教の教えをほぼ鵜呑みにしていたのかと、疑問に思うはずです」

カーシュの声が力強さを増し、新たな映像が天井にひろがった——アダムとイヴ、ブルカをまとった女性、火渡りをするヒンドゥー教徒。

「未来の世代は、いまのわれわれの慣習を見て、無知な時代であったと結論づけるでしょう。人間は神によって魅惑の園で創造されたとか、女は顔を隠さなくてはならないと全能の創造主が命じているとか、神を讃えるためならおのれの身を焼くことをも恐れてはならないと信じていることが、証拠としてあげられるはずです」

さらなる映像が現れ、世界各地の宗教儀式を写した写真が矢継ぎ早に重ねられる——悪魔祓い、洗礼、ボディーピアス、動物の生け贄。スライドショーの最後は、強い不安を誘う一本の動画だった。インド人の聖職者が十五メートルほどある塔の端から乳児をぶらさげている。急に聖職者が手を放すと、子供は一気に落下して、楽しげな村人たちが消防士のネットのようにひろげた毛布へ真っ逆さまに突っこんだ。

グリシュネシュワー寺院の赤子落とし、か。この儀式によって子供が神の寵愛(ちょうあい)を受けられると信じる人々がいることを、ラングドンは思い出した。

さいわい、不穏な動画はそこまでだった。

完全な闇のなかでカーシュの声が反響した。「現代人の知性は正確で論理的な分析ができるはずなのに、少し合理的に考えただけで崩れ去るはずの信仰をなぜ受け入れられるのでしょうか」

頭上にきらめく星空がもどった。

「実のところ」カーシュは言いきった。「答はあまりにも単純です」

星空が急に輝きを増し、よく見えるようになった。星と星を結ぶ細い線がいくつも現れ、その連結点が無限にも思える網を作り出していく。

ニューロンか。ラングドンが気づくと同時に、カーシュは話しはじめた。

「人間の脳が物事を信じる仕組みはどうなっているのでしょう」

いくつかの連結点が明滅し、細い線を通して、ほかのニューロンへと電気パルスを送っていく。

「いわば生体コンピューターのようなもので」カーシュはつづけた。「人間の脳にはオペレーティングシステムがあります。一日じゅう無秩序に流れこんでくる情報――言語や、耳に残る音楽や、サイレンや、チョコレートの味など――を、一連のルールに則(のっと)ってすべて体系化し、定義しているのです。ご想像のとおり、絶え間なく流れこむ情報は多種多様でまとまりがありませんが、脳はそのすべてに意味を与えなくてはなりません。現実をどう認識するかは、脳にプログラミングされたオペレーティングシステムのまさしく産物ですが、あいにくわれわれはそのとばっちりを受けています。というのも、人間の脳のプログラムを書いたのが何者であれ、それはひねくれたユーモア感覚の持ち主だからです。つまり、ばかげているとわかりきったことを信じてしまうのは、われわれのせいではないのです」

頭上でニューロンを結ぶシナプスがはじけるような音を立てると、見慣れた映像がいくつも脳内から浮かびあがった。占星図、湖面を歩くキリスト、サイエントロジーの創始者L・ロン・ハバード、エジプトのオシリス神、ヒンドゥー教の象面と四本腕の神ガネーシャ、本物の涙を流す大理石の聖マリア像。

「そして、プログラマーであるわたしは自問せずにいられません。どんな奇怪なオペレーティングシステムが、こんな非論理的なアウトプットをおこなっているのか、と。仮に人間の心のなかをのぞきこんで、そのオペレーティングシステムを読みとることができたら、こんなふうになっているはずです」

巨大な文字で記されたふたつの文が頭上に現れた。

混沌(こんとん)を軽蔑(けいべつ)せよ。

秩序を生み出せ。

「これがわれわれの脳の基本プログラムです」カーシュは言った。「だからこそ、人間にもまさにこのとおりの傾向があります。混沌をきらい、秩序を好む」

だしぬけに会場全体が震え、子供がめちゃくちゃに鍵盤を叩いているかのような、ピアノの耳障りな不協和音が鳴り響いた。ラングドンもまわりの面々も思わず身をこわばらせた。

カーシュがやかましい音に負けじと叫んだ。「でたらめに鍵盤を叩く音は聞くに堪えません！　しかし、同じ音を並べ替えて、もっと秩序を加えると……」

まとまりのない騒音がぴたりとやみ、ドビュッシーの〈月の光〉の心休まるメロディーが響いた。

ラングドンは筋肉がほぐれるのを感じた。会場に満ちていた緊張も解けたようだ。

「脳が喜んでいますね」カーシュは言った。「同じ音。同じ楽器。ただ、ドビュッシーはそこに秩序を与えました。ジグソーパズルを組み合わせたり、壁の絵をまっすぐに直したりしたくなるのも、秩序を生み出すことに同じ喜びを感じるからです。秩序を求める性質はわれわれのＤＮＡに刻みこまれているのであり、だから人間の精神が作り出した最も偉大な発明がコンピューターであるのも不思議ではありません――混沌から秩序を生み出す助けとなるものとして、そもそも設計されたのですから。実のところ、スペイン語でコンピューターは〝オルデナドール〟と言います――文字どおり〝秩序を生み出すもの〟という意味です」

巨大なスーパーコンピューターと、そのひとつきりの端末の前にすわる青年の映像が現れた。

「世界じゅうのあらゆる情報にアクセスできる高性能のコンピューターがあると想像してください。あなたはこのコンピューターに、訊きたいことをなんでも訊ける。やがてあなたは、人間が自我に目覚めてからずっととらわれてきたふたつの根源的な問いを発することになるでしょう」

青年が端末のキーを叩くと、ふたつの文が表示された。

われわれはどこから来たのか。

われわれはどこへ行くのか。

「言い換えれば、あなたはわれわれの起源と運命を問うのです。ふたつの問いを受けて、コンピューターはこう答えるでしょう」

端末がまたたく。


データ不足により、正確にお答えできません。


「役に立ったとは言えませんが」カーシュは言った。「正直な答ではあるでしょうね」

つづいて、人間の脳の映像が現れる。

「ところが、このささやかな生体コンピューターに尋ねると――まず、われわれはどこから来たのかと訊くと――話はちがいます」

脳からさまざまな宗教的イメージがあふれ出した――アダムに命を吹きこもうと腕を伸ばす神、粘土から最初の人間を造るプロメテウス、自分の体のいろいろな部分から人間を造るブラフマー、雲を分けてふたりの人間を地上へおろすアフリカの神、流木から男と女を形作る北欧の神。

「では、つぎに訊いてみましょう。われわれはどこへ行くのか、と」

さらなるイメージが脳から流れ出る――穢れのない天国、猛火の地獄、ヒエログリフで記されたエジプトの死者の書、幽体離脱の石彫、ギリシャ神話にあるエリュシオンの野の絵、カバラのギルグル・ネシャモットの描写、仏教とヒンドゥー教の輪廻(りんね)転生の図、神智学のサマーランドを示した円。

「人間の脳にとっては」カーシュは説明をつづける。「どんな答でも、ないよりはましなのです。われわれは〝データ不足〟に直面すると非常に不安になるので、脳はデータをひねり出し、せめて幻の秩序を与えようとする――無数の哲学や神話や宗教を作り、未知の世界にもたしかに秩序と体系があると思わせて、われわれを安心させようとするのです」

宗教的なイメージが流れつづけるなか、カーシュの声にさらに熱がこもった。

「われわれはどこから来たのか。われわれはどこへ行くのか。人間の存在にかかわるこの根本的な疑問は、つねにわたしの頭から離れず、答を見つけることは長年の夢でした」カーシュはことばを切り、重苦しい声でつづけた。「悲しいことに、多くの人が宗教の教義を持ち出して、この大いなる疑問の答をすでに知っていると思いこんでいます。そして、その答が宗教によってちがうので、どの答が正しいか、どの神の物語が唯一の真実かをめぐって、文化圏同士の争いが起こるのです」

銃火や炸裂(さくれつ)する迫撃砲弾の映像が頭上のスクリーンにひろがった――宗教戦争の写真が暴力に満ちたモンタージュを形作り、泣きじゃくる避難民、家を追われた家族、民衆の遺体の写真がそれにつづく。

「宗教の歴史がはじまったときから、人類は――無神論者も、キリスト教徒も、イスラム教徒も、ユダヤ教徒も、ほかのあらゆる宗教の信者も――終わりのない戦いに巻きこまれてきました。われわれをひとつに結びつけるものは、平和を切望する心だけです」

砲声をとどろかせていた戦争の映像が消え、星の輝く静かな空に変わった。

「想像してください。もしわれわれが生命の大いなる謎に対する答を奇跡的に知ることができたら……だれもが疑いようのない同じ証拠を目にし、人類というひとつの種として、ともに受け入れるしかないと悟ったらどうなるかを」

目を閉じて祈りを捧げる聖職者の映像が現れた。

「霊的な探究は、これまでずっと宗教の領域にあり、われわれはその教えを、たとえほとんど筋の通らないものであっても、ひたすら信じるように促されてきました」

目を閉じて歌ったり、頭を垂れたり、詠唱したり、祈ったりしている熱心な信者の映像が組み合わされる。

「しかし、信仰とは本来、目に見えないものや説明できないものを信じ、実証のない何かを事実として受け入れることです。だから、信仰の対象が人によって異なるのも無理からぬことでしょう。普遍的な真実など存在しないのですから」カーシュはことばを切った。「とはいえ……」

天井の映像が融けて、一枚の写真になった。ひとりの女子生徒が目を大きく見開いて、熱心に顕微鏡をのぞきこんでいる。

「科学はその反対です。科学とは、その本質からして、未知の事柄やまだ説明されていない事柄の物的証拠を見つけようとする試みであり、迷信や誤解を退けて観察可能な事実を選ぼうとする試みです。科学が示す答は普遍的です。人々はそれをめぐって争ったりせず、むしろそれを軸にして結びつきます」

ＮＡＳＡ（アメリカ航空宇宙局）やＣＥＲＮ（欧州原子核研究機構）などの実験室で撮影された歴史的瞬間の映像が再生された――さまざまな人種の科学者たちが、新しい知識の発見に跳びあがって喜びをともにし、抱き合っている。

「みなさん」カーシュはささやき声で言った。「わたしはこれまでに数々の予言をしてきました。今夜、また新たな予言をします」ゆっくりと深く息を吸う。「宗教の時代は終わりを迎えつつあり、科学の時代が幕をあけようとしています」

会場を静寂が満たした。

「そして今夜、人類はその未来へ向けて、大きく前進することになります」

そのことばにラングドンは思わず寒気(さむけ)を覚えた。その謎めいた発見がなんであれ、カーシュが世界じゅうの宗教と真っ向から対決する舞台を用意しているのは明らかだった。

18

コンスピラシーネット・ドットコム

エドモンド・カーシュ続報

宗教のない未来へ?

現時点で三百万人という空前の数のオンライン視聴者が注目するライブ配信で、未来学者のエドモンド・カーシュは、科学上の発見を公表するつもりでいるようだ。それは人類にとっての最大の疑問ふたつに答えるものになると、本人はほのめかしている。

事前に録画されたハーヴァード大学教授ロバート・ラングドンによる魅力的な導入部のあと、エドモンド・カーシュは宗教の信仰に対する痛烈な批判をはじめ、大胆にも〝宗教の時代は終わりを迎えつつある〟と予言した。

今夜これまでのところ、この高名な無神論者はふだんよりやや控えめで、丁重にふるまっている。カーシュの過去の反宗教的発言については、ここをクリックのこと。

19

ドーム形劇場の布で設(しつら)えた壁のすぐ外で、ルイス・アビラは入り組んだ足場が人目をさえぎる場所へと移動した。姿勢を低くして自分の影が目立たないようにしながら、最前列近くの壁面からほんの数センチの位置に身をひそめる。

静かにポケットへ手を入れ、ロザリオを取り出す。

タイミングが肝心だ。

ロザリオの珠(たま)に沿って、少しずつ指を動かしていくと、重い金属の十字架にふれた。下で金属探知機を受け持っていた警備員が、これをろくに調べもせずに通してくれたのは愉快だった。

十字架の縦軸に仕込んである剃刀(かみそり)の刃で、布の壁に十五センチほどの切れ目を垂直に入れた。そこをそっとひろげ、別世界をのぞきこんだ――木々に囲まれた野原で、何百人もの招待客が毛布の上に寝そべって星空を見あげている。

これから何が起こるか、夢想だにしていないだろう。

ありがたいことに、近衛部隊の隊員ふたりは、野原の反対側、最前列の右端あたりにいた。直立不動の姿勢を崩さず、目立たないよう木陰に控えている。この薄暗がりでは、手遅れになるまでこちらの姿に気づかないだろう。

そのそばに隊員以外でひとりだけ立っているのは、美術館館長のアンブラ・ビダルで、カーシュのプレゼンテーションを見守りながら、落ち着きなく身じろぎしているようだ。

アビラは自分の位置どりに満足して切れ目を閉じ、十字架に注意をもどした。たいていの十字架と同じように、縦軸の左右に腕がついて横軸をなしている。だがこの十字架では、二本の腕が縦軸に強力な磁石で貼りついていて、取りはずしができる。

腕の一方をつかみ、力まかせに折った。腕がはずれて、小さな物体が転がり出る。もう一方も同じようにすると、十字架から腕がなくなった——四角い金属の棒が、連なる重い珠の先にぶらさがっているだけだ。

アビラはそれをポケットにしまった。すぐに必要になるはずだ。それから、十字架の両腕に隠してあったふたつの小さな物体を見つめた。

近距離射撃用の銃弾二発。

後ろに手をまわして、ベルトの下を探り、上着で隠して持ちこんだものを腰のくぼみから取り出す。コーディー・ウィルソンという名のアメリカの若者がリベレーター——世界ではじめて3Dプリンターで作られたプラスチック拳銃——を設計したのは数年前のことで、それから技術は格段に進歩した。セラミックとプラスチックでできたこの新しい銃は、威力こそ控えめなままだが、射程距離で劣るという短所は、金属探知機に引っかからないという長所で補って余りある。

接近すればいいだけのことだ。

すべてが計画どおりに進めば、現在の位置は申し分ない。

宰輔は今夜のイベントの正確な配置図と段取りについての内部情報をどこからか入手していた……そして、任務を遂行する方法を明確に指示してきた。むごたらしい結果になるだろうが、アビラはエドモンド・カーシュの神をも畏れぬ前口上を目のあたりにし、今夜ここで犯す罪は赦されるはずだと確信した。

敵は戦争を仕掛けている、と宰輔は言った。殺すか、殺されるかだ、と。

会場最前列の右端の壁を背にして立つアンブラ・ビダルは、胸中の不安が表に出ていないことを願った。

科学のプログラムだとカーシュは言っていたのに。

あのアメリカ人の未来学者はこれまでも宗教への嫌悪を隠さずにいたが、今夜のプレゼンテーションがこれほど敵意をむき出しにしたものになるとは、思ってもみなかった。

けっして事前には見せてくれなかった。

美術館の理事たちとの悶着(もんちゃく)は免れないだろうが、いまアンブラが心配しているのは、それよりずっと個人的なことだった。

数週間前、アンブラはきわめて高い地位にいる人物に、今夜のイベントでの自分の役割を打ち明けた。その人物は強く反対し、アンブラが内容も知らずに――よりによって、無神論者として名高いエドモンド・カーシュが話し手になるというのに――催しにかかわるのは危険だと警告した。

中止しろと命じたも同然だった、とアンブラは思い返した。けれども、独善的な口ぶりに腹が立って、耳を傾ける気にはなれなかった。

アンブラは満天の星の下にたたずみながら、その人物もどこかでこのライブ配信を憂い顔で見ているのだろうかと考えた。

もちろん見ているにちがいない。真の問題は、行動を起こすかどうかだ。

アルムデナ大聖堂では、バルデスピーノ司教が机の前に微動だにせずに坐し、ノートパソコンを一心に見つめていた。向かいの王宮でも、おそらくだれもがこのプログラムを見ているだろう。とりわけフリアン王子——スペイン王位の第一継承者は。

さぞお怒りであろう。

今夜、スペインで最も権威のある美術館のひとつが著名なアメリカ人無神論者に協力して配信している番組は、〝神を冒瀆し、キリスト教を否定する売名行為〟だと、すでに多くの宗教関係者が断じている。論争をさらに過熱させているのは、今夜のイベントを主催している美術館の館長が、いまスペインで最も注目を集めている有名人——華やかな美女アンブラ・ビダルだからだ。このところ、スペインのニュースはこの女性の話題で持ちきりで、本人はたちまち国じゅうから賛美される身となっていた。ところが、信じられないことにミズ・ビダルは、神への全面攻撃の場を提供して、すべてを危険にさらす道を選んだ。

フリアン王子は、なんらかの声明を出さざるをえまい。

王子は近く国王としてスペインのカトリック教会でも重要な存在となるが、今夜のイベントにどう応じるかという難題において、その事実はたいして意味を持つわけではない。それよりはるかに大きな懸念材料は、先月みずから嬉々として公表した内容であり、アンブラ・ビダルはそのせいで世間の注目の的となった。

王子が発表したのは、ふたりの婚約だ。

20

ロバート・ラングドンは今夜のイベントの先行きに不安を感じていた。

カーシュのプレゼンテーションは、信仰全般に対するあからさまな糾弾へと危険なほど近づいている。この会場に集まった無宗教の科学者グループだけでなく、数百万に及ぶ世界じゅうのオンライン視聴者にも語りかけていることを忘れてしまったのだろうか。

あえて挑発したとしか思えない。

困ったことに、プレゼンテーションには自分が登場している。本人はきっと賛辞のつもりで動画を使ったのだろうが、ラングドンはかつて心ならずもみずからが宗教論争の火種となったことがあり……できればあんな経験を繰り返したくなかった。

とはいえ、視覚と聴覚に訴える周到な宗教攻撃はすでに開始され、ラングドンはいまになって、バルデスピーノ司教からの録音メッセージをほんとうに軽んじてよかったのかと思いはじめた。

ふたたびカーシュの声が会場に響き渡り、頭上の映像が世界じゅうのさまざまな宗教の象徴に替わった。「正直に申しあげましょう」カーシュはきっぱりと告げた。「今夜の発表については、わたしとしても迷うところがありました。特に、信仰を持つ人々への影響については」ことばを切る。「そこで三日前、わたしはいささか自分らしくない行動に出ました。宗教の立場を尊重し、そのうえでわたしの発見がもろもろの宗教の信者にどう受け止められるかを見定めるために、三人の卓越した宗教指導者——イスラム教とキリスト教とユダヤ教の指導者——のもとへひそかに相談に出向き、自分の発見を明かしたのです」

押し殺したささやきが場内に満ちた。

「予想どおり、わたしが打ち明けた内容に、お三方とも大変な驚きと懸念をあらわにされ、お怒りにさえなりました。芳しくない反応ではありましたが、会ってくださった寛大なお心には感謝しております。お名前をあげるのは控えますが、このプレゼンテーションを妨害しようとなさらなかったことについては、今夜この場でお礼を申しあげたい」そこでひと息つく。「妨害なさろうと思えば、できたはずですから」

ラングドンは聞き入り、綱渡りをしながらも足場を固めるカーシュの芸当に驚いた。宗教指導者に会うという判断は、広い心、信義、公明正大さを示すものだが、カーシュにそういう美質があるとは一般には見なされていない。モンセラットでの会見は事前調査であるとともに、広報作戦でもあったのだろう。

巧みな逆転の一手だな、とラングドンは思った。

「歴史を通して」カーシュはつづけた。「宗教への情熱はつねに科学の進歩を阻んできました。ですから、今宵(こよい)、全世界の宗教指導者のかたがたには、願わくは忍耐とご理解をもって、これからわたしが申し述べることをお聞きいただきたい。血なまぐさい暴力の歴史を繰り返すのはもうやめようではありませんか。過ちはもうたくさんです」

天井の映像が古(いにしえ)の城郭都市の絵に替わった——砂漠を流れる川のそばに正円の形をした大都市がある。

それがはるか昔のバグダッドであることにラングドンはすぐ気づいた。珍しい形の建造物が、上に狭間胸壁を設けた三重の同心円の城壁で守られている。

「時は八世紀」カーシュは言った。「バグダッドは地上最高の学都として名をはせ、その大学と図書館はあらゆる宗教や哲学や科学に門戸を開いていました。この街は五百年にわたって、世界に類を見ない科学の革新的成果を生み出しつづけ、今日の文化にもその影響が見受けられます」

頭上にもう一度星空が現れたが、こんどは多くの星に名前がつけられていた。ベガ、ベテルギウス、リゲル、アルゲバル、デネブ、アクラブ、キタルファ。

「これらの語源はすべてアラビア語です」カーシュは言う。「現在、星の三分の二以上の名前がアラビア語に由来するのは、それらがアラブ世界の天文学者によって発見されたからです」

アラビア語名のついた星は一気に増えていき、天空を覆い隠さんばかりになる。それから名前が消え、広大な天だけが残った。

「そして当然ながら、星の数をかぞえたいときには……」

強く輝く星のそばにローマ数字がひとつずつ浮かんだ。

Ⅰ、Ⅱ、Ⅲ、Ⅳ、Ⅴ……

数字が現れるのが唐突に止まり、それから消えた。

「わたしたちはローマ数字を使いません」カーシュは言う。「使うのはアラビア数字です」

アラビア数字を使って、ふたたび星が数えられはじめた。
1、2、3、4、5……
「そのほか、みなさんはこうしたものもイスラム世界の発明だとご存じかもしれませんね。いまもアラビア語由来の名称が使われています」

〝代数学（algebra）〟という語が空に浮かび、一連の多元方程式がそれを囲む。つぎに現れた語は〝演算法（algorithm）〟で、さまざまな公式が添えられている。それから、地平面上の角度を表す略図とともに〝方位角（azimuth）〟。さらに流れが速くなり……天底（nadir）、天頂（zenith）、錬金術（alchemy）、化学（chemistry）、暗号（cipher）、万能薬（elixir）、アルコール（alcohol）、アルカリ（alkaline）、ゼロ（zero）……

　なじみのあるアラビアのことばがとめどなく流れ出るのを見ながら、ラングドンがつくづく残念に思うのは、多くのアメリカ人にとって、バグダッドはニュースで見る戦争で荒廃したほこりまみれの中東の都市でしかなく、かつて科学の進歩のまさに中心地だったという事実がまったく知られていないことだった。

「十一世紀の終わりまで」カーシュはつづける。「バグダッドとその周辺では、世界屈指の知的探究と発見がおこなわれていました。ところが、ほぼ一夜のうちに事態が変わります。ハーミド・アル＝ガザーリーというすぐれた学者が——いまでも歴史上最も大きな影響を及ぼしたイスラム教徒のひとりとされていますが——一連の著作においてプラトンとアリストテレスの理論に疑問を呈し、数学は〝悪魔の哲学〟だと宣言したのです。これを皮切りに、科学的思考をないがしろにする流れが起こりました。神学研究が義務づけられるようになり、やがてイスラム世界全体の科学活動が頓挫（とんざ）しました」

　頭上の科学用語が霧散し、イスラム教の教典の映像が現れた。

「神の啓示が科学の究明を押しのけました。そして現在もなお、イスラムの科学界は痛手から立ちなおろうとしています」そこでカーシュは間をとった。「むろん、キリスト教の科学界がそれよりましだったわけではありません」

天文学者のコペルニクス、ガリレオ、ブルーノの絵姿が天井に映った。

「歴史上指折りの優秀な科学者を教会が組織的に殺害、幽閉、糾弾したことは、人類の進歩を少なくとも一世紀は遅らせました。さいわい、今日では科学の恩恵が昔より理解されているおかげで、教会は攻撃の手をゆるめています……」カーシュは深く息を吐いた。「いや、ほんとうにそうでしょうか」

十字架と蛇をあしらった地球のロゴマークとともに、文字群が現れる。

科学と生命に関するマドリード宣言

「まさにこのスペインで、先ごろカトリック医学協会国際連盟は、〝科学には心が欠落している〟から教会が抑制すべきだとして、遺伝子操作に対して宣戦布告しました」

つづいて、地球のロゴマークが別の円──大規模な粒子加速器の設計図──へと変化した。

「そして、これは世界最大の粒子衝突装置として期待されたテキサスの超伝導超大型加速器で、まさに宇宙開闢（かいびゃく）の瞬間を探り出す可能性を秘めていました。皮肉にも、設置場所はアメリカでもとりわけ信仰の篤（あつ）い聖書地帯（バイブル・ベルト）でした」

映像がまた変化し、テキサスの荒野にひろがる巨大な環状のコンクリート構造物が現れた。半分だけ造られたその施設は塵埃（じんあい）にまみれていて、建設途中で放置されたらしい。

「アメリカの超大型加速器によって人類の宇宙への理解が大幅に進むはずでしたが、経費の膨張と思いがけない関係筋からの政治的圧力のせいで、計画は中止されました」

ニュース映像が現れ、若いテレビ伝道師がベストセラー本『神がつくった究極の素粒子』を振りまわしながら怒鳴っている。「わたしたちは心のなかに神を探し求めるべきです！　原子のなかではありません！　こんなくだらない実験に何十億ドルもかけるのはテキサス州の恥であり、神への冒瀆でもあります！」

ふたたびカーシュの声が聞こえた。「いまあげたような衝突は――宗教的迷信が理性をねじ伏せた例ですが――現在もつづく戦争で生じた小競り合いにすぎません」

突然、現代社会の強烈な光景の数々が映し出された――遺伝子研究所の周囲を練り歩くデモ隊、トランスヒューマニズムの会議場の外で焼身自殺を図る聖職者、こぶしを振りあげて旧約聖書の創世記を支持する福音主義者たち、キリスト教の象徴であるジーザス・フィッシュが進化論の象徴であるダーウィン・フィッシュを食べている図、胚性幹細胞の研究や同性愛者の権利や妊娠中絶への怒りをあらわにする宗教的な広告板、それに対して怒りの反撃をする広告板。

暗闇に横たわったラングドンは心臓が激しく打つのを感じた。一瞬、体の下で芝が小刻みに震えているような気がし、地下鉄の列車が迫りくる錯覚にとらわれる。やがて震動が強くなり、地面がほんとうに震えているのがわかった。深いうねりのある地鳴りが芝から背に伝わり、ドーム全体が低いうなりをあげてわなないた。

芝の下で重低音用のスピーカーが激流の音を流しているのだと、ラングドンはようやく気づいた。冷たい霧に顔と体を包まれ、まるで怒れる川のただなかで寝ているかのようだ。

「この音が聞こえますか」カーシュが急流のとどろく音とともに呼びかけた。「これは〝科学知識の川〟が抑えようもなく氾濫している音です」

水音はますます激しくなり、霧がラングドンの頬を濡らした。

「人類が火を発見して以来」カーシュは大声で言った。「この川は力を蓄えてきました。どの発見もさらなる発見の糧となり、そのたびにこの川に一滴の水を加えました。いま、わたしたちがいるのは津波の頂、止めようのない力で暴れる大洪水のなかです！」

場内がいっそう激しく揺れた。

「われわれはどこから来たのか！」カーシュは叫んだ。「われわれはどこへ行くのか！　人間はつねにその答を探す運命にありました。探索の手立ては何千年ものあいだに劇的な進歩をとげています」

いまや霧と風が大荒れとなり、川の轟音で何も聞こえないほどだった。

「考えてください」カーシュは力をこめて言った。「原始の人類が火を見いだしてから車輪を作り出すまで、百万年以上を要しました。しかし、その先の活版印刷の発明までは数千年しかかかっていません。そこから望遠鏡の発明までは二百年足らずです。つづく数世紀には、さらに短い期間で蒸気機関からガソリン自動車、そしてスペースシャトルへまで飛躍しました。その後、たった二十年のあいだに自分自身のDNAを修正しはじめたのです。

現在の科学は月単位で進歩しています。目もくらむような速さです。ほんの少し経てば、今日の世界最速のスーパーコンピューターが算盤に見え、今日の最先端の手術法が野蛮に感じられ、今日のエネルギー源が部屋をともす蠟燭並みに古くさく思えるでしょう」

カーシュの声と力強い水音が、とどろく闇で響きつづける。

「昔のギリシャ人が古の文化を研究するには、何世紀もさかのぼる必要がありましたが、わたしたちは一世代振り返るだけで、いまでは当然とされている科学技術なしに暮らしていた人々を見つけることができます。人類の発展の歴史年表は徐々に圧縮され、〝昔〟と〝いま〟との間隔はかぎりなく縮みつつあります。ですから、人類の進歩におけるつぎの数年はまちがいなく衝撃的かつ破壊的で、想像を絶するものになるでしょう」

唐突に川の轟音がやんだ。

星空がもどった。あたたかいそよ風も、コオロギの鳴き声も。

場内の聴衆がいっせいに息を吐いたのが伝わった。

いきなり訪れた静寂のなかに、カーシュの声がささやきとなって帰ってきた。

「みなさん」カーシュは穏やかに語りかけた。「ここに集まってくださったのは、わたしが新発見についてお話すとお約束したからでしたね。ささやかな前置きにお付き合いくださって、ありがとうございました。さあ、古い考えの枷(かせ)など捨ててしまいましょう。いよいよ発見の喜びを分かち合うときが来ました」

そのことばとともに会場の四方八方から霧が低く立ちこめ、頭上の空が徐々に夜明け前の微光を帯びて、下の聴衆をかすかに照らした。

突然スポットライトがともり、芝居がかった動きで光の輪が会場の後方へ向かった。ほとんどの客がすぐさま身を起こし、主催者の姿を見ようと首を後ろにひねって霧の奥を見やる。ところが、数秒後にスポットライトはまた前方へと向けられた。

人々もライトとともに首をめぐらせる。

会場の前方、スポットライトの光のなかに、微笑むエドモンド・カーシュの立ち姿があった。何秒か前までそこになかった演台の両端に、ゆったりと手を置いている。「こんばんは、みなさん」ショーの達人が親しみをこめて言うそばで、霧が少しずつ晴れていく。

まもなく人々は立ちあがって、今夜の主催者に盛大な拍手を送った。ラングドンもそれに加わり、こらえきれずに笑みを浮かべた。

スモークのなかから登場するのが得意なんだったな、エドモンド。

今夜のプレゼンテーションは宗教への対決姿勢をとっているものの、いまのところみごとな出来栄えで——大胆で決然としていて——いかにもカーシュらしい。世界じゅうに増えつつある自由思想家がエドモンド・カーシュに心酔するのも不思議ではない、とラングドンは思った。

何はともあれ、人がなかなか口に出せない本音を語る男だ。

スクリーンにカーシュの顔が映ったとき、さっきよりずっと血色がよいことにラングドンは気づいた。おそらくプロの手で化粧が施されたのだろう。それでも、友が疲れ果てているのは見てとれた。

拍手喝采が鳴りやまないので、胸の内ポケットの振動に危うく気づかないところだった。思わず携帯電話を探るが、電源を切ったはずだとすぐに気づく。奇妙にも、振動源はポケットのなかの別物で——骨伝導式ヘッドセットだ——そこからウィンストンが大声で話しかけているらしい。

よりによって、こんなときに？

ラングドンは上着のポケットからヘッドセットを出し、不器用に頭に取りつけた。スピーカー部分が顎の骨にふれたとたん、ウィンストンの少し癖のある声が頭のなかで聞こえた。

「——ングドン教授？　聞こえますか。電話は使えません。連絡がとれるのはあなただけなのです。ラングドン教授？」

「ああ——ウィンストンか。聞こえているよ」ラングドンはまわりの拍手の音に負けじと返事をした。

「よかった」ウィンストンは言った。「よく聞いてください。重大な問題が生じたかもしれません」

21

世界を舞台に数えきれないほど勝利の瞬間を味わってきたエドモンド・カーシュは、功績を残すことに絶えず意欲を燃やしてきたが、心から満足することはまれだった。けれども、いまは演壇で大喝采を浴びながら、これから世界を変えていける強烈な喜びに身をまかせた。

みんな、もうすわってくれ、と心に念じた。お楽しみはこれからなのだから。

霧が晴れていくなか、カーシュは頭上へ目をやりたい気持ちを抑えた。そこには自分の顔が大きく映り、それが世界じゅうの数百万の人々の目にも届いているはずだ。

世界が見守っている、とカーシュは勇み立った。国境も、階級も、宗教のちがいも超えて。

左へ視線を移し、隅で見ているアンブラ・ビダルにうなずきかけて、感謝の気持ちを伝えた。きょうの大舞台のために、たゆみなく協力してくれたからだ。ところが、意外にもアンブラはこちらを見ていない。ただただ不安な顔で聴衆へ目を向けていた。

どうしたのか。アンブラはそう思いながら、脇から様子を見守った。

会場の中央から、正装した長身の男が聴衆を押し分け、両手を振りながら近づいてくる。

ロバート・ラングドン。カーシュの動画に出ていたアメリカ人教授だとアンブラは気づいた。

ラングドンが足早に近づいてきたので、護衛の隊員ふたりがすばやく壁を離れて、あいだに立ちはだかった。

いったい何？　アンブラはラングドンの顔つきから、ただごとではないと察した。

カーシュもこの混乱に気づいているのかとアンブラは演壇へ目を向けたが、エドモンド・カーシュは聴衆のほうを見ていなかった。奇妙にも、アンブラをまっすぐに見つめている。

エドモンド！　なんだか変よ！

その刹那（せつな）、耳をつんざく炸裂音（さくれつおん）がドームに響き渡り、カーシュの頭がいきなり後ろへのけぞった。

絶望と戦慄（せんりつ）のなかでアンブラが見たのは、カーシュの額に穿（うが）たれた赤い弾痕（だんこん）だった。カーシュはわずかに白目をむいたが、両手でしっかりと演台を握りしめたまま全身をこわばらせた。困惑しきった顔で一瞬よろめいてから、倒木のように横に傾いて床へ崩れ落ちる。鮮血の散った頭部が人工芝にぶつかり、大きくはずみあがった。

いま目撃したものの意味を理解する間もなく、アンブラは近衛部隊のひとりによって床に押しつけられていた。


時間が止まる。

そのあとは……地獄絵図だ。

カーシュの無残な死体が映ったスクリーンの明かりに照らされながら、おおぜいの聴衆がさらなる銃撃から逃れようと、会場の後方へいっせいに押し寄せた。

周囲は大混乱だったが、ラングドンはショックで体が固まって、その場に釘（くぎ）づけになった。ほど近い場所で友が聴衆にまだ顔を向けたまま横ざまに倒れ、額の銃痕から赤いものがあふれている。生気のないその顔が、テレビカメラのぎらつくスポットライトに無情にも照らされている。三脚に載ったカメラを操作する者はなく、ドームの天井と全世界へまだライブ映像が送られているらしい。

まるで夢のなかのように体が勝手に動き、ラングドンはカメラに駆け寄ると、それを上へ向けてレンズをカーシュからそらした。それから首をめぐらせ、逃げまどう客越しに、演壇と倒れた友のほうを見たが、カーシュが絶命しているのは明らかだった。

なんということだ……知らせようとしたんだよ、エドモンド。でも、ウィンストンの警告が遅すぎた。

遺体からあまり離れていない床の上で、近衛部隊のひとりがアンブラ・ビダルを守るように覆いかぶさっているのが見える。ラングドンはアンブラのほうへ一直線に急いだが、その隊員は反射的に行動した。跳ね起きてすばやく歩きだし、大股で三歩突き進んで、ラングドンに体あたりを食わせる。

隊員の肩が胸骨を直撃して、肺の空気が残らず絞り出され、全身に痛みの波が走るのを感じながら、ラングドンは後方へ吹っ飛んで人工芝に叩きつけられた。息つく間もなく力強い手で腹這いにさせられ、左手を後ろにねじあげられて、後頭部を頑丈な手のひらで押さえこまれる。身動きひとつできず、左頬が芝にめりこんだ。

「こうなるのを前から知っていたな」隊員が叫んだ。「どういうことだ！」

二十メートル離れた場所では、近衛部隊隊員のラファ・ディアスが、逃げまどう人々の一団を掻き分けて、銃の発射炎が見えた横の壁にたどり着こうとしていた。

アンブラ・ビダルは無事だな。相棒がアンブラを床へ引き倒して覆いかぶさるのを見ていたディアスは、そう確信した。一方、被害者に手の施しようがないのもまちがいない。エドモンド・カーシュは床に倒れる前に死んでいた。

不思議なのは、招待客のひとりが事前に警告を受けたのか、銃撃の直前に演壇へ駆け寄ろうとしていたことだ。

どういう事情であれ、そちらはあとまわしでいい。

目下のところ、自分の仕事はひとつだけだ。

狙撃犯を捕らえる。

ディアスは発射炎が見えた場所に着き、布でできた壁に裂け目を見つけた。そこへ手を突っこんで布を乱暴に床まで引き裂いたあと、ドームを出て、足場が入り組む空間へと踏みこんだ。

左のほうにちらりと人影が見える――白い軍服を着た長身の男だ。その男が広大な空間の向こう端にある非常口へ猛然と走っていく。一瞬ののち、逃げる人影はドアを突き押して消えた。

ディアスはドームの外側に並ぶ電子機器のあいだを縫って追走し、やがてそのドアを抜けてコンクリートの階段に出た。手すりから下をのぞくと、逃亡者が二階下で螺旋(らせん)階段をすさまじい速さで駆けおりている。ディアスはそれを五段飛ばしで追いかけた。下のどこかで出口のドアが大きな音を立てて開き、また閉まった。

外へ出たぞ!

地上階に着いたディアスは出口まで――水平なバーがついた両開きのドアまで――全力で走り、そこに体あたりを浴びせた。上階のドアは難なく開いたのに、そこは数センチだけあいてから何かにつかえて止まった。鋼鉄の壁にはじき飛ばされたディアスは、床にくずおれて肩に激しい痛みを覚えた。

ふらつきながらも、立ちあがってもう一度試す。

ドアがわずかに開き、どうにか原因が見てとれた。

奇妙なことに、珠の連なるワイヤーが外側の取っ手に巻きついて、ドアが固定されている。並んだ珠はずいぶんなじみのあるもので、ディアスはますますとまどった。善良なスペインのカトリック教徒なら、だれでも知っているものだ。

ロザリオ？

あらんかぎりの力をこめ、痛む体でもう一度ドアを押したが、連なる珠はちぎれなかった。ディアスはせまい隙間をあらためてのぞきこみ、ロザリオがそんな場所にあることと、それを断ち切れないことに困惑した。

「オラ！」扉越しに叫ぶ。「アイ・アルギエン（だれかいるか）！」

沈黙。

細い隙間からは、そびえるコンクリート壁と人気のない業務用通路が見えた。だれかが来てワイヤーをほどいてくれる望みは薄い。ほかに策がないので、ディアスはやむなくブレザーの下のホルスターから拳銃を抜いた。撃鉄を起こし、隙間に銃身を入れる。銃口をロザリオの珠に押しつけた。

聖なるロザリオに弾をぶちこむというのか？　ケ・ディオス・メ・ペルドーネ（神よ、赦したまえ）。

腕のない十字架が目の前で揺れた。

引き金を引く。

コンクリートの床に銃声が響き、ドアが大きくあいた。ロザリオが砕け、ディアスはあたり一面に珠が跳ねる無人の通路へつんのめるように踏みこんだ。

白服の暗殺者の姿はなかった。

百メートル離れた場所で、無言のルイス・アビラを後部座席に乗せた黒のルノーが速度をあげて美術館から去った。

アビラがロザリオの珠を通した高強度繊維〈ベクトラン〉はしっかり役目を果たし、追跡者をじゅうぶんに足止めしてくれた。

うまく逃げおおせた。

蛇行するネルビオン川に沿って車が北西へ疾走し、アバンドイバラ通りを高速で進む車の流れにまぎれこんだとき、ようやくアビラは深く息をついた。

今夜の使命をこの上なく順調に果たすことができた。

〈オリアメンディ行進歌〉の喜びに満ちた歌声が脳裏によみがえる——その昔、まさにこのビルバオで血みどろの戦いがあったときに歌われたものだ。ポル・ディオス、ポル・ラ・パトリア・イ・エル・レイ! アビラは心のなかで歌った。〝神のために、そして祖国と国王のために!〟

鬨(とき)の声が忘れられて久しい……だが、いまや戦いがはじまった。

22

マドリードの王宮(パラシオ・レアル)はヨーロッパで最も広い宮殿であり、古典主義とバロックの様式がこの上なく鮮やかに融合された建造物でもある。もともとは九世紀のムーア人の要塞(ようさい)跡に築かれた城であり、三階建ての列柱つきファサードは、幅百五十メートルに及ぶ壮大なアルメリア広場とほぼ平行に位置している。内部は気の遠くなりそうな迷宮で、十三万平方メートルを超える広さに三千四百十八の部屋がおさまっている。広間や寝室や廊下は値のつけようのない貴重な宗教美術品で飾られ、そのなかにはベラスケスやゴヤやルーベンスの傑作もある。

何世代にもわたって、この王宮はスペイン国王と王妃の私邸だった。しかし現在ではおもに国家行事に使われ、王族はもっと気楽で人目につきにくいマドリード郊外のサルスエラ宮殿に住んでいる。だが、ここ数か月、マドリードにある正式な王宮のほうは、フリアン王子——四十二歳の次期国王——の本邸となっていた。居を移したのは、いよいよ即位が近づいている大切な時期だから、国民にもっと姿を見せたほうがよいという年長者たちの勧めによるものだった。

フリアン王子の父である現国王は、何か月も前から不治の病で臥せっていた。国王の判断力に翳りが見られると、宮殿では権力の移譲が少しずつはじまり、国王亡きあとに王子がすみやかに戴冠するための準備が整えられていた。指導者の交代が目前に迫るなか、スペイン国民がフリアン王子に目を向けて考えることはひとつだけだ。

どんな君主になるのだろうか。

フリアン王子はつねに控えめな用心深い息子で、ゆくゆくは国王になるという責任の重みに幼いころから耐えてきた。第二子を身ごもった王妃が早産の合併症で死去すると、国王は再婚の道をかたくなに拒み、フリアンをスペイン王位の唯一の継承者にして周囲を驚かせた。

〝補欠〟なしの跡継ぎ。イギリスのタブロイド紙は王子のことをそう呼ばわった。

フリアンはきわめて保守的な父親の庇護のもとで育ったため、スペインのおおかたの伝統主義者の予想では、王子は国王から厳格さを受け継いでスペイン王室の威厳を保つにちがいなく、そのためにも昔ながらのしきたりを守り、儀式を執りおこない、そして何よりスペインの揺るぎないカトリックの伝統を重んじていくだろうと考えられていた。

何世紀もかけてカトリックの国王たちが築きあげた遺産は、スペインの道徳観の核として役立ってきた。けれども近年、国の信仰の基盤が脆弱（ぜいじゃく）になったのか、スペインはあまりにも古い世界とあまりにも新しい世界との激しい対立に巻きこまれていた。

増加しつつある進歩主義者たちは、ブログやソーシャルメディアで噂の洪水を起こしていた。フリアンが父親の影から脱すれば、いよいよ本領を発揮する——大胆でリベラルな世俗の指導者として、多くのヨーロッパ諸国の例にならって君主制を完全に廃止するだろう、と。

かねてからフリアンの父は国王として積極的に活動しつづけ、わが子には政治の世界にほとんど踏み入らせなかった。王子は青春時代を楽しむべきであり、結婚して身を固めるまで国事にかかわらせないと公言していた。そのせいで、フリアンの四十年余りの人生を占めているのは——スペインのマスメディアが蓄えた膨大な記録によると——私立学校、乗馬、式典でのテープカット、基金募集、世界旅行だった。そして、これといった功績はないものの、フリアン王子がスペイン一の理想の結婚相手であることはまちがいなかった。

現在四十二歳のハンサムな王子が、長年にわたって多くの花嫁候補と交際してきたことはよく知られ、途方もないロマンチストだという評判だったが、これまでその心を射止めた女性はひとりもいなかった。しかし数か月前から、フリアンはある美しい女性といっしょにいるところを何度も目撃されていた。相手は、元ファッションモデルのようにも見えるが、実はビルバオ・グッゲンハイム美術館の高名な館長だった。

すぐさまマスメディアは、アンブラ・ビダルを〝現代の国王にまさにふさわしいお相手〟として持てはやした。教養があり、社会で成功し、そして何より、貴族の末裔ではない。アンブラ・ビダルは庶民の出だった。

王子もそれに異論はなかったらしく、わずかばかりの婚前の交際を経て求婚に踏みきり――奇想天外でロマンティックなプロポーズのしかただったが――アンブラ・ビダルは承諾した。

その後の数週間、マスメディアは毎日のようにアンブラ・ビダルを採りあげ、美しいだけの女性ではないと報じつづけた。自主独立の姿勢をけっして曲げず、将来のスペイン国王妃でありながら、近衛部隊が日々のスケジュールに干渉したり、大きな公開行事以外で護衛をつけたりするのを断固として拒否したことが、早くも明らかになった。

もっと穏当な、体の線を強調しない服装にしてはどうかと近衛部隊の隊長がやんわり諫めたのに対し、のちにアンブラは公の場でそれを評して、〝グアルダロピア・レアル〟――王の衣装部屋――の親玉に叱られた、と茶化したという。

リベラル寄りの雑誌は、表紙の全面をアンブラの顔で飾った。〝アンブラ！　スペインの美しき未来！〟。インタビューをことわったときは〝おもねらない人〟、受けたときは〝親しみやすい人〟として褒めたたえた。

保守派の雑誌は、気の強い将来の王妃を権力に食らいつく日和見主義者と断じ、次期国王に危険な影響を及ぼすだろうと切り捨てた。その証拠として、王子の体面をあからさまに軽んじる態度をあげつらった。

まず槍玉にあがったのは、アンブラがフリアン王子をファーストネームで呼び捨てにし、伝統に則った〝殿下〟という敬称を使わずにいることだった。

とはいえ、もうひとつの問題のほうがはるかに深刻かもしれない。過去数週間のあいだ、アンブラは仕事のスケジュールが詰まってほとんど王子と会っておらず、その一方で、過激な無神論者と美術館の近くで昼食をともにしている姿が頻繁に見られていた。相手はアメリカの科学者エドモンド・カーシュだ。

昼食をとりながら有力な資金提供者と企画の打ち合わせをしていただけだとアンブラは言い張ったが、王宮内の消息筋によると、フリアンは頭に血をのぼらせているという。

王子が怒るのも無理はなかった。

実のところ、麗しいフィアンセは――婚約して数週間だというのに――ほかの男とばかり過ごしていたのだから。

23

ラングドンは芝に顔を押しつけられたままだった。上に乗った近衛部隊隊員の重みで骨がきしんでいる。

不思議なことに、何も感じなかった。

感情が千々に乱れ、麻痺している――悲しみと恐怖と怒りが重なってねじれ合うかのようだ。世界有数の明晰な頭脳が――かけがえのない友が――この上なく残忍な方法で公然と殺された。一世一代の大発見を公表しようという、まさにそのときに。

痛ましくも失われたものが人命だけにとどまらず、もうひとつあることに気づいた——科学の損失だ。

カーシュの発見は、もはや世に出ることはないのだろうか。

突然の怒りで体が熱くなり、つづいて鋼鉄の決意が湧きあがった。

何がなんでも犯人を探しあてる。きみの遺産を引き継ぐよ、エドモンド。きみの発見を世界に知らせる手立てを見つけよう。

「おまえは知ってたな」耳もとで隊員の不快な声が響く。「何かが起こるのを予想したように、演壇へ向かっていったじゃないか」

「それは……警告……されたからだ」呼吸もままならず、ラングドンはどうにか声を絞り出した。

「だれに警告された？」

よじれて傾いたヘッドセットが頬にあたっている。「このヘッドセット……自動の音声ガイドだ。エドモンド・カーシュのコンピューターが警告してきたんだ、招待客リストに不審な人物が載っていると。退役したスペイン海軍の将校らしい」

隊員が顔を近づけたので、イヤフォンから漏れる無線の音がラングドンにも聞きとれた。無線の声は息もつかずに切迫した調子でしゃべり、スペイン語の知識が心もとないラングドンでも、それが悪い知らせだと理解できた。

……エル・アセシノ・ア・ウイード……

〝暗殺者は逃亡した〟。

……サリーダ・ブロケアーダ……

〝出口をふさがれた〟。

……ウニフォルメ・ミリタール・ブランコ……

〝ウニフォルメ・ミリタール（軍服）〟ということばが聞こえると、ラングドンを押さえつけている手の力がゆるんだ。「ウニフォルメ・ナバル（海軍の制服）？」隊員は問いただす。「ブランコ（白）……コモ・デ・アルミランテ（提督もそうだな）？」

肯定の応答が返った。

海軍の制服を着ていたのか、とラングドンも理解した。ウィンストンの言っていたとおりだ。

隊員はラングドンを解放して、体を離した。「仰向けに」

ラングドンはどうにか体の向きを変え、床に両肘を突いた。めまいがして、胸には打撲の痛みがある。

「動くな」隊員は言った。

動くつもりなどなかった。見おろすように立っている近衛部隊の隊員は、およそ百キロ近い筋肉の塊で、職務に忠実なことはすでに実証ずみだ。

「インメディアタメンテ（いますぐだ）！」隊員は無線機に向かって怒鳴りつけ、現地警察の応援と美術館周辺での検問を緊急要請した。

……ポリシア・ロカル……ブロケオス・デ・カレテーラ……

床に横たわったラングドンの目に、側壁の近くでまだ立ちあがれずにいるアンブラ・ビダルの姿が映った。立とうとしてふらつき、膝からくずおれて床に両手を突いている。

だれか助けてやれ！

だが、隊員はドームじゅうに響き渡る声で、だれにともなく叫んでいる。「ルセス！　イ・コベルトゥーラ・デ・モービル！」〝明かりをつけろ！　電話を使えるようにもしろ！〟

ラングドンはヘッドセットへ手を伸ばし、位置を直した。

「ウィンストン、聞こえるか」

隊員が振り向いてラングドンを不審げに見つめた。

「聞こえております」ウィンストンの声は淡々としていた。

「ウィンストン、エドモンドが撃たれた。いますぐ照明をつけたいんだ。携帯電話も使いたい。きみの力でどうにかできないか。管理者へ連絡するのでもいい」

数秒後、ドームの照明がいきなりともって、月明かりを浴びた野原の神秘的な絵図を掻き消し、捨て置かれた毛布が散らばる寒々とした人工芝のひろがりをあらわにした。

隊員はラングドンが見せた力に驚いているようだった。少しして手を差し伸べ、ラングドンを立ちあがらせる。ふたりは白々した明かりのもとで向き合った。

隊員はラングドンに劣らぬ長身で、頭はスキンヘッド、体は青のブレザーがはち切れんばかりに隆々としている。表情のない青ざめた顔が鋭い眼光を際立たせ、その目がいまはレーザー光線さながらにラングドンに向けられている。

「今夜の動画に出ていたな。名前はロバート・ラングドン」

「ああ。エドモンド・カーシュはかつての教え子で、友人でもある」

「近衛部隊に所属するフォンセカだ」男は完璧な英語でそう名乗った。「海軍の制服を着た男のことをどうやって知ったのか、話してくれ」

ラングドンは、演壇の脇の芝に静かに横たわるカーシュの遺体を見やった。そのかたわらにアンブラ・ビダルがひざまずき、美術館の警備員ふたりと医務員ひとりも駆けつけていたが、蘇生処置はすでに断念したらしい。アンブラが遺体にそっと毛布をかけた。

ほんとうに死んでしまった。

ラングドンは殺された友から目をそむけることができず、吐き気を覚えた。

「もう手の施しようがない」フォンセカがきびしい口調で言った。「なぜこうなるのを知ってたのか、話してもらおう」

ラングドンはフォンセカへ視線をもどした。声の調子は誤解しようがない。これは命令だ。

ラングドンはウィンストンから聞いた内容を口早に伝えた。招待客に渡したヘッドセットのひとつが捨てられているのを、ガイドプログラムが感知したこと。そして、人間のガイドがごみ入れからヘッドセットを回収して、どの招待客に割りあてられたものかを確認したところ、開場寸前にリストに加えられた客だとわかり、警戒を強めたこと。

「そんなはずはない」フォンセカは険しい目で言った。「招待客のリストはきのう確定した。全員の身元を確認ずみだ」

「この男はちがいます」ラングドンのヘッドセットでウィンストンの声が響いた。「不安を覚えましたので、その招待客の名前を調べたところ、退役したスペイン海軍の将校だとわかりました。五年前にセビーリャで起こったテロ攻撃のせいで、アルコール依存症と心的外傷後ストレス症候群を患い、除隊しています」

ラングドンはその情報をフォンセカへ伝えた。

「セビーリャ大聖堂のあの爆弾テロ？」フォンセカは怪しんでいるようだった。

「まだございます」ウィンストンはラングドンに告げた。「その将校とミスター・カーシュとのあいだには、どんな接点も見つけることができませんでした。そのことが気になり、美術館の警備部に警報を鳴らすように伝えたのですが、それだけの情報でイベントを台なしにするわけにはいかないと反対されました――何しろ、全世界にライブ配信されているさなかでしたから。エドモンドが今夜のプログラムにいかに打ちこんでいたかを知っていましたから、わたくしもそれには納得し、そこですぐあなたに連絡したのです、ロバート。あなたがその男を見つけ出して、人知れず警備員へ引き渡せるように手引きできないかと考えたのですよ。もっと強硬な手段に出るべきでした。エドモンドの期待にそむいてしまった」

カーシュのコンピューターが罪悪感をいだいているように思え、ラングドンはどうも落ち着かない気分になった。毛布で覆われたカーシュの遺体へ目をもどすと、アンブラ・ビダルがこちらへ近づいてくるのが見えた。

フォンセカはアンブラを無視し、ラングドンから視線をそらさなかった。「そのコンピューターは」フォンセカは尋ねた。「将校の名前を言ったのか」

ラングドンはうなずいた。「名前はルイス・アビラ」

それを聞くなり、アンブラが足を止めてラングドンを見つめ、恐怖の色をありありと顔に浮かべた。

フォンセカはアンブラの反応に気づき、即座に詰め寄った。「ミズ・ビダル。いまの名前に聞き覚えが？」

アンブラは返事ができないようだった。視線を落とし、亡霊でも見たかのように床を凝視している。

「ミズ・ビダル」フォンセカは繰り返した。「ルイス・アビラ――この名前をご存じなんですか」

動揺した様子は、殺人犯をたしかに知っていると告げているも同然だった。時が一瞬凍りついたが、二度まばたきをしたあと、催眠から覚めたかのように、その黒っぽい目に光がもどった。「いいえ……そんな名前は知りません」アンブラは小声で言い、ラングドンを横目で見てから、自分の警護官に視線をもどした。「ただ……殺人犯がスペイン海軍の将校だと聞いてびっくりしてしまって」

嘘をついている、とラングドンは感じ、なぜ隠そうとするのかと不思議に思った。ルイス・アビラという名前に反応したのはまちがいない。

「招待客リストを管理していたのはだれですか」フォンセカは詰問し、アンブラへさらに一歩近寄った。「その男の名前を加えた者は？」

アンブラの唇が震えている。「わたしには……わからない」

突然、何台もの携帯電話がいっせいに鳴りだして、ドーム内に不協和音が響き渡ったために、フォンセカの質問は中断された。どうやらウィンストンが回線をつなぐ手立てを見つけたらしい。呼び出し音のひとつは、フォンセカのブレザーのポケットから発せられている。

フォンセカは自分の電話を取り出し、発信者名をたしかめると、深く息を吸ってから応答した。

「アンブラ・ビダル・エスタ・ア・サルボ」〝アンブラ・ビダルは無事です〟。

ラングドンは取り乱した様子のアンブラへ視線を移した。相手もこちらを見ている。ふたりの視線がぶつかり、しばらくのあいだ、どちらも目をそらさなかった。

ウィンストンの声がヘッドセットから聞こえた。

「教授」ウィンストンは小声で言った。「アンブラ・ビダルは、ルイス・アビラが招待客リストに載ったいきさつをよく知っています。名前を加えた当人ですから」

ラングドンがその情報を理解するまで少し時間がかかった。

アンブラ・ビダル自身が招待客リストに殺人犯の名前を加えた？

そして、それを隠している？

その意味を考えあぐねているうちに、フォンセカがアンブラに携帯電話を差し出した。

フォンセカは言った。「ドン・フリアン・キエレ・アブラール・コン・ウステ（フリアン殿下があなたとお話ししたいそうです）」

アンブラは電話から身を遠ざけようとするかに見えた。「わたしは無事ですと伝えてください」アンブラは言った。「あとで電話します、と」

フォンセカは信じられないと言いたげな顔をした。電話を手で覆ってアンブラにささやく。「ス・アルテサ・ドン・フリアン、エル・プリンシペ、ア・ペディード（わが国の王子であるフリアン殿下がお話しになりたいとおっしゃっているのに）――」

「王子だろうと関係ない」アンブラは言い返した。「わたしの夫になる人なら、そっとしておいてほしいときもあることを覚えてもらわなくてはね。目の前で人が殺されたばかりなんだから、少し時間がほしいの！　すぐにこちらから電話すると伝えてください」

フォンセカはアンブラを見据え、蔑（さげす）みに近いものを目に浮かべた。それから背を向け、ひとりで話をするために離れていった。

ラングドンにとっては、この奇妙なやりとりがささやかな謎を解明してくれた。アンブラ・ビダルは、スペインのフリアン王子と婚約していたのか。有名人扱いされていることや、近衛部隊がこの場にいることの説明がそれでついたが、だとしても婚約者からの電話を拒むのは納得しがたかった。この惨劇をテレビで見ていたのなら、王子はさぞ心配しているにちがいない。

そう思ったとたん、それよりはるかに禍々しいことに新たに気づいて愕然とした。

なんということだ……アンブラ・ビダルはマドリードの王宮とつながりがあるのか。

予想外の偶然に、カーシュに届いたバルデスピーノ司教からの脅迫じみたメッセージを思い出し、ラングドンの背筋に冷たいものが走った。

24

マドリード王宮から二百メートルほど離れたアルムデナ大聖堂で、バルデスピーノ司教はしばし息を呑んだ。祭服姿のまま執務用のノートパソコンの前に坐し、ビルバオから送信される映像に釘づけになっていた。

これはとてつもない大ニュースになるだろう。

見たところ、すでに世界じゅうのマスメディアが大騒ぎしていた。主要なニュース番組が科学や宗教の識者を集めてカーシュのプレゼンテーションの内容を推測する一方で、ほかのメディアは、だれがなぜエドモンド・カーシュを殺したのかと仮説を並べ立てている。各メディアの見解は、現場にいた何者かが、カーシュの発見を闇に葬るべく確実な手段に訴えたということで、どうやら一致していた。

しばらく熟考したのち、バルデスピーノは携帯電話を手にとって電話をかけた。

最初の呼び出し音でラビ・ケヴェシュが出た。「恐ろしい！」絶叫に近い声だった。「テレビで見ていました。すぐにしかるべき筋へ出向いて、あのことを話さなくては」

「ラビ」バルデスピーノは落ち着いた声で応じた。「恐ろしい出来事であることには同感です。しかし、行動を起こす前に考えましょう」

「考えることなどあるまい！」ケヴェシュは反論した。「カーシュの発表を阻止するために、手段を選ばなかった者がいるのは明らかです。人殺しですぞ！　サイードもこの一味が殺したにちがいない。わたしたちのことも知っているはずで、つぎに狙われるのはわたしたちです。あなたとわたしには、当局へ赴いて、カーシュから聞いた話を伝える道義上の責任があります」

「道義上の責任？」バルデスピーノは言い返した。「それより、早く情報を公開して、われわれふたりの口封じをする意味をなくそうとおっしゃっているように聞こえますがね」

「むろん、身の安全は考慮すべきです」ラビは言った。「しかし、世界に対する道義上の責任もあるのですよ。カーシュの発見が宗教の根本的な教義に疑問を投げかけるのはたしかでしょうが、わたしが長い人生でひとつ学んだことがあるとしたら、どれほどきびしい困難に直面しようと、信仰はつねに生き残るということです。カーシュの発見を公にしても、信仰はなお生き延びると信じています」

「おっしゃることはわかります」落ち着いた口調をつとめて保ちながら、バルデスピーノはようやく言った。「並々ならぬ決意がお声からわかりますし、お考えも尊重するつもりです。わたしは議論にしっかり耳を傾け、おのれの迷いを認めさえします。それでもお願いしたいのですが、あの発見を世に明かすのなら、いっしょに公表しましょう。堂々と。誇りを持って。恐ろしい暗殺事件のせいで捨て鉢になってはいけません。計画を立て、段取りを決めて、しかるべき形で伝えるのです」

ケヴェシュは無言だったが、息づかいが聞きとれた。

「ラビ」バルデスピーノはつづけた。「目下のところ、われわれにとって最も差し迫った問題は、身の安全を確保することです。人殺しが相手ですから、目立つことをしたら――たとえば、捜査当局やテレビ局へ出向いたりしたら――いまわしい結果を招きかねません。特にあなたのことが気がかりですよ。わたしは王宮内にいるので安全ですが、あなたは……ブダペストでおひとりだ。いまや明らかに生死にかかわる一大事です。どうかあなたの警護の手配をわたしにまかせてくださいませんか、イェフダ」

一瞬、ケヴェシュは黙した。「マドリードから？　いったいどうやって――」

「わたしが融通できる王室の警護部隊があります。戸締まりをして、自宅から出ないようにしてください。近衛部隊から隊員を二名派遣して、あなたをマドリードへお連れするよう手配しましょう。王宮内なら安全ですし、顔を合わせて善後策を話し合うこともできます」

「そちらへ行っても」ためらいがちにラビは言った。「今後の進め方について同意に至らなかったらどうするのですか」

「至りますとも」バルデスピーノは請け合った。「わたしは時代遅れな人間ですが、あなたと同様に現実主義者でもあるのですよ。いっしょに考えれば、かならずや最善の道が見つかるでしょう。そう信じています」

「それが見当ちがいだったら？」ケヴェシュはきびしく言った。

バルデスピーノは胃が締めつけられるのを感じたが、少し間をとって息を吐き、つとめて穏やかに返答した。「イェフダ、仮にともに進む道を見つけられなかったとしても、われわれは友として別れ、おのおのが最善と判断したことをおこなうことにしましょう。それは約束します」

「わかりました」ケヴェシュは言った。「その約束を信じてマドリードへ向かいましょう」

「安心しました。まずは扉に鍵をかけ、だれともお話をなさらないように。荷造りをしてください。くわしくは準備ができたら連絡します」バルデスピーノはことばを切った。「どうぞご信頼ください。すぐにお会いしましょう」

バルデスピーノは通話を切ったが、内心はひどく不安だった。この先もケヴェシュの手綱を締めておくには、良識や分別に訴えるだけではむずかしいだろう。

ケヴェシュは取り乱している……サイードと同じように。

大局が見えていない。

バルデスピーノはノートパソコンを閉じて脇にかかえ、暗くなった内陣を歩いていった。祭服のまま大聖堂をあとにし、涼しい夜気のなか、広場を渡って、王宮の白く輝く正面をめざした。

正面入口の上方にはスペインの紋章がある──現在の国章には、盾形の紋の両脇にヘラクレスの柱が配され、「さらなる彼方へ」という意味の古の題銘〝プルス・ウルトラ〟の文字が記されている。そのことばは、かつての黄金時代、数世紀にわたってスペイン帝国を拡大していったことを指すと信じる者がいる一方で、現世の彼方に天国があるという、この国で長らく信じられている教えを指すと考える者もいる。

いずれにせよ、この題銘は時代に即していないとバルデスピーノは感じていた。王宮の上に高々と掲げられたスペイン国旗に目を移して、力なくため息を漏らし、病床の国王のことをまた考えていた。

国王が逝(い)ったら、耐えがたく感じるだろう。

大変な恩恵を賜っているのだから。

バルデスピーノは何か月も前から、マドリード郊外のサルスエラ宮殿で病臥(びょうが)する大切な友を日々見舞っていた。数日前のこと、国王はバルデスピーノをベッド脇へ呼び寄せた。その目には深い懸念が浮かんでいた。

「アントニオ」国王は小声で言った。「わが息子の婚約は……軽率だったのではないか」

正気の沙汰(さた)ではないと言うほうが正確でしょう、とバルデスピーノは思った。

二か月前にフリアン王子から、出会って間もないアンブラ・ビダルに結婚を申しこむつもりだと打ち明けられたとき、仰天したバルデスピーノは、もう少し自重してはどうかと諭した。王子は、アンブラを愛しているし、なんとしても父にひとり息子の結婚を見せたいと反論した。さらには、家族をもうけるつもりなら、アンブラの年齢を考えると、悠長に構えてもいられないと言ったのだった。

バルデスピーノは国王に穏やかな笑みを向けた。「仰せのとおりです。フリアン殿下のご求婚にはみなが驚かされました。とはいえ、陛下に喜んでいただきたい一心からだったのですよ」

「王子は国家に対して義務を負っている」国王は力のこもった声で言った。「父親にではない。ミズ・ビダルは愛らしいが、わたしたちのよく知らない別世界の住人だ。フリアンの求婚を受け入れたというが、その真意がわからない。性急に過ぎるのだから、節度ある人物なら拒んで当然だろう」

「ごもっともです」バルデスピーノは答えたが、アンブラのために言えば、王子のほうが選択の余地をほとんど与えなかったというのが実情だ。

国王はそっと手を伸ばし、バルデスピーノの骨張った手を握った。「友よ、歳月はどこへ過ぎ去ってしまったのだろうな。そなたもわたしも年老いた。そなたには礼を言いたい。妻を亡くしたときも、国家の危急のときも、長年にわたって賢明な助言を与えてくれた。そなたの信念の強さが、わたしの大きな力になった」

「陛下との友情こそが、わが生涯の栄誉です」

国王は弱々しく微笑んだ。「アントニオ、わたしの側に仕えるために、そなたがいくつも犠牲を払ったことはわかっている。ローマもそのひとつだ」

バルデスピーノは肩をすくめた。「枢機卿(きょう)になったところで、わたしはいまよりも神に近づきはしなかったでしょう。わたしはつねに陛下とともにあります」

「その忠誠心はありがたく思っている」

「年来の陛下の深いお心づかいを、けっして忘れはしません」

国王は目を閉じ、バルデスピーノの手を握りしめた。「アントニオ……わたしは不安だ。わが息子はまもなく巨大な船の舵(かじ)を握ることになるが、まだその船を操る準備ができていない。どうか王子を導いてくれまいか。道しるべとして。荒れた海を行くときは、舵をとる息子の手に、そなたの揺るぎない手を添えてもらいたい。そして何より、針路からはずれたときは、引き返せるように力づけてくれまいか……清らかなところへと」

「アーメン」司教は小声で言った。「お約束いたします」

いま、バルデスピーノは冷たい夜気のなか、広場を歩きながら天を見あげた。陛下、あなたの最後の願いをかなえるために、手を尽くしております。

国王が衰弱しきって、もはやテレビも見られないことが、せめてもの慰めだった。今夜のビルバオからの中継を見たら、愛する国家の変わりようを目にして、そのまま息が絶えてしまったことだろう。

バルデスピーノの右側、鎖を張った出入口に面したバイレン通り一帯には、報道陣の車が集まって、衛星中継のアンテナを伸ばしている。

ハゲタカどもめ。夜風に祭服の裾（すそ）をはためかせながら、バルデスピーノは思った。

25

死者を悼むのはあとでいい、とラングドンは自分に言い聞かせ、激しい感情に抗（あらが）った。いまは行動を起こすときだ。

ラングドンはすでにウィンストンに対し、美術館の監視カメラの映像を調べるよう指示していた。狙撃犯を捕らえる手がかりがあるかもしれないと考えたからだ。つづいて小さな声で、バルデスピーノ司教とアビラのつながりを探ってくれと言い添えた。

フォンセカ隊員がもどってきたが、まだ電話中だ。「スィ……スィ」と応（こた）えている。「クラーロ。インメディアタメンテ（承知しました。ただちに）」通話を終えると、放心した様子で近くにたたずむアンブラへ向きなおった。

「ミズ・ビダル、すぐに出発します」フォンセカは鋭い調子で言いきった。「フリアン殿下から、あなたをただちに王宮内の安全な場所へお連れするようにとのご指示がありました」

アンブラの体が見るからにこわばった。「こんなふうにエドモンドを残して去るつもりはありません」毛布の下に横たわる遺体を手ぶりで示す。

「この件は現地の警察が引き継ぎます」フォンセカは応じた。「検死官もこちらへ向かっています。ミスター・カーシュは細心の注意をもって丁重に扱われるでしょう。われわれはすぐにこの場を離れなくてはなりません。ご自身に危険が及ぶ恐れがあります」

「わたしに危険が及ぶはずがないでしょう!」アンブラは断じ、フォンセカに詰め寄った。「暗殺者はわたしを撃つ絶好のチャンスがあったのに、撃たなかった。まちがいなくエドモンドを狙ったのよ」

「ミズ・ビダル」フォンセカの首の血管が引きつった。「王子はあなたがマドリードへ移ることを望んでいらっしゃいます。あなたの身の安全を心配なさっているからです」

「いいえ」アンブラは言い返した。「政治的な影響を心配しているからよ」

フォンセカは長くゆっくりと息を吐き、声を落とした。「ミズ・ビダル、今夜の出来事はスペインにとって大打撃です。そして、王子にとっても。あなたが今夜のイベントの司会をなさったことは適切だったとは言いかねます」

唐突にウィンストンの声がラングドンの頭のなかで響いた。「教授、美術館の警備部が館外のカメラの映像を分析しています。何かを発見したようです」

ラングドンは耳を傾け、それからフォンセカに手を振って、アンブラへの反撃をさえぎった。「さっきのコンピューターが、屋上のカメラのひとつに、逃走する車の上部が写っていると言っています」

「なんだと?」フォンセカは驚いた顔をした。

ラングドンはウィンストンのことばをそのまま伝えた。「黒のセダンが連絡通路を離れて……ナンバープレートはカメラの位置が高いので読みとれず……フロントガラスに奇妙なステッカーが貼ってあります」

「どんなステッカーだ」フォンセカは尋ねた。「現地の警察に連絡して、そのステッカーを探させよう」

「そのステッカーは」ウィンストンがラングドンの頭のなかで応答した。「わたくしの存じていないものでしたが、その形状を世界じゅうのあらゆる既知の象徴と比較したところ、ひとつだけ合致するものがございました」

ラングドンはウィンストンの仕事の速さに驚嘆した。

「合致したのは」ウィンストンは言った。「古代錬金術の——アマルガム法の象徴です」

なんだって？　ラングドンは駐車場か政治団体のロゴマークではないかと想像していた。「車に貼ってあるステッカーが……アマルガム法の象徴だと？」

フォンセカは困惑もあらわに、様子を見守っている。

「何かのまちがいだよ、ウィンストン」ラングドンは言った。「なぜ錬金術の精錬法の象徴を貼ったりするんだ」

「わかりません」ウィンストンは答えた。「それが唯一合致したもので、一致率は九十九パーセントです」

ラングドンの直観像記憶が、たちどころに錬金術のアマルガム法の象徴を呼び出した。

「ウィンストン、車のフロントガラスに何が見えたか、正確に描写してくれ」

ウィンストンは即答した。「一本の縦の線と、それに直交する三本の線で構成された象徴です。縦の線の上には、上向きに開いたアーチが載っています」

まったく同じだ。ラングドンは顔をしかめた。「上部のアーチだが——両端に平たい冠石があるかな」

「はい。左右の端に短い水平な線があります」

まさしく、それはアマルガム法の象徴だ。

ラングドンはしばし考えをめぐらせた。「ウィンストン、監視カメラの映像からその画像を転送することはできるかな」

「もちろんです」

「こちらの電話へ送ってくれ」フォンセカが要求した。

ラングドンがフォンセカの携帯電話番号をウィンストンへ伝えると、少しして電子音が鳴った。フォンセカに近寄って、粒子の粗いモノクロ写真を見たところ、人気（ひとけ）のない連絡通路を走る黒いセダンが上方から撮られていた。

フロントガラスの左下隅に、ウィンストンが説明したとおりの象徴がたしかにある。

アマルガム法。なんとも奇妙だ。

不思議に思ったラングドンは、画面に指でふれて画像を拡大した。顔を近づけ、精細な画像をじっくり見る。


すぐに何が問題かがわかった。「これはアマルガム法の象徴じゃない」ラングドンは言いきった。これはウィンストンが描写したものにきわめて近いが、そのものではない。象徴学では、〝近い〟と〝そのもの〟では、ナチスの鉤十字と、仏教の繁栄を表す象徴である卍ほどの差が生じうる。

人間の頭脳がときにはコンピューターをしのぐのは、こういうことがあるからだ。

「これは一枚のステッカーではありません」ラングドンは言った。「別々の二枚のステッカーが少し重なって貼られたものです。下側のステッカーは教皇十字と呼ばれる特別な十字架で、近ごろとても人気があります」

ヴァチカンの歴史上で最もリベラルな教皇が選出されたあと、世界じゅうの何千何万という人々が教皇の新たな政策への支持を表明すべく、この横棒が三本ある十字を掲げていて、ラングドンが暮らすマサチューセッツ州ケンブリッジでもそんな光景が見られた。

「上のU字形の象徴は」ラングドンは言った。「まったく別のステッカーです」

「おっしゃるとおりだと、いまわかりました」ウィンストンが言った。「会社の電話番号を調べます」

ラングドンはまたしてもウィンストンの処理速度に舌を巻いた。もうどの会社のロゴマークかを突き止めたのか。

「すばらしい」ラングドンは言った。「会社に連絡すれば、車を追跡できる」

フォンセカはとまどっているようだった。「車を追跡するだと！　どうやるんだ」

「この逃走車はタクシーです」フロントガラスのU字デザインを示しながら、ラングドンは言った。

「ウーバーの車ですよ」

26

目を大きく見開いたフォンセカの顔つきからは、フロントガラスのステッカーの正体をあまりに早く解き明かしたことと、アビラがあまりに意外なものを逃走車として選んだことのどちらに驚いているのか、判然としなかった。

ウーバーを呼んだとはね、とラングドンは思った。その判断をみごとと言うべきなのか、信じがたいほど軽率と言うべきなのか。

この数年、どこからでも依頼できるウーバー社の〝オンデマンド・ドライバー〟サービスは、世界じゅうで旋風を巻き起こしている。車が入り用であれば、だれでもすぐにスマートフォンからウーバーの登録ドライバーに接触できる仕組みで、ドライバーは自分の車を即席のタクシーとして提供することで小づかい稼ぎができるため、その数は急速に増えている。つい先ごろスペインでも合法化され、ドライバーはウーバーのUのロゴをフロントガラスに貼らなくてはならない。逃走に利用されたウーバーのドライバーは、どうやら新ローマ教皇の支持者でもあるらしい。

「フォンセカ隊員」ラングドンは言った。「検問を実施してもらうために、独断で逃走車の画像を現地の警察へ送ったと、ウィンストンが言っています」

フォンセカの口が大きく開き、ラングドンは、高度に訓練されたこの隊員が人に後れをとる状況に慣れていないのではないかと察した。フォンセカはウィンストンに感謝すべきか、よけいなことをするなと告げるべきかを決めかねているようだ。

「ウィンストンはこれからウーバーの緊急連絡先に電話します」

「だめだ！」フォンセカが制した。「わたしに番号を教えろ。わたしが電話する。コンピューターより近衛部隊の上級隊員のほうがウーバーから協力を得やすいはずだ」

たしかにそのとおりだろう、とラングドンは思った。それに、近衛部隊の隊員には、アンブラをマドリードへ移送するような技能の無駄づかいより、犯人追跡の支援をさせるほうがはるかに役立つ。

ウィンストンから番号を教わって、フォンセカは電話をかけた。一時間もしないうちに暗殺者を捕らえられるとラングドンは確信した。車の現在地を把握することはウーバー社のビジネスの根幹であり、スマートフォンがあれば、まさしく地球上のウーバー登録ドライバー全員の正確な位置を特定できる。フォンセカとしては、少し前にグッゲンハイム美術館の裏から客を乗せたドライバーの位置を尋ねるだけでいい。

「オスティア（くそっ）！」フォンセカが悪態をついた。「アウトマティサーダ（自動応答だ）」音声案内が用件別に押すべきボタンを読みあげたらしく、フォンセカは画面のキーパッドを指で叩いて待った。「教授、ウーバーと連絡がついて車の追跡を要請したら、この件は地元警察へ引き継ぐ。そのあと、ディアス隊員とわたしで、あなたとミズ・ビダルをマドリードへお連れしよう」

「わたしも？」ラングドンは驚いた。「いえ、同行は無理です」

「無理ではないし、従ってもらう」フォンセカは断じた。「それから、そのおもちゃのコンピューターも」ラングドンのヘッドセットを指さして言う。

「悪いが」ラングドンは声を険しくして答えた。「あなたがたとマドリードへ行く気はない」

「おやおや」フォンセカは言った。「あなたはハーヴァード大学の教授ではなかったかな」

ラングドンは当惑した顔で見返した。「そうですが」

「であれば」フォンセカは鋭い口調で言った。「さぞ頭が切れるだろうから、選ぶ自由などないことぐらいわかるはずだ」

そう言うと、フォンセカは悠然と歩いていき、電話にもどった。

ラングドンはその姿を見送るしかなかった。いったい何がどうなっているんだ。

「教授」すぐ背後に来ていたアンブラ・ビダルが耳もとでささやいた。「聞いてもらいたいことがあります。大事な話です」

振り向いたラングドンは、相手の顔に恐怖が色濃く浮かんでいるのを見て驚いた。衝撃で口がきけない状態は脱したらしく、緊張が感じとれるものの、話しぶりにはよどみがなかった。

「教授」アンブラは言った。「エドモンドがあなたをこの上なく尊敬していたのは、今夜のプレゼンテーションに特別出演していただく形をとったことからもわかります。ですから、あなたを全面的に信頼して、お話ししたいことがあるんです」

ラングドンはとまどいつつ視線を返した。

「エドモンドが殺されたのは、わたしのせいです」アンブラは小声で言い、濃い褐色の目に涙を浮かべた。

「なんですって?」

アンブラは不安げにフォンセカを見やったが、そこまで話し声は届いていない。「招待客のリストに」ラングドンに向きなおって言う。「開場する間際になって名前が追加されたんです」

「ええ、ルイス・アビラとね」

「その名前を追加したのはわたしです」アンブラは震える声で打ち明けた。「このわたしなんです!」

ウィンストンの言ったとおりだ。ラングドンはことばを失った。

「エドモンドが殺されたのはわたしのせい」アンブラは泣き崩れそうになっている。「わたしが犯人を入れてしまった」

「どうか落ち着いて」ラングドンはアンブラの震える肩に手を置いて言った。「あったことだけ聞かせてくれないか。なぜ名前を追加したんだ」

アンブラは怯(おび)えた様子でもう一度フォンセカを盗み見たが、二十メートル先でまだ電話中だった。

「深く信頼している人物から、開場間際に要請があったの。個人的な頼みとして、アビラの名前を招待客リストに加えてもらいたい、と。要請があったのはあと何分かで開場するというときで、いろいろと取りこんでいたから、何も考えずに名前を追加してしまった。だって、海軍の将校なのよ。疑う気さえ起こらなかった」アンブラはカーシュの遺体をまた見やり、細い手で口もとを押さえた。「それが、こんなことに……」

「アンブラ」ラングドンはささやいた。「アビラの名前を追加するように頼んだのはだれかな」

喉（のど）が大きく上下した。「頼んだのはわたしの婚約者……スペイン国王太子、フリアン殿下です」

ラングドンは信じがたい思いでアンブラを見つめ、そのことばの意味を理解しようとした。グッゲンハイム美術館の館長が、エドモンド・カーシュの暗殺にこの国の王子が手を貸したと断じた。そんなばかな。

「王宮はわたしが殺人犯の名前を知るとは思ってもいなかったはずよ」アンブラは言った。「でも、もう知ってしまった……わたしも危険にさらされる」

ラングドンはアンブラの肩に手を置いた。「ここにいればぜったいに安全だ」

「いいえ」アンブラは言い張った。「あなたが知らない事情があるの。いっしょにここから出ないと。いますぐに！」

「逃げるなんて無理だ」ラングドンは反論した。「どうやっても――」

「話を聞いて」アンブラは譲らなかった。「わたしはエドモンドの力になる方法を知ってる」

「なんだって？」まだ回復しきってはいないのだろうか、とラングドンは思った。「もうエドモンドの力にはなれない」

「なれる」アンブラはまた言い張った。しっかりした口調だ。「でも、まずはバルセロナにあるエドモンドの自宅へ行かなくちゃ」

「いったいなんの話だ」

「いいから、よく聞いて。わたしはエドモンドの望みを知ってるのよ」

それから十五秒をかけて、アンブラ・ビダルはささやき声でラングドンに説明した。そのあいだ、ラングドンは鼓動が速まるのを感じた。そういうことか、と思った。アンブラの言うとおりだ。それなら何もかも変わる。

言い終えると、アンブラは挑むようにラングドンを見あげた。「出ていく理由がこれでわかったでしょう？」

ラングドンは躊躇（ちゅうちょ）なくうなずいた。「ウィンストン」ヘッドセットに話しかける。「アンブラのいまの話を聞いていたか」

「聞いておりました、教授」

「きみはすでに知っていたのでは？」

「いいえ」

ラングドンはつぎの台詞（せりふ）を慎重に考えた。「ウィンストン、コンピューターに作者への忠誠心があるのかどうかわからないが、もしあるとしたら、ここが正念場だ。ぜひきみの助けを借りたい」

27

ラングドンはまだウーバーとの電話にかかりきりのフォンセカを視界の隅でとらえたまま、演壇へ歩み寄った。アンブラが何気ないふうにドームの中央へ移動していき、やはり電話で話している——いや、話すふりをしている——ラングドンが提案したとおりに。

フリアン王子に電話することにしたとフォンセカに伝えるんだ、と。

演壇に着き、ラングドンは勇を鼓して、床の上に横たわる亡骸へ目を向けた。エドモンド。アンブラがかけた毛布をゆっくりと引いた。かつては輝きに満ちていたカーシュの目が、額にあいた真っ赤な穴の下で生気を失っている。その陰惨なさまに身が震え、むなしさと怒りで胸が痛んだ。

脳裏に一瞬、モップのような髪をした学生の姿がよみがえった。その青年は希望と才能に満ちあふれて教室にはいってきて——その後、あまりにも短い期間に輝かしい実績をあげるまでになった。恐ろしいことに、今夜何者かが、驚くべき天分に恵まれたこの男を殺害した。新発見を永遠に葬り去るのが狙いだったと見てまちがいあるまい。

ここで果敢に動かなければ、教え子の最大の偉業が日の目を見ることはない。

フォンセカの視界の一部を演壇がふさぐ位置まで行くと、ラングドンはカーシュの遺体のかたわらに膝を突き、目を閉じて両手を組み合わせてから、敬虔に祈る姿勢をとった。

無神論者へ祈りを捧げるという皮肉に、思わず口もとがゆるんだ。エドモンド、きみのために祈るなんて、ほかのだれよりもきみ自身がいやがるのは知っている。心配無用だ、わが友よ、実は祈るためにここにいるわけじゃない。

カーシュのそばにひざまずきながら、ラングドンは湧き起こる恐怖と戦った。司教が危害を加えるはずがないと安心させたのは自分だ。もしバルデスピーノがこの件にかかわっていたら……。頭からその考えを追い払った。

祈る姿がフォンセカの目に留まったと確信できたので、ラングドンは注意深く身をかがめ、カーシュの革ジャケットの内側に手を差し入れて、特大のスマートフォンを取り出した。

それからフォンセカへすばやく視線をもどした。フォンセカはまだ通話中で、その関心はラングドンからアンブラへ移ったようだ。アンブラも電話に没頭している様子で、フォンセカからさらに遠ざかっていく。

ラングドンはカーシュの電話に目をもどし、深呼吸をして気を落ち着かせた。

あとひとつだけ、することがある。

ゆっくりと手を伸ばし、カーシュの右手をとった。すでに冷たい。カーシュの指先を電話へ近づけて、指紋認証センサーに人差し指を慎重に押しあてた。

クリック音がして、ロックが解除される。

ラングドンはすばやく設定項目をスクロールし、パスワードによる保護を無効にした。これでロックは解除されたままになる。それから自分の上着のポケットに電話を滑りこませ、カーシュの遺体に毛布を掛けなおした。

遠くからサイレンの音が聞こえたとき、アンブラは人のいないドームの中央にひとりたたずみ、フォンセカの視線が自分に注がれているのを意識しつつ、耳に携帯電話を押しあてて会話に熱中しているふりをしていた。

急いで、ロバート。

一分前、アンブラがエドモンド・カーシュと交わした先日の会話について話すと、アメリカ人の教授はすぐさま行動に移った。話したのは二日前の晩のやりとりについてだ。まさにこの部屋で遅くまでプレゼンテーションの詳細の最終確認をしていたとき、カーシュがひと息入れて、その夜三杯目のホウレンソウのスムージーを飲みはじめた。その憔悴(しょうすい)ぶりがアンブラには見てとれた。

「言わせてもらうけど、エドモンド」アンブラは言った。「絶対菜食主義の食生活はあなたに合ってるのかしら。顔色がよくないし、あまりにも痩せすぎよ」

「痩せすぎだって？」カーシュは笑った。「自分はどうなんだい」

「わたしは痩せすぎじゃない」

「ぎりぎりかな」アンブラの憤然とした表情に、カーシュは愉快そうに片目をつぶってみせた。「顔色の悪さについては大目に見てくれないか。液晶画面の光を浴びながら一日じゅうすわってるコンピューターおたくなんだから」

「でも、二日後には全世界へ向けて大演説をする身なんだから、少しでも顔色がいいほうが見栄えすると思う。あしたは外へ出るか、日焼けができるモニターを発明することね」

「悪くないアイディアだ」感心したふうにカーシュは言った。「特許をとるといい」また笑い、それから本題にもどった。「さて、土曜の夜の段取りはわかってるね」

アンブラは進行表に目を落としてうなずいた。「わたしは招待客を控え室へ迎え入れ、それから全員でこのドームへ移動して、導入部の動画を見る。するとあなたが、あそこの演壇に魔法みたいに現れる」アンブラは室内の前方を指さした。「そして演壇であなたが発表する」

「完璧だ」カーシュは言った。「あと少しだけ付け足せばね」にこりと笑う。「演壇で話す時間は、言ってみれば幕間のようなものだ──招待客をみずから出迎えて、みんなに脚を伸ばしてくつろいでもらい、もう少しだけ予備知識を与えたあと、いよいよイベントの後半をはじめる。それはマルチメディアを活用したプレゼンテーションで、わたしの発見を説明する時間だ」

「ということは、発表自体も録画ずみなの？　導入部と同じで」

「そうだよ。少し前にようやく完成した。いまは視覚に訴える文化の時代だ――マルチメディアによるプレゼンテーションはいつだって、そこらへんの科学者が演壇でスピーチするより人心をつかむんだ」

「あなたは〝そこらへんの科学者〟とは言えないけどね」アンブラは言った。「でも、同感よ。この目で見るのが待ちきれない」

保安上、プレゼンテーションの映像がカーシュ専用の信頼できる遠隔サーバーに保存されていることは、アンブラも知っていた。すべての内容が遠隔地から美術館の映写システムへライブ配信される仕組みだ。

「後半の準備が整ったら」アンブラは尋ねた。「あなたとわたしのどちらがプレゼンテーション映像を流すの?」

「自分でやるよ。こいつを使ってね」カーシュはガウディの青緑のケースにはいった特大のスマートフォンを示した。「これも演出のうちさ。暗号化された回線を使って、遠隔サーバーに接続するだけだ」

カーシュがいくつかのボタンを押すと、電話のスピーカーが一度鳴って接続された。

コンピューターで合成された女の声が応答した。「こんばんは、エドモンド。パスワードの入力をお願いいたします」

カーシュは微笑んだ。「そして、全世界が見守るなか、これにパスワードを打ちこむだけで、わたしの発見はこの会場と全世界へ同時にライブ配信される」

「ドラマチックな仕掛けね」感心しながらアンブラは言った。「もちろん、あなたがパスワードを忘れたら話は別だけど」

「忘れたら、たしかにぶざまだろうな」

「どこかに書き留めてあるのよね」アンブラは皮肉っぽく言った。

「なんという侮辱か」笑いながらカーシュは言った。「コンピューター科学者はぜったいにパスワードを書き留めたりはしない。だけど心配は無用だ。わたしのパスワードはたったの四十七文字だからね。忘れるはずがない」

アンブラは目を見開いた。「四十七文字ですって！　エドモンド、あなたは美術館の入館証の四桁の暗証番号さえ覚えられないじゃない。どうやって四十七文字の無作為の文字列を覚えるつもり？」

カーシュはアンブラの心配を笑い飛ばした。「覚えなくていいんだ。無作為の文字列じゃないから」そこで声をひそめる。「パスワードは大好きな詩の一行なんだ」

アンブラはとまどった。「詩の一行をパスワードに使ってるの？」

「いいじゃないか。大好きな詩の一行がちょうど四十七文字なんだよ」

「でも、あまり安全には思えないけど」

「そうかな。わたしの大好きな詩の一行を言いあてられるとでも？」

「あなたが詩を好きということさえ知らなかった」

「そういうことさ。パスワードが詩の一行だとわかったとしても、そして、何百万もある候補のなかから正しい一行を推測できたとしても、安全なサーバーへ接続するためのものすごく長い電話番号をさらに推測しなきゃいけない」

「さっきあなたの電話から、短縮ダイヤルでその番号にかけたの？」

「そうだ。この電話そのものも本人確認機能が設定されてるし、つねにわたしの胸ポケットにおさまってる」

アンブラは両手をあげて、いたずらっぽい笑みを浮かべた。「降参です、ボス。話は変わるけど、好きな詩人はだれ？」

「その手には乗らないよ」指を振りながらカーシュは言った。「土曜まで待ってもらわないとな。選んだ詩の一行は完璧だ」にっこり笑う。「それは未来について——預言についての一行で、しかも喜ばしいことに、すでに実現しつつあると言っていい」

いま、回想から覚めたアンブラがふとカーシュの遺体へ目をやると、ラングドンの姿が見えず、急にパニックに襲われた。

どこへ行ったの？

さらに不安なことに、近衛部隊のもうひとりの隊員が——ディアスだ——布の壁の裂け目をくぐり抜けるのが見えた。ディアスはドーム内に視線を走らせ、こちらへまっすぐ向かってくる。

これでは逃げられるわけがない！

急にラングドンが横に立った。ラングドンはアンブラの腰に手を添え、誘導するように歩きはじめた。ふたりは早足でドームの突きあたりへ向かっていく——全員が入場するのに使った出入口をめざして。

「ミズ・ビダル！」ディアスが叫んだ。「ふたりでどこへ行くんですか」

「すぐにもどります」ラングドンが大声で言った。アンブラを急き立てながら広々とした空間を進み、ドーム後方にある出入口を一直線にめざした。

「ミスター・ラングドン！」フォンセカの声が背後から響いた。「この部屋から出るのは許可できない！」

アンブラは背中に添えられたラングドンの手にいよいよ力がこもるのを感じた。

「ウィンストン」ラングドンはヘッドセットに向かってささやいた。「さあ、いまだ」

一瞬ののち、ドーム全体が闇に陥った。

28

真っ暗になったドームのなかで、フォンセカ隊員と相棒のディアスは携帯電話のライトで前方を照らしながら走りつづけ、姿を消したラングドンとアンブラを追ってトンネルに飛びこんだ。

トンネルを半分ほど行くと、カーペット敷きの床にアンブラの携帯電話が落ちていた。それを見て、フォンセカは息を呑んだ。

自分で捨てたのか？

近衛部隊は、本人の同意を得たうえでごく簡単な追跡アプリを使い、つねにアンブラの位置を把握している。自分で電話を手放したのなら、理由はひとつしかない。警護の手から抜け出したかったということだ。

そう考えると、フォンセカはひどく不安になった。とはいえ、将来のスペイン王妃が行方不明になったと上司に報告せざるをえないという不安とは、比べ物にならない。近衛部隊の司令官は、王子の立場を守ることにかけては執拗で容赦がない。今夜、司令官はじきじきにフォンセカを指名し、単純明快な指示を与えていた。アンブラ・ビダルの安全を確保し、けっして面倒に巻きこまれないようにしろ、と。

居場所がわからなければ、安全の確保などできるわけがない！

ふたりの隊員がすばやくトンネルを抜け、真っ暗な控え室に着くと、そこはまるで幽霊の集会場だった――うろたえた人々の青白い顔が部屋のあちらこちらに浮かびあがり、携帯電話の画面に照らされながら、少し前に目撃したことを外界へ発信している。

「明かりをつけてくれ！」何人かが叫んでいる。

呼び出し音が鳴ったので、フォンセカは電話に出た。

「フォンセカ隊員、当館の警備の者です」若い女がきびきびとしたスペイン語で言った。「そちらの照明が消えたことは把握しております。コンピューターの不具合と思われます。まもなく復旧できるでしょう」

「監視カメラはまだ作動しているのか」全カメラに暗視機能が具わっているのを知っていたフォンセカは問いただした。

「はい、作動しています」

フォンセカは暗い部屋に目を走らせた。「たったいま、アンブラ・ビダルがメイン会場の外にある控え室にはいったはずだ。どこへ向かったか確認できるか」

「少々お待ちください」

待ちながらフォンセカは、苛立ちで脈が速まるのを感じた。さっきの電話によると、狙撃犯の逃走車両の追跡にウーバーは手こずっているらしい。

今夜は何もかもうまくいかないのか。

なんの巡り合わせか、フォンセカがアンブラの警護を担当するのは今夜がはじめてだった。日ごろは上級隊員として、フリアン王子専属で任にあたっているが、けさ上司から内々にこう言われた。「今夜、ミズ・ビダルがフリアン王子の意に反して、あるイベントの司会をつとめる。おまえが同行して警護してくれ」

フォンセカは、アンブラの司会で進められるイベントが宗教を全面的に排撃する内容であるとは、想像すらしていなかった。そして挙げ句の果てに、公衆の面前で暗殺がおこなわれるなんて。心配した王子が電話をかけてきたのに、アンブラが怒って出ようとしなかったのはなぜなのかと、まだ考えあぐねていた。

何もかもが不可解に思えるのに、アンブラの行動はますます常軌を逸するばかりだ。これまで見たかぎりでは、アンブラ・ビダルはみずから護衛の目をすり抜けて、アメリカ人教授と逃げ出したことになる。

フリアン王子がこれを知ったら……

「フォンセカ隊員」警備担当者の声が電話から聞こえた。「ミズ・ビダルが男とともに控え室を出たのを確認しました。ふたりは高所の通路を進んで、ちょうどルイーズ・ブルジョアの〈セル〉がある展示室にはいったところです。ドアを出て右へ行ってください。右側ふたつ目の展示室です」

「助かった。追跡をつづけてくれ」

フォンセカとディアスは控え室を走り抜け、せまい通路に出た。はるか下方で、招待客の群れがあわただしくロビーを横切って出口へ向かうのが見えた。

右手には、警備担当者の説明のとおり、大きな展示室へつづく入口があった。案内板に〈セル〉と書かれている。

その広々とした空間には、檻のような奇妙な囲いが立ち並び、それぞれの囲いのなかに得体の知れない白っぽい影像が置かれている。

「ミズ・ビダル！」フォンセカは大声で呼んだ。「ミスター・ラングドン！」

返事はなく、ふたりの隊員は捜索をはじめた。


そこからいくつかの部屋を隔てたドームのすぐ外で、ラングドンとアンブラは入り組んだ足場がつづく通路を慎重にくぐり抜け、遠くにほの見える〈非常口〉の表示をめざして静かに進んでいた。

直前のふたりの行動は見咎められなかった――ラングドンとウィンストンが力を合わせて機敏に欺瞞工作を仕掛けたからだ。

あのとき、ラングドンの合図でウィンストンは照明を消し、ドームを闇に引きこんだ。ラングドンはその場からトンネルの出入口までの距離を頭に焼きつけていて、その目測はほぼ正確だった。トンネルの前に着くと、アンブラは暗い通路の奥へ携帯電話をほうりこんだ。それから、ふたりはトンネルにはいらずに向きを変えると、ドームにとどまったまま内側の壁に沿って引き返し、壁の布地に手を這わせて進んだすえ、カーシュの殺害犯を追うときに隊員が通った布の裂け目を探りあてた。そこを掻いくぐって抜け出すと、外側の壁へ向かい、非常階段の表示灯へと向かった。

ラングドンは、ウィンストンが即座に協力を申し出たのを、驚きとともに思い返した。「エドモンドのプレゼンテーションをパスワードひとつで配信できるのなら」ウィンストンは言った。「ただちにそれを見つけて行動に移すべきです。わたくしが受けた当初の命令は、あらゆる手立てでエドモンドを支援し、今夜の発表を成功させることでした。それには失敗しましたので、挽回(ばんかい)するためにできることがあれば、なんでもいたします」

ラングドンは礼を言おうとしたが、ウィンストンは息も継がずに話しつづけた。そのことばは人間離れした速さで流れ、オーディオブックを倍速で再生しているようだった。

「エドモンドの動画にこちらからアクセスできるなら」ウィンストンは言った。「すぐにでもそういたしますが、お話にあったとおり、それは別の場所にある安全なサーバーに保存されています。新発見を世界へ公表するには、エドモンド専用のスマートフォンにパスワードを入力するだけでいいようです。全出版物を対象に、文字数が四十七である詩の一行を探しましたが、節の切り方しだいで、あいにく候補は何十万にも及びます。また、エドモンドの端末はパスワードを何回かまちがえるとロックがかかるようになっているので、総あたりもできません。となると、残された道はただひとつ。別の方法でパスワードを見つけるしかありません。ミズ・ビダルのおっしゃるとおり、おふたりで一刻も早くバルセロナにあるエドモンドの自宅へ行ってください。好きな詩の一行を選んだのなら、その詩が載った本を持っていて当然ですし、なんらかの形でその個所に印をつけているかもしれません。

以上を踏まえて計算いたしましたところ、あなたがたがバルセロナへ行ってパスワードを見つけ、予定どおりにこの発見を世界に知らせることをエドモンドが望むであろう確率はきわめて高いものでした。付け加えますと、いま確認いたしましたが、ルイス・アビラを招待客リストに追加するよう直前に要請した通話の発信元はマドリード王宮で、ミズ・ビダルがおっしゃったとおりでした。それゆえ、近衛部隊は信用できないという結論に達しましたので、わたくしとしては、隊員たちをよそへ向かわせ、それによっておふたりの脱出を容易にする策を講じます」

信じられないことに、ウィンストンはなんらかの方法でまさにそれを実現してくれたらしい。ラングドンとアンブラは非常口にたどり着いた。ラングドンは静かにドアをあけてアンブラを先に通し、自分もそこを抜けてドアを閉めた。

「うまくいきました」ウィンストンの声がまた響いた。「そこは非常階段です」

「近衛部隊の隊員たちは？」ラングドンは尋ねた。

「ずっと遠くにいます」ウィンストンは答えた。「わたくしはいま彼らと電話中で、美術館の警備担当者になりすまして、この建物の反対側にある展示室へ誘導しております」

びっくりだよ。心のなかでつぶやきながら、ラングドンはアンブラを安心させるようにうなずいた。

「すべて順調だ」

「階段をおりて地上階まで行ってください」ウィンストンは言った。「それで美術館から出られます。ただし申しあげておきますが、この建物から出たら、当館のヘッドセットでわたくしと通信することはできなくなります」

なんと。それは考えてもみなかった。「ウィンストン」ラングドンは急いで言った。「エドモンドが新発見について何人かの宗教指導者たちに話したのを知っているか」

「それは意外ですね」ウィンストンは答えた。「しかし、エドモンドは今夜の話のはじめに、自分の発見と宗教の深いかかわりをほのめかしていましたから、指導者たちと内容について論じ合いたかったのかもしれません」

「わたしもそう思う。ただ、そのひとりはマドリードのバルデスピーノ司教だったんだ」

「それは興味深いです。インターネット上には、司教が顧問としてスペイン国王に重用されているとする記事が数多くあります」

「そうか。それにもうひとつ」ラングドンは言った。「その会合のあと、エドモンドにバルデスピーノから脅迫めいたメッセージが届いたことは知っていたか」

「存じませんでした。私用回線に届いたのでしょう」

「エドモンドが再生して聞かせてくれたんだ。バルデスピーノはプレゼンテーションの中止を迫っただけでなく、同席した聖職者たちとともになんらかの方法で公表前にエドモンドを貶める声明を出すと警告していた」ラングドンは階段で歩をゆるめ、アンブラを先に行かせた。声を落として言う。「バルデスピーノとアビラの接点は見つかったか」

　ウィンストンは数秒後に言った。「直接的なつながりは見つかりませんでしたが、ないとは言いきれません。文書として残っていないという意味にすぎないので」

　地上階が近づいてきた。

「教授、よろしいですか」ウィンストンは言った。「今夜起こったことから論理的に考えますと、強大な力がエドモンドの発見を葬り去ろうとしているはずです。プレゼンテーションであなたが、その卓見によって今回の大発見を生み出すきっかけを作ってくれた人物として名指しされていたことを考慮いたしますと、エドモンドの敵はあなたを排除すべき危険人物と見なすかもしれません」

　そんなことを考えてもいなかったラングドンは、危機感が湧き起こるのを覚えながら地上階に着いた。先に着いたアンブラが金属のドアを勢いよくあけ放った。

「外へ出ると」ウィンストンが言った。「そこは連絡通路です。建物に沿って左へ進み、川へ向かってください。先ほどうかがった行き先までの移動手段は、こちらで手配しておきます」

ＢＩＯ-ＥＣ３４６のことだ。ラングドンは先刻、そこへ行くつもりだとウィンストンに告げてあった。イベントが終わったあと、カーシュと会うはずだった場所だ。いまは暗号を解読してあり、ＢＩＯ-ＥＣ３４６が秘密の科学クラブなどでないのはわかっている。それよりはるかにおもしろみのない場所だ。とにかく、ビルバオから脱出する要となることを願った。

見つからずにそこにたどり着きさえすれば……。そう思いながらも、すぐさま至るところに検問が設けられるのはわかっていた。すばやく移動しなくては。

アンブラとともにドアの外へ出て、冷たい夜気のなかへ踏み出すと、驚いたことに、地面いっぱいにロザリオの珠らしきものが散らばっていた。理由を考える暇はない。ウィンストンがなおも話しつづけている。

「川に着いたら」ウィンストンは指示した。「サルベ橋の下の歩道へ行ってください。そこで待つうちに――」

突然、ヘッドセットが耳をつんざく空電音を発した。

「ウィンストン？」ラングドンは叫んだ。「待つうちに――どうなるんだ！」

だがウィンストンは去り、ふたりの背後で金属のドアが大きな音を立てて閉まった。

29

南へ数キロ離れたビルバオ郊外では、ウーバーのセダンがハイウェイＡＰ-68号線を南下してマドリードへ向かっていた。後部座席には、白い上着と海軍の制帽を脱いだアビラが解放感を味わいながらゆったりとすわり、難なく切り抜けた逃走劇を振り返っていた。

宰輔が請け合ったとおりだ。

ウーバーの車に乗りこむや、アビラは拳銃を抜き、震えるドライバーの頭に押しつけた。ドライバーは命じられたとおりにスマートフォンを窓から投げ捨て、この車と会社とを結ぶ唯一のつながりが断たれた。

それからアビラはドライバーの財布の中身を調べ、その男の住所と、妻とふたりの子供の名前を覚えた。言うとおりにしろ、とアビラは男に告げた。さもないと家族を殺す。指の関節が白くなるほどハンドルを握りしめる男を見て、今夜にうってつけのドライバーを手に入れたと思った。

もう見つかるまい。そう思ったとき、数台のパトカーがサイレンを鳴らしながら猛スピードですれちがっていった。

南へ疾走する車中で、アビラは長い移動に備えて体を休め、アドレナリンによる昂揚感の余韻に浸っていた。大義のために役立てた気がする。手のひらのタトゥーに目をやり、これに守ってもらう必要はないと思った。少なくとも、いまのところは。

怯えきったドライバーが命令に従うと確信し、拳銃をおろした。マドリードへ向かう車のなかから、フロントガラスに貼られた二枚のステッカーへもう一度目を向ける。

こんな偶然があるのか、と感じた。

一枚目のステッカーは、貼られていて当然だ——ウーバーのロゴ。けれども、二枚目のステッカーは天からの啓示としか思えない。

教皇十字。近ごろは至るところで目にする象徴だ——ヨーロッパじゅうのカトリック教徒が新教皇への支持を明らかにし、教会の全面的な自由化と近代化を褒めそやしている。

皮肉なことに、このドライバーがリベラルな教皇の信奉者だと知ったおかげで、銃を突きつけるのは快感に近かった。アビラが嫌悪しているのは、怠惰な大衆が新たな教皇を崇(あが)める一方で、教皇のほうは信徒たちに、神の法というビュッフェのテーブルから好きなものだけを選びとらせ、口に合う宗規と合わない宗規を勝手に決めさせることだった。ヴァチカンでは、ほとんど一夜のうちに、避妊や同性婚や女性司祭許容などのリベラルな主張が議論の場で取りあげられることとなった。二千年の伝統が、またたく間に消え去ろうとしている。

さいわい、古きものを守るために戦う者はまだいる。

アビラの頭のなかに〈オリアメンディ行進曲〉の調べが響き渡った。

その者たちのために尽くせるのは光栄だ。

30

スペイン最古にして最精鋭の警護部隊——近衛部隊——は獰猛(どうもう)さで名をはせ、その伝統は中世にまでさかのぼる。隊員たちは王室の安全と財産と名誉を守ることを聖なる使命としている。
司令官のディエゴ・ガルサ——二千人近い隊員の監督官——は短身瘦軀(そうく)の六十歳の男で、肌は浅黒く目は小さく、薄くなった黒髪を染みの浮いた頭皮になでつけている。ネズミのような顔立ちと小柄な体は、人混みで見つけるのが不可能に近く、おかげで王宮内で絶大な影響力を持つ男だと感じさせずにすんだ。

ガルサは、真の力が肉体の強さではなく政治力から生まれることを早々に学んでいた。近衛部隊を指揮する身であることが強い影響力の源なのはたしかだが、公私にわたって諸問題をまかせられる王宮の大黒柱という評価を得るに至ったのは、先見の明をともなう政治的手腕によるものだった。

秘密の管理人として折り紙つきのガルサは、これまでどんな信頼も裏切ったことがない。口の堅さと、繊細な問題を解決するたぐいまれな能力が評判となり、国王にとってかけがえのない存在になった。しかし、高齢の君主がサルスエラ宮殿で最期を迎えようとするいま、ガルサをはじめとする王宮の関係者たちは不たしかな将来に直面している。

超保守的なフランシスコ・フランコ将軍の三十六年に及ぶ血にまみれた独裁政権が終わって、この国が議会君主制となってから、四十年以上にわたって国王は荒れる国を治めてきた。一九七五年にフランコが死ぬと、国王は政府と手を取り合ってスペインの民主化を定着させようとつとめ、ゆっくりと国を左寄りへ導いていった。

若者にとって、変化は遅すぎた。

年老いた伝統主義者にとって、変化は冒瀆（ぼうとく）だった。

スペインの特権階級の多くは、依然としてフランコの保守的な政策を熱心に擁護し、特にカトリックを〝国教〟として国家の倫理的な支柱に据える考えを支持している。けれども、若年層の多くはこうした考えに急速に反発するようになった――組織化された宗教の偽善を声高に非難し、政教分離の徹底を求めて運動している。

いま、中年に差しかかった王子が王位継承の準備を進めているが、次期国王がどちらへ向かおうとしていたのかはだれにもわからなかった。数十年のあいだ、フリアン王子は退屈な式典などの公務をそつなくこなすばかりで、政治的な事案は父の手に委ね、みずからの信条を明かすことはなかった。大半の識者は王子を父よりはるかにリベラルと見ていたが、たしかなところはわからない。

だが今夜、その覆いがはずされるだろう。

ビルバオでの衝撃的な事件に注目が集まるなか、国王は健康上の理由ゆえに公の場で話せないため、王子は今夜の厄介な事件に否が応でも巻きこまれることになる。

首相も含めた何人かの政府高官は、すでに殺人を非難していたが、注意深くそれ以上のコメントを控えて、王宮が声明を出すのを待っている――そうすることで、難題をフリアン王子に丸投げしたわけだ。ガルサにとって、それは意外ではなかった。将来の王妃アンブラ・ビダルがからむこの件はまさしく政治的爆弾であり、だれしも近寄りたくないはずだ。

フリアン王子には試練の夜だ、と考えながら、ガルサは正面階段をすばやくのぼり、王宮内の王族居住区へと急いだ。王子は導きを必要とするだろうが、父親はそれを与えられないのだから、自分が代行するしかない。

ガルサは居住区の廊下を早足で進み、王子の部屋のドアの前で足を止めた。深く息を吸い、ノックをする。

おかしい、と思った。返事がない。ここにいるはずなのに。ビルバオのフォンセカ隊員によると、フリアン王子は少し前にここから電話をかけ、アンブラ・ビダルの安否を確認しようとしたらしい。さいわい、アンブラは無事だった。

ガルサはふたたびノックしたが、やはり返事がないので不安を募らせた。

あわててドアの錠をはずした。「フリアン殿下？」と呼びかけながら、足を踏み入れる。

中は暗く、居間のテレビの光がちらついているだけだ。「失礼いたします」

ガルサが急いで奥へ進むと、闇にひとりでたたずむフリアン王子の姿が見えた。微動だにせず、出窓に体を向けて立っている。夕方の会合で着ていたあつらえのスーツをまだ一分の隙なく身につけ、ネクタイをゆるめてもいない。

ガルサは無言で見守りながらも、催眠状態に陥ったかのような王子のさまに衝撃を受けた。この一大事にひどく困惑しているにちがいない。

自分の存在を知らせようと、ガルサは咳払いをした。

ようやく王子は口を開いたが、窓から目を離さない。「アンブラを呼び出したのだが」王子は言った。「電話口に出るのを拒んだ」傷ついたというより、とまどっている口調だ。

ガルサはどう答えてよいかわからなかった。今夜起こったことを考えると、フリアンがアンブラとの関係にこだわっているのが理解しがたかった——はじまりからして無分別だったのに、無理やり婚約まで漕ぎ着けた結果がこれだ。

「ミズ・ビダルはショックを受けているのでしょう」ガルサは静かに言った。「今夜のうちにフォンセカ隊員がここへお連れします。そのあと、どうぞお話しください。僭越ながら、大変安心いたしました。ミズ・ビダルがご無事で」

フリアン王子は上の空でうなずいた。

「狙撃犯を追跡中です」ガルサは話題を変えようとした。「まもなくテロリストを捕捉できるとフォンセカは断じています」〝テロリスト〟ということばをあえて選んだのは、王子の意識を現実へ引きもどしたかったからだ。

だが、王子はまたしてもぼんやりとうなずくだけだった。

「首相は暗殺を非難なさいました」ガルサはつづけた。「しかし、政府はそれ以上については、王子から声明を出していただきたいと……ミズ・ビダルが今回のイベントにかかわっていらっしゃったことを考慮してのことです」ガルサはひと呼吸置いた。「ご婚約の件を踏まえますと、対処のむずかしい状況ではありますが、こうとだけおっしゃればよろしいかと存じます。婚約者の最もすばらしいところは独立心で、政治見解はエドモンド・カーシュと異にするものの、美術館長としての責務をしっかり果たしていることを誇りに思う、と。よろしければ、こちらで声明をご用意しましょうか。朝のニュースに間に合うように声明を出すのが望ましいです」

フリアンは窓から視線をそらそうとしなかった。「どんな声明を出すにしろ、バルデスピーノ司教の意見を聞きたい」

ガルサは歯を食いしばり、異議を呑みこんだ。フランコ後のスペインは〝エスタド・アコンフェシヨナル〟――無宗教国家――であり、教会は政治問題に立ち入らないことになっている。だが、バルデスピーノは国王の親しい友人であるため、王宮の日々の事案にいつも並々ならぬ影響を与えてきた。あいにく、バルデスピーノの強硬な政策と熱心に過ぎる信仰は、今夜の危機に対処するのに必要な駆け引きや奇策をまず受け入れないだろう。

いま必要なのは繊細さと精妙さだ――独断と糾弾ではない！

ガルサはかなり前から、バルデスピーノ司教の敬虔な外面に隠されたごく単純な真実に気づいていた。つねに神の要求よりも自分の要求を優先することだ。これまでは無視すればよかったが、王宮の権力のバランスが変わりつつあるいま、フリアンににじり寄る司教の存在は深刻な懸念材料だ。ただでさえ、バルデスピーノは王子と近すぎる。

王子は昔からバルデスピーノを〝家族〟として扱っていた——宗教の権威というより、信頼できる伯父（おじ）に近い。国王の心腹の友であるバルデスピーノは、王子の道徳教育の監督をまかされ、熱心にその役に打ちこんできた——フリアンの家庭教師たちの身元調査から、信仰の教理の説明、さらには恋愛問題の相談までも。歳月を重ねたいま、たとえ意見が一致しないときがあっても、ふたりの絆（きずな）は血縁のように固いままだ。

「フリアン殿下」ガルサは落ち着いた口調で言った。「今夜の事態には、殿下とわたしだけで対処すべきと確信しております」

「そうだろうか」背後の暗がりから男の力強い声が聞こえた。

ガルサが振り向くと、驚いたことに、暗がりのなかに祭服をまとった影が坐（ざ）していた。

バルデスピーノ。

「あえて言わせてもらうが、司令官」バルデスピーノは鋭く言った。「今夜わたしが必要とされていることは、だれよりもあなたがご承知のはずだ」

「これは政治の問題です」ガルサははっきり言った。「宗教の問題ではありません」

バルデスピーノは含み笑いをした。「そのような発言をする時点で、あなたの政治的判断力はわたしの買いかぶりにすぎなかったのかと思えてくる。わたしに言わせれば、この危機への正しい対応はひとつしかない。フリアン王子は深い信仰をお持ちで、スペインの次期国王は敬虔なカトリック教徒であると、ただちに国民全体に伝えることだ」

「よろしい……では、発表する声明に王子の信仰についての文言を入れましょう」

「フリアン王子が報道陣の前に姿をお見せになるとき、わたしが並んで立って、手を王子の肩に添えよう——そうすれば、王子と教会の強い絆をはっきりと示すことができる。そのイメージだけで、あなたの書くどんなことばよりも、国民を安心させることができるのだよ」

ガルサは怒りを覚えた。

「世界じゅうの人々が、少し前にスペインの地で起こったむごたらしい暗殺を生中継で目撃した」バルデスピーノは高らかに言った。「暴力にさらされたとき、神の手ほど人々の慰めになるものはない」

31

セーチェーニ鎖橋はブダペストに八つある橋のひとつで、ドナウ川の両岸をつなぐその長さは三百数十メートルに及ぶ。東側と西側を結ぶ象徴であり、世界で最も美しい橋のひとつと言われている。

いったい自分は何をしているのか、とラビ・ケヴェシュは思いながら、足もとで渦巻く黒い流れを手すり越しに見つめた。司教から家にいるように言われたのに。

危険を冒してまで外出すべきではないとわかっているものの、心が乱れたときには、いつもこの橋の持つ何かに強く引き寄せられる。何年ものあいだ、夜にここまで歩いてきては、時間が止まったこのながめを愛(め)でながら、考え事をしたものだ。東にはペシュト地区がひろがり、正面をライトアップされたグレシャム宮が聖イシュトヴァーン大聖堂の鐘楼を背に堂々たる姿を見せている。西にはブダ地区があり、王宮の丘(おか)の頂にはブダ城を守る城壁が見える。そして北へ目を向けると、ドナウ川の岸辺に、ハンガリー最大の建造物である国会議事堂の優美な尖塔がそびえ立っている。
とはいえ、たびたび自分がこの鎖橋を訪れるのはその景色ゆえではないことにケヴェシュは気づいていた。まったく別のもののためだ。

南京錠。

橋の手すりと吊りワイヤーのあらゆる場所に、何百もの南京錠がぶらさがっている――どれもふたつのイニシャルが刻まれ、橋に永遠に固定されている。

古くから、ここを訪れた恋人たちは、互いのイニシャルをひとつの南京錠に刻み、錠を橋に取りつけてから鍵を深い川に投げ捨てて、永遠に見つからなくしてしまう――こうして永遠の絆の象徴にするわけだ。

この上なく単純な約束だ、とケヴェシュは思いながら、揺れる錠のひとつに手をふれた。わたしの魂があなたの魂から離れることはありません。永遠に。

この世に無限の愛が存在することを思い出したいとき、ケヴェシュはいつもここへ来て錠を見る。今夜もそういう夜のように思えた。下で逆巻く水を見つめながら、世界が急に速く動きだして自分は追いつけなくなったかのように感じた。もうここは自分にふさわしい場所ではないのかもしれない。

かつての暮らしには物思いにふけるだけの静かな時間があったが――バスのなかや、職場へと歩いているあいだや、待ち合わせをしているときに、何分間かひとりになれたが――近ごろの人々はそれだけの時間に耐えられずに、すぐさま電話やイヤフォンやゲーム機に手を伸ばし、テクノロジーの誘惑に抗えずにいる。新しいものを絶えず渇望するあまり、過去の奇跡は色あせて消えつつある。

イェフダ・ケヴェシュはいま、川を見おろしながら、疲労がいっそう深まるのを感じた。視界がかすみ、水面下で得体の知れない奇怪な影がうごめいているのが見えてきた。にわかにその川は、深みで命を吹きこまれた生き物たちがごった返すシチューと化した。

「ア・ヴィズ・エル」背後から声がした。〝水は生きてるんだよ〟。

ラビが振り向くと、希望に満ちた目をした巻き毛の男の子がいた。その姿は若かったころの自分を思い出させた。

「なんと言ったのだね」ラビは尋ねた。

男の子は何か言いかけたが、ことばの代わりに喉からは耳障りな電子音が、目からは白くまばゆい光が放たれた。

ラビはあえいで目を覚まし、椅子の上で跳ね起きた。

「オイ・ゲヴァルト（おお、神よ）」

机の上で電話がけたたましく鳴っていて、年老いたラビはぐるりと体をまわし、狼狽しきってハジコの書斎に目を走らせた。さいわい、だれもいない。心臓が激しく打っている。

奇怪な夢だ、と思いながら息を整えた。

電話は執拗に鳴りつづけていて、こんな時間にかけてくるのはバルデスピーノ司教にちがいないと思った。マドリードへの移動に関して、あらためて連絡してきたのだろう。

「バルデスピーノ司教」頭がはっきりしないまま、ラビは電話口で言った。「どうなりそうですか」

「ラビ・イェフダ・ケヴェシュですね」聞いたことのない声が言った。「わたくしのことはご存じないと思いますが、警戒なさる必要はありません。ですが、これから言うことをしっかり聞いてください」

ケヴェシュは一瞬で覚醒した。

女の声だが、少しくぐもっていて、ひずんで聞こえる。早口の英語で、わずかにスペイン訛りがある。「身元を明かしたくないので、装置によって声を変えています。その点についてはお詫びしますが、すぐにでも理由はおわかりいただけるはずです」

「いったいだれなんだ」ケヴェシュは強く尋ねた。

「〝監視番〟——民衆から事実を隠そうとする輩をよしとしない者です」

「何を……言っている」

「ラビ・ケヴェシュ、あなたが三日前にモンセラット修道院で開かれた会合に出席なさったことは知っています。エドモンド・カーシュ、バルデスピーノ司教、アラマ・サイード・アル＝ファドルとの内々の会合です」

なぜ知っている？

「さらに、エドモンド・カーシュがあなたがた三人に対して、自分が成しとげたばかりの科学的発見をくわしく説明したことも知っています……そして、あなたがそれを隠蔽する企みに荷担していることも」

「なんだと！」

「いまから申しあげることをしっかりお聞きにならないと、あなたは朝までに命を落とすでしょう。バルデスピーノ司教の手から逃れられず、排除されます」電話の主は間を置いた。「エドモンド・カーシュや、ご友人のサイード・アル＝ファドルとまったく同じように」

32

ビルバオのネルビオン川に架かるサルベ橋はグッゲンハイム美術館に近いので、両者がひとつに融け合って見えることがよくある。独特な中央の主塔──巨大なHの字のような鮮やかな赤の支柱──のせいですぐに見分けがつくこの橋の〝聖母交唱(サルベ)〟という名前は、海からネルビオン川をさかのぼってここまでもどった船員が、無事に帰還できたことに感謝するためにそれを歌ったという伝承に由来する。

建物の裏手から出たラングドンとアンブラは、美術館から川岸までの短い距離を走り抜け、ウィンストンに言われたとおり、橋の真下の暗い歩道で待っていた。

何を待つんだ。ラングドンは考えてみたが、答は見つからない。

暗闇でしばらくじっとしていると、アンブラの細い体が薄手のイブニングドレスの下で震えているのに気づいた。燕尾(えんび)服の上着を脱いで、アンブラの肩に掛け、両腕を覆うように服地をひろげた。

急にアンブラが振り返り、ラングドンに顔を向けた。

一瞬、ラングドンは出過ぎたことをしたかと不安に襲われたが、アンブラの顔には不快ではなく感謝の思いが表れていた。

「ありがとう」アンブラはラングドンを見あげて小声で言った。「力を貸してくれてありがとう」

目を見つめたまま、アンブラはラングドンの手をとって自分の手で包みこんだ。まるで、伝わってくるぬくもりや慰めを吸収したいかのようだ。

そして、同じくらい唐突に手を放した。「ごめんなさい」か細い声で言う。「コンダクタ・イムプロピア（誤解を招くふるまい）。母に言われそうよ」

ラングドンは力づけるように笑みを返した。「情状酌量。わたしの母ならそう言いそうだ」

アンブラはどうにか笑顔を作ったが、長つづきはしなかった。「最悪の気分よ」目をそらして言う。「今夜、エドモンドがあんなことになって……」

「ぞっとしたよ……ひどすぎる」ラングドンはそう言いながら、あまりの衝撃でまだ自分の感情をうまく言い表せないことを痛感した。

アンブラは川を見つめている。「それに婚約者のフリアンがかかわってるかと思うと……」

ラングドンはアンブラの声から、裏切られたという思いを感じとり、なんと答えていいかわからなかった。「そんなふうに考えるのもしかたがないと思う」注意深くことばを選んで言う。「だけど、たしかなところはわからない。フリアン王子が今夜の殺人について事前に何も知らなかった可能性もある。暗殺者は単独犯だったのかもしれないし、王子以外のだれかに依頼されたのかもしれない。スペインの国王になろうという人物が、ひとりの民間人を公の場で殺そうと企てるとは考えにくい――しかも自分の関与がはっきりわかる形で」

「関与を見抜けたのは、アビラが最後に招待客リストへ加えられたことをウィンストンが見つけたからよ。フリアンは実行犯の正体が明らかになるはずがないと思ったのかもしれない」

たしかにそのとおりだとラングドンは認めざるをえなかった。

「エドモンドのプレゼンテーションのことをフリアンに話さなきゃよかった」アンブラは言って向きなおった。「かかわるなと強く言われたから、安心させるために、わたしがかかわるのは最小限で、ただ映像を流すだけだと言ったの。エドモンドがスマートフォンの操作で配信することも話してしまった」アンブラはことばを切った。「だから、エドモンドのスマートフォンがこちらの手もとにあると犯人が知ったら、まだ発見を公表できることに気づくはずよ。そうなったとき、フリアンが妨害のためにどこまで強硬な手段をとるかはまったくわからない」

ラングドンは美しい女をじっと見つめた。「婚約者をまったく信じていないのか」

アンブラは深く息をついた。「あなたの思ってるとおりで、ほんとうのところ、あの人のことがわからないの」

「なら、なぜ結婚を承諾したんだ」

「簡単よ。承諾するしかない状況に置かれたから」

ラングドンが答える前に、重低音が足もとのコンクリートを震わせ、橋の下の洞穴のような空間に反響した。音はますます大きくなっていく。右手の川の上流がその源らしい。

ラングドンがそちらへ目を向けると、黒い影がかなりの速度で迫ってくるのが見えた――一艘(そう)のモーターボートが航海灯を消したまま接近する。コンクリートの高い岩壁に近づくと、速度を落とし、ふたりのすぐ横へ滑りこんだ。

ラングドンはボートを見おろして、首を軽く振った。この瞬間まで、エドモンドが作ったコンピューターの美術館ガイドをどこまで信頼していいのかわからなかったが、黄色の水上タクシーが岸壁に船体を寄せるのを見て、ウィンストンこそがいま得られる最強の味方だと確信した。

髪の乱れた男がボートの上で手招きした。「イギリス人のお友達から連絡を受けまして」男は言った。「ＶＩＰだから三倍払うってね……英語でなんて言うんでしたっけ……ベロシダド・イ・ディスクレシオン。そのとおりにしましたよ——ほらね。ライトも消してきた！」

「ああ、助かった」ラングドンは答えた。よくやってくれた、ウィンストン。〝迅速かつ内密に〟と指示したのか。

男は手を差し出してアンブラの乗船を手伝った。アンブラが小さな覆いのついた船室へ暖をとりに行くと、男は目をまるくしてラングドンに笑みを向けた。「あの人がＶＩＰか？　セニョリータ・アンブラ・ビダルだろ？」

「ベロシダド・イ・ディスクレシオン」ラングドンは念を押した。

「スィ、スィ！　わかってるさ」船長は急いで操舵（そうだ）装置の前へ行き、エンジンの回転数をあげた。ほどなくモーターボートは真っ暗なネルビオン川を西へ疾走していた。

ボートの左舷（さげん）にはグッゲンハイム美術館の巨大な黒い蜘蛛（くも）が見え、警察車両の回転灯で不気味に照らし出されている。頭上では一機の報道ヘリコプターが高速で空を横切り、美術館へと飛んでいく。

あのヘリが一番乗りだな、とラングドンは思った。

ラングドンはズボンのポケットから、暗号めいた書きつけのあるカーシュの名刺を取り出した。ＢＩＯ‐ＥＣ３４６。これをタクシーの運転手に渡すようにとカーシュは言っていたが、水上タクシーを使うことになるとは思いもしなかっただろう。

「イギリス人の友人から……」ラングドンはとどろくエンジン音に負けじと男に向かって叫んだ。

「もう行き先は聞いているだろうね」

「ああ、もちろんだ。言ったんだよ、ボートだとぴったりは寄せられないよって。だけど問題ないってさ。あんたらが三百メートル歩くってことだが、だめか？」

「だいじょうぶだ。で、ここからどれくらいの距離なんだ」

船長は川の右側に沿って走る高速道路を指さした。

「標識には七キロって書いてあるけど、ボートで行くからもうちょっとあるな」

ラングドンは高速道路の光る標識を見た。

ビルバオ空港（BIO）✈7KM

カーシュの声が頭のなかで聞こえ、ラングドンは悲しげに微笑んだ。

あまりにも簡単な暗号ですよ、ロバート。

そのとおりだったので、さっきようやく解読したとき、ずいぶん時間がかかったことを情けなく思った。

BIOはたしかに暗号（コード）だ――ただし、世界じゅうで使われている同様の暗号と同じで、解読はたやすい。似たものにBOS、LAX、JFKなどがある。

BIOは地元の空港の略号（コード）だ。

残りはすぐにわかった。

EC346。

カーシュのプライベート・ジェット機を見たことはないが、あるのは知っていたし、スペインの飛行機の識別記号に使われる国籍記号はエスパーニャのEではじまるにちがいない。

EC346はプライベート・ジェット機を表す。

もしタクシーでビルバオ空港へ行っていたら、名刺を見せられた警備員が、カーシュのプライベート・ジェット機へと直接案内してくれたはずだ。

自分たちが向かっていることをウィンストンがパイロットに伝えていてくれたらいいが、とラングドンは思った。美術館のほうを振り返ると、それは後ろでしだいに小さくなっていった。

アンブラのいる船室へ行こうかと考えたが、外の空気が心地よいこともあり、しばらくひとりで休ませてやろうと思いなおした。

自分もこの時間を活用しよう。そう思って船首へ歩いていく。

ボートの前方で、ラングドンは風に髪をなびかせながら、蝶ネクタイをはずしてポケットに入れた。ウィングカラーの第一ボタンをはずし、深々と息を吸って、夜の空気を肺いっぱいに満たした。

エドモンド、きみはいったい何をやってのけたんだ？

33

フリアン王子の薄暗い部屋を行きつもどりつしながら、ディエゴ・ガルサ司令官はバルデスピーノ司教の独善的な説教を憤然と聞いていた。

あんたの出る幕じゃない。引っこんでろ！　ガルサは怒鳴りつけたかった。

バルデスピーノはまたしても王宮の政治に首を突っこんでいる。王子の部屋の暗がりに亡霊のように現れた祭服姿のバルデスピーノは、スペインの伝統の大切さ、歴代の国王や王妃の信心深さ、危機に際して教会が果たす精神的支えとしての役割の大きさを、熱っぽい口調でフリアンに説いている。

そんなことをしている場合か。ガルサははらわたが煮えくり返る思いだった。

今夜、フリアン王子は細心の注意を払った広報活動をおこなわなくてはならない。宗教の御託を押しつけるバルデスピーノに王子が惑わされることだけは避けたかった。

折よくガルサの携帯電話が鳴り、司教の長広舌が断ち切られた。

「スィ、ディメ（もしもし）」ガルサは大声で言い、王子と司教のあいだに割ってはいった。「ケ・タル・バ（状況は）？」

「ビルバオのフォンセカ隊員です」速射砲のようなスペイン語が答えた。「あいにく、まだ狙撃犯を捕捉できておりません。配車サービス会社が逃走車を追跡できるはずだったのですが、通信が途絶えたそうです。敵はこちらの動きを予測していたのでしょう」

ガルサは怒りを呑みこんで静かに息を吐き、内心が声に出ないようにつとめた。「わかった」淡々と言った。「さしあたってはミズ・ビダルのほうに注力してくれ。王子がお待ちだ。まもなくきみがこちらへお連れすると請け合った」

回線の向こうで沈黙が長くつづいた。長すぎるほどに。

「司令官」フォンセカはためらいがちに切り出した。「申しあげにくいのですが、その件で悪いご報告があります。ミズ・ビダルとアメリカ人の教授はここを出たようです」少し間を置く。「われわれを置いて」

ガルサは危うく電話を落としそうになった。「悪いが、もう一度……言ってくれないか」

「はい。ミズ・ビダルとロバート・ラングドンはこの建物から逃げました。ミズ・ビダルはわれわれの追跡を防ぐために、携帯電話をみずから捨てています。ふたりが現在どこにいるのか、見当がつきません」

ガルサの顎がくりと落ちた。王子が不安げな顔で見ている。バルデスピーノも身を乗り出して耳を澄まし、いったい何事かと両眉を吊りあげている。

「そうか――それは何よりだ」ガルサは唐突に言い、大きくうなずいた。「よくやった。のちほど王宮で会おう。護送の手順と警備について確認したい。少し待ってくれ」

ガルサは携帯電話を手で覆い、王子に微笑みかけた。「すべて順調です。しばらく別の部屋へ行って詳細を確認してまいりますので、しばらくおふたりでお過ごしください」

王子をバルデスピーノとふたりきりにするのは気が進まなかったが、この通話をふたりの前でつづけるわけにはいかないので、客間のひとつへ歩いていき、中にはいってドアを閉めた。

「ケ・ディアブロス・ア・パサド？」ガルサは電話へがなり立てた。〝いったいどういうことだ？〟

「照明が消えた？」ガルサは問いただした。「コンピューターが警備員になりすまして偽の情報を与えた？　そんな話にわたしが納得するとでも？」

フォンセカの説明は、荒唐無稽な作り話にしか思えなかった。

「信じていただけないかもしれませんが、そのとおりのことが起こったのです。理解に苦しむのは、なぜコンピューターが急に心変わりしたかです」

「心変わり？　相手はただのコンピューターだぞ！」

「自分が言いたいのは、最初のうちコンピューターは協力的だったということです――狙撃犯の正体を特定し、暗殺を阻止しようと試み、逃走した車両がウーバーのものであることも突き止めました。それが突然、われわれの足を引っ張りはじめたのです。ロバート・ラングドンから何か吹きこまれたとしか思えません。ラングドンとの会話のあと、すべてが一変しましたから」

敵はコンピューターというわけか。自分のような老いぼれは、もう現代世界についていけないようだ、とガルサは思った。「言うまでもないが、婚約者がアメリカ人の男と逃げ、近衛部隊がコンピューターにだまされたことが世間に知れたら、個人的にも政治的にも、王子の面目は丸つぶれだ」

「重々承知しております」

「ふたりが逃走した理由に思いあたる節はないのか？　逃げきれる保証はないし、無謀としか言いようがない」

「このあとでマドリードへ同行するよう、自分が告げたとき、ラングドン教授は強く抵抗しました。行く気はないと明言しました」

だから殺害現場から逃げたと？　ガルサはほかに理由があると直感したが、それが何かは想像がつかなかった。「よく聞け。この情報が外に漏れる前に、なんとしてもアンブラ・ビダルを見つけ出して王宮へ連れもどすんだ」

「はい、しかし、現場にいる隊員はディアスとわたしのふたりだけです。とうていビルバオ全域を捜索することはできません。地元当局に連絡して、交通監視カメラを調べ、航空支援を得るなど、あらゆる手段を――」

「論外だ！」ガルサは言った。「それでは恥をさらすことになる。自分の任務を果たせ。自分たちだけでふたりを探し出し、すみやかにミズ・ビダルを保護するんだ」

「はい、司令官」

ガルサは信じがたい思いで電話を切った。

客間の外へ出たとき、青白い顔の若い女が廊下を駆けてくるのが見えた。ふだんどおり、地味な瓶底眼鏡にベージュのパンツスーツといういでたちで、タブレット型コンピューターを力強く手でつかんでいる。

勘弁してくれ。何もこんなときに。

モニカ・マルティンは王宮でいちばん新しい職員で、史上最年少の〝広報コーディネーター〟だ。メディア対応や広報戦略を担うコミュニケーション全般の責任者であり、ガルサの目には、つねに臨戦態勢で仕事にあたっているように見えた。

二十六歳の若さながら、マドリード・コンプルテンセ大学でコミュニケーション学の学位を取得し、コンピューター分野における世界有数の教育機関——北京（ペキン）の清華大学——で二年間、大学院生として研究に従事したのち、出版社〈グルーポ・プラネタ〉で広報部門の要職に就き、その後スペインの民間テレビ局〈アンテナ３〉にコミュニケーション部門のトップとして迎えられたという経歴を持つ。

デジタルメディアを通じて国内の若年層とつながり、また急速に影響力を高めているツイッターやフェイスブック、ブログやオンラインメディアに置き去りにされまいとする懸命な試みの一環として、王宮は昨年、紙媒体など既存メディアで何十年もの経験があるベテランの広報担当官を解雇し、テクノロジーに精通したこのミレニアル世代の若い女を採用した。

それもすべてフリアン王子のおかげだ。

マルティンを採用したのは、ふだん王宮の運営にめったに口を出さないフリアン王子で、父王に対して珍しく強硬に主張した。マルティンは業界でも屈指の人材とされているが、ガルサに言わせると妄想が激しく、見ているだけで疲れる神経質な性格だ。

「陰謀論が」マルティンはガルサに近づいてきてタブレットを振った。「爆発的にひろがっています」

ガルサは耳を疑って、広報コーディネーターを凝視した。それがどうした？　いまは陰謀の噂の出どころなどより深刻な問題が山ほどある。「いったいなんの用があって、王室の居住区をうろついているんだ！」

「先ほど司令官のＧＰＳ信号を受信しました」マルティンはガルサのベルトに差した携帯電話を指した。

ガルサは目を閉じてため息をつき、苛立ち（いらだ）を抑えた。新たな広報コーディネーターの任命に加えて、王宮は先ごろ〝電子セキュリティ部門〟を新設し、ＧＰＳ装置、デジタル監視システム、プロファイリング、事前選別型データマイニングなどを導入して、ガルサの部隊を支援している。ガルサの部下は日々、より多様でより若くなっている。

管理室はまるで大学のコンピューター・ルームだ。

新しく採り入れたテクノロジーによって、隊員だけでなく、どうやらガルサ自身も追跡されているらしい。地階にいる若造の一団につねに居場所を知られていると思うと、ガルサは落ち着かない気分になった。

「直接お目にかかりたくて来ました」マルティンはタブレットを差し出した。「ご覧になりたいはずだと思いまして」

ガルサはタブレットを引ったくるように受けとり、画面に視線を落とした。ビルバオの狙撃犯と特定された、銀色のひげを生やしたスペイン人の報道写真と略歴が載っている――退役したスペイン海軍将校のルイス・アビラだ。

「ネットでは好ましくない書きこみが飛び交っています」マルティンは言った。「その多くが、アビラがかつて王室に奉職していたと騒ぎ立てています」

「アビラが所属していたのは海軍だぞ！」ガルサは怒鳴った。

「そのとおりですが、理屈の上では軍の最高司令官は国王ですから——」

「もういい」ガルサはさえぎり、タブレットを突き返した。「国王がなんらかの形でテロ行為に関与していると勘ぐるのは、陰謀論者のばかげたこじつけで、今夜の事態にはなんの関係もないことだ。悪いほうにばかり考えずに、さっさと仕事にもどれ。何しろこのいかれた男は、未来の王妃を殺害することもできたのに、そうせずにアメリカ人の無神論者を殺した。全体として見れば、そう悪い結果じゃない」

マルティンは引きさがらなかった。「もうひとつ、王室に関係することでお伝えしておきたいことがあります。あとで不意打ちのようになってしまうのもよくないと思いまして」

しゃべりながらマルティンの指はタブレットの上で忙しく動き、別のウェブサイトを開いた。「この画像は数日前からインターネット上にありましたが、だれも気に留めていませんでした。ところがいまや、エドモンド・カーシュに関する情報がウィルスのように広まっていて、この画像もニュースで見られるようになっています」タブレットをガルサに手渡した。

ガルサは見出しをながめた——〝これが未来学者エドモンド・カーシュの生前最後の写真か？〟。

ぼやけた画像には、ダークスーツを着たカーシュが切り立った崖(がけ)のそばの岩場に立つ姿が写っていた。

「三日前に撮られた写真です」マルティンは言った。「カーシュがモンセラット修道院を訪ねたときのもので、現地にいた工事作業員がカーシュだと気づいて撮ったそうです。今夜、カーシュが殺害されたことを知った作業員が、生前の姿をとらえた最後の一枚として再投稿しました」

「これがわれわれになんの関係があるんだ」ガルサは鋭く尋ねた。

「つぎの画像を見てください」

ガルサは画面を下へスクロールした。つぎの画像が目にはいったとき、思わず手を壁に突いて体を支えた。「まさか……ありえない」

それは同じ場面を広角で写したもので、エドモンド・カーシュの隣に立つ痩せた男が見てとれた。男はカトリックの伝統的な紫の法衣を着ている。バルデスピーノ司教だ。

「これは事実です」マルティンは言った。「バルデスピーノ司教は三日前にカーシュと会っていました」

「しかし……」すぐにことばが出ず、ガルサは言いよどんだ。「司教はなぜこのことをだまっていた？　あんな事件が起こったというのに！」

マルティンは不審の表情でうなずいた。「ですから司令官に真っ先にお知らせしたかったのです」

バルデスピーノがカーシュと会っていたとは！　ガルサはその事実をうまく呑みこめなかった。しかもそれを隠していた？　これはただごとではない。王子に警告しなくては、と思った。

「あいにくですが」マルティンはつづけた。「これだけではありません」ふたたびタブレットを操作する。

「司令官」突然、居間からバルデスピーノの声がした。「ミズ・ビダルの護送はどうなっている」

モニカ・マルティンがさっと顔をあげ、大きく目を見開いた。「あれは司教ですか」小声で訊いた。

「いまここに？」

「ああ。王子に助言を与えている」

「司令官！」バルデスピーノがまた大声で言った。「そこにいるんだろう？」

「聞いてください」マルティンは動転した口調でささやいた。「いますぐお伝えしなくてはいけない情報がほかにもあります――司教や王子とお話しになる前に。誇張でもなんでもなく、今夜の危機が王宮に与える影響は、司令官のご想像をはるかに超えるものです」

ガルサは広報コーディネーターの顔をしばし見つめたのち、断をくだした。「階下の図書室で。六十秒後に行く」

マルティンはうなずいて、静かに立ち去った。

ひとりになったガルサはひとつ深呼吸をすると、こわばった表情をほぐし、沸きあがる怒りと内心の混乱がみじんも顔に出ていないことを願った。それから、落ち着いた足どりで居間へもどった。

「ミズ・ビダルの件はすべて順調です」ガルサは笑みを浮かべて部屋へ足を踏み入れた。「のちほど、こちらへいらっしゃるでしょう。これから下の警備室へ行って、護送の手順を直接確認してまいります」自信に満ちた顔でフリアンにうなずいてから、バルデスピーノ司教のほうを向いた。「すぐにもどります。ここにいてください」

そう言うと、きびすを返して部屋を出ていった。

バルデスピーノ司教は、フリアン王子の部屋を出ていくガルサの後ろ姿を目で追って、眉をひそめた。

「何か気になることでも？」フリアンは司教をじっと見て言った。

「ええ」バルデスピーノは答え、フリアンに向きなおった。「わたしは五十年にわたって告解を受けてきました。嘘を聞けば、そうとわかります」

34

コンスピラシーネット・ドットコム

速報

オンラインのコミュニティで疑問が噴出

エドモンド・カーシュの暗殺を受け、インターネット上に無数にいるこの未来学者の信奉者たちのあいだで、差し迫ったふたつの疑問に関する議論の嵐が湧き起こっている。

カーシュは何を発見したのか？
だれが、なんの目的で殺害したのか？

カーシュの発見については、すでにさまざまな仮説がインターネット上にあふれ、ダーウィンの進化論から地球外生物、特殊創造説などに至るまで、実に広範なテーマに及んでいる。

殺害の動機は依然として不明だが、仮説として、宗教的狂信、産業スパイ、妬(ねた)みなどを指摘する声があがっている。

コンスピラシーネットは殺害犯に関する独占情報の提供を約束されていて、入手しだい読者にお伝えする。

35

水上タクシーの船室にひとりでいたアンブラ・ビダルは、ロバート・ラングドンから借りた上着の前を掻(か)き合わせた。さっきラングドンから、よくわからない相手となぜ結婚することにしたのかと尋ねられたとき、アンブラは正直に答えた。

承諾するしかなかった、と。

フリアンとの婚約の成り行きは不幸そのものだった。今夜起こったことを考えると、思い出すのも耐えられない。

自分は罠(わな)に追いこまれた。

いまも追いこまれたままだ。

アンブラは汚れた窓に映った自分の姿をながめながら、押し寄せる孤独感に圧倒された。ふだんは自己憐憫(れんびん)に浸ることをよしとしないが、いまは心が揺れて途方に暮れている。自分の婚約者が残忍な殺人事件となんらかの形でかかわっているなんて。

イベントのほんの一時間前に、カーシュの運命を決することになる電話がかかった。アンブラが招待客を迎える準備に忙殺されているとき、若い女の職員が急ぎ足でやってきて、興奮気味に一枚の紙片を振った。

「セニョリータ・ビダル！　メンサヘ・パラ・ウステ（伝言があります）！」

職員はすっかり舞いあがった様子で、息を切らしながら、美術館の受付に重要な電話がかかったとスペイン語でまくし立てた。

「発信者名がマドリード王宮だったので、もちろんすぐに出ました！　フリアン王子の執務室からでした」

「受付に電話を？」アンブラは訊いた。「向こうはわたしの携帯電話の番号を知ってるのに」

「その秘書のかたがおっしゃるには、館長の携帯電話に何度かおかけになったそうですが」職員は言った。「通じなかったらしくて」

アンブラは携帯電話を確認した。妙だ。不在着信は一件もない。そのとき、技術者が館内の電波妨害装置のテストをしていることを思い出した。たまたまこの電話が一時的に不通になっていたときに、フリアンの秘書がかけてきたのだろう。

「きょう王子のもとに、ビルバオにお住まいのとても大切なご友人から電話があって、今夜のイベントに参加したいとおっしゃったそうです」職員はアンブラに紙片を手渡した。「招待客のリストに、このかたのお名前を追加してもらえないかとのことでした」

アンブラはメモに目を落とした。

スペイン海軍
ルイス・アビラ提督（退役）

スペイン海軍の退役将校？

「番号をうかがっていますから、直接かけなおしてお話しになることもできますが、フリアン王子はこれから会合があるので、たぶん出られないだろうとのことでした。押しつけがましい頼みだと受けとられなければいいが、と王子はお気になさっていたそうです」

押しつけがましい？　アンブラの胸に不満がくすぶった。あんなことを言っておいて、いまさら？

「わかった」アンブラは言った。「ありがとう」

若い職員は神のことばを伝え終えたかのように、はずんだ足どりで立ち去った。アンブラは王子の依頼が書かれたメモをにらみつけた。今夜のイベントにかかわることにあれだけ反対しておきながら、こんなふうに自分の立場を利用して頼み事をしてくるなんて。

これも承諾するしかない。

ここで王子の依頼を無視すれば、この海軍の高級将校と入口でひと悶着(もんちゃく)あるだろう。今夜のイベントは細部まで演出に凝っていて、メディアも前例のない規模で扱うはずだ。フリアンの有力な友人と外聞の悪い揉(も)め事を起こすのだけは避けたい。

ルイス・アビラの身元調査はおこなっていないし、〝合格〟リストにも名前が載っていないが、安全のために身体検査を求めるのは行きすぎだろうし、侮辱と受けとられかねない。何しろ相手は名高い海軍の退役将校で、王宮に電話をかけて未来の国王に頼み事をできる力を持っているのだから。

時間に追われていたアンブラは、やむなく決断した。入口に置かれた招待客リストにアビラの名前を記入したあと、音声ガイドのデータベースを操作し、この新しい客にもヘッドセットを割りあてた。

それから仕事へもどった。

そして、エドモンド・カーシュは帰らぬ人となった。アンブラは薄暗い水上タクシーに乗っている現実へ引きもどされた。つらい記憶を振り払おうとしていると、ふと奇妙な考えが浮かんだ。

フリアン自身とは一度も話していない……すべては第三者からの伝言だった。

ひと筋の希望の光が差した気がした。

ロバートの言うとおりなのだろうか。フリアンが潔白ということもあるかもしれない。

アンブラはしばらく考えをめぐらせてから、小走りに船室の外へ出た。

アメリカ人教授が船首でひとり、手すりに両手を置いて夜の闇をながめている。アンブラはその隣に立ち、周囲を見てぎょっとした。船はすでにネルビオン川の本流を離れ、ぬかるんだ高い土手をかすめるようにしながら、川というより危なっかしい用水路とでも呼ぶべき細い支流を北東へ向かっている。水の浅さと土手の近さにアンブラは不安を覚えたが、船長は平然とした顔で操舵し、ヘッドライトが煌々と照らすせまい水路を全速力で進んでいる。

アンブラはラングドンに、フリアン王子の執務室から電話がかかったことを手短に話した。「確実に言えるのは、美術館の受付に、発信元がマドリード王宮の電話がかかってきたことだけ。つまり、王宮にいるだれでも、フリアン王子の秘書を名乗ってあの電話をかけることができたのよ」

ラングドンはうなずいた。「だからこそその人物は、きみと直接話すのではなく、依頼を伝える形にしたのかもしれない。だれか心あたりは？」カーシュとバルデスピーノのいきさつを考えると、司教が怪しく感じられた。

「だれであってもおかしくない」アンブラは言った。「いま王宮は微妙な時期にあるの。舞台の主役がフリアンに代わろうとしていて、昔からいる相談役の多くは、フリアンに気に入られてその側近になろうと血眼になってる。国が変わりつつあるなか、古参の面々はなんとしても権力を手放すまいと必死なのよ」

「だれのしわざだとしても」ラングドンは言った。「われわれがエドモンドのパスワードを突き止めて新発見を公表しようとしていることに、気づかれないといいんだが」

自分たちの目標は、ことばにするとずいぶん簡単に聞こえる、とラングドンは思った。

だが、あまりにも危険だ。

カーシュはそれを公表しようとして殺されたのだから。

ラングドンは一瞬、空港からそのまま母国へ帰って、あとはだれかにまかせるのがいちばん安全な道ではないかと思った。

安全かどうかと問われれば、イエスだ。しかし、それを選べるかと問われれば、ノーだ。

かつての教え子に対する責任を果たすべきという強い思いがあるし、科学の飛躍的発展が暴力によって阻まれることへの義憤もある。それに、カーシュが何を発見したのかを知りたいという知的好奇心も抑えがたい。

そして最後の理由は、アンブラ・ビダルだ。

アンブラが窮地に立たされているのは明らかだ。さっきこちらの目をのぞきこんで、協力への礼を告げたとき、内に秘めた強い信念と自信を感じたが、恐怖と後悔の重苦しい影も見てとれた。きっと、言うに言えない暗い秘密があるのだろう。アンブラは手を伸ばして助けを求めている。

ラングドンの脳裏を読んだかのように、アンブラが急に顔をあげた。「寒そうね。上着を返しましょうか」

ラングドンはやさしく微笑んだ。「だいじょうぶだ」

「空港に着いたらすぐにでもスペインを発とうと考えてる？」

ラングドンは笑った。「その考えが頭をよぎったことは認めるよ」

「行かないで」アンブラは手すりに置いたラングドンの手に、柔らかな手のひらを重ねた。「今夜何が起こってるのか、見当もつかないの。あなたはエドモンドと親しかった。どれだけあなたの友情を大切に思い、あなたの意見を信頼してるか、エドモンドは何度も話してたのよ。こわいの、ロバート。わたしひとりで立ち向かえるとは思えない」

アンブラの率直で飾らぬ物言いにラングドンは驚いたが、同時に強く惹かれるものも感じた。「わかった」うなずいて言った。「エドモンドのため、そして正直なところ、科学界のためにも、かならずパスワードを突き止めて研究成果を公表しよう」

アンブラは穏やかな笑みを浮かべた。「ありがとう」

ラングドンは船の後方を見やった。「近衛部隊のやつらは、美術館から逃げたことにもう気づいているだろうな」

「それはそうよ。でも、ウィンストンのお手並みはみごとだったと思わない？」

「度肝を抜かれたよ」ラングドンは言い、カーシュがＡＩの開発でどれほどの飛躍的進歩をとげたかを、いまになってしみじみと悟った。本人が言った〝新たな特許技術〟がどんなものであれ、人間とコンピューターの相互作用というすばらしい新世界の先駆けになろうとしていたのはまちがいない。

今夜、ウィンストンはみずからが創造者の忠実な僕であり、ラングドンとアンブラにとってかけがえのない味方でもあることを証明した。またたく間に招待客リストから危険人物を見つけ出し、エドモンドの暗殺を阻止しようと試み、逃走に使われた車両を特定し、ラングドンとアンブラが美術館から脱出するのを手助けしたのだから。

「ウィンストンが前もってエドモンドのパイロットに連絡しているといいんだが」

「してるはずよ」アンブラは言った。「でも、あなたの心配ももっともね。念のためウィンストンに電話で確認しましょう」

「待ってくれ」ラングドンは意表を突かれた。「ウィンストンに電話ができるのか？　美術館を出て電波が届かなくなったから、てっきり……」

アンブラは笑って、かぶりを振った。「ロバート、ウィンストンはグッゲンハイム美術館内に物理的に存在するわけじゃないのよ。どこか極秘のコンピューター施設に設置されていて、リモートアクセスできるの。ウィンストンのようなＡＩを創ったのに、アクセスできる時間や場所がかぎられるなんて、エドモンドがそんなことをすると思う？　エドモンドは四六時中――自宅でも移動中でも散歩中でも――ウィンストンと話をしていた。電話一本でいつでもつながるの。何時間も雑談してるのを見たこともあった。個人秘書みたいなもので、レストランの予約やパイロットの手配はもちろん、必要なことはなんでもさせてたのよ。美術館のイベントをいっしょに準備してるとき、わたし自身も何度もウィンストンと電話で話した」

アンブラはラングドンの燕尾服の上着のポケットに手を入れ、青緑のケースがついたカーシュのスマートフォンを取り出して、電源を入れた。バッテリーの消耗を抑えるために、ラングドンが美術館で電源を切ったからだ。

「あなたのにも電源を入れて」アンブラは言った。「そうすれば、ふたりともウィンストンにアクセスできる」

「電源を入れたら居場所を探知されるんじゃないか」

アンブラは首を横に振った。「当局が裁判所から必要な令状を得る時間はないはずだから、危険を冒す価値はあると思う——ウィンストンが近衛部隊の動きと空港の状況の最新情報を知らせてくれるなら、なおさらよ」

ラングドンはおそるおそる電源を入れ、携帯電話が息を吹き返すのを見守った。ホーム画面が現れると、まぶしさに目を細めた。これで宇宙空間のあらゆる人工衛星から即座に居場所を特定される気がして、ひどく無防備に感じた。

スパイ映画の見すぎだ。ラングドンは自分に言い聞かせた。

いきなり携帯電話が電子音とともに振動し、夕方からたまっていた大量のメッセージを一気に受信した。驚いたことに、電源を切ってから、二百通を超えるショートメッセージとEメールが届いている。

受信ボックスにざっと目を通したところ、すべて友人や同僚からだった。最初のうち、件名は祝意を伝えるものばかり——〝すてきな講義！　まさかあなたが登場するとは！〟——だったが、それがあるときを境に、懸念や深い憂慮を示すものに変わっていた。ラングドンの著書の担当編集者であるジョナス・フォークマンからのものもあり、〝なんてこった——ロバート、だいじょうぶか?!?!〟という件名だ。博識ぶったフォークマンが太字や疑問符や感嘆符だらけの文を書くのを見るのは、はじめてだった。

ついさっきまでラングドンは、ビルバオの暗い水路に溶けこんだ透明人間の気分を味わい、美術館での出来事を遠ざかっていく夢のように感じていた。

けれども、いまや世界じゅうが知っている。カーシュの謎の発見のことも、残酷な殺人のことも……ラングドンの名前や顔といっしょに。

「ウィンストンはわたしたちに連絡しようとしてたようね」アンブラはカーシュのスマートフォンの明るい画面を見つめながら言った。「この三十分のあいだに不在着信が五十三件あって、すべて同じ番号から、きっかり三十秒ごとにかかってきてる」含み笑いをする。「不屈の忍耐力は、ウィンストンのたくさんある美徳のひとつね」

まさにそのとき、カーシュの電話が鳴りだした。

ラングドンはアンブラに笑みを向けた。「さあ、だれからだろう」

アンブラは電話を差し出した。「出て」

ラングドンは電話を受けとって、スピーカーボタンを押した。「もしもし」

「ラングドン教授」ウィンストンの聞き慣れたイギリス訛りの声が言った。「こうしてまたお話しできて、うれしいです。何度かおかけしておりました」

「ああ、そのようだね」ラングドンは言い、五十三回連続で電話をかけて一回も応答がなかったにもかかわらず、ウィンストンの声に乱れがなく穏やかであることに感心した。

「新しい展開がありました」ウィンストンは言った。「先方に到着する前に、空港当局におふたりの名前が手配されている可能性があります。わたくしの指示に慎重に従ってくださいますよう、あらためてお願いいたします」

「きみだけが頼りだ、ウィンストン」ラングドンは言った。「どうしたらいいか指示をくれ」

「まずは、教授」ウィンストンは言った。「もしまだ携帯電話をお持ちでしたら、すぐに捨ててください」

「本気かい」ラングドンは自分の電話をぐっと握りしめた。「当局が令状を手に入れないかぎりは――」

「アメリカの刑事ドラマならそうかもしれませんが、相手はスペインの近衛部隊と王宮です。必要とあらば手段は選びません」

ラングドンは電話を見つめ、妙に離れがたい気持ちになった。自分の生活のすべてがここに詰まっている。

「エドモンドの電話は？」アンブラが不安げに尋ねた。

「追跡不能です」ウィンストンは答えた。「エドモンドはつねにハッキングと産業スパイを警戒していました。みずからＩＭＥＩ／ＩＭＳＩ偽装プログラムを書いてＣ２値を変え、ＧＳＭ方式のいかなる傍受機器も出し抜けるようにしています」

ああ、それはそうだろうよ、とラングドンは思った。ウィンストンを創った天才にとっては、地域電話会社を出し抜くぐらい朝めし前に決まっている。

ラングドンはそれに比べると見劣りする自分の携帯電話に目をやって、顔をしかめた。するとアンブラが、その手からそっと電話を取りあげた。無言のまま手すりの向こうへ手を伸ばし、電話を放す。ラングドンの目の前で携帯電話が落下し、水音を立てて暗いネルビオン川に沈んだ。すっかり水面下に消えると、ラングドンは大きな喪失感にとらわれ、前進するボートの上でずっと後ろを振り返っていた。

「ロバート」アンブラがささやいた。「ディズニーのエルサ姫の名文句を思い出して」

ラングドンはアンブラのほうを向いた。「なんだって？」

アンブラはやさしく微笑んだ。「手放すのよ(Let it go)」

36

「ス・ミシオン・トダビア・ノ・ア・テルミナード」アビラの携帯電話の向こうから、そう告げる声が聞こえた。〝任務はまだ完了していない〟。

アビラはウーバーの車の後部座席でまっすぐに背筋を伸ばし、雇い主からの知らせに耳を傾けた。

「予期せぬ厄介な問題が起こった」相手は早口のスペイン語で言った。「行き先をバルセロナに変えてもらいたい。ただちに」

バルセロナ？　このあとはマドリードへ行ってつぎの仕事をするよう言われていたのだが。

「確度の高い情報だが」声はつづけた。「今夜、ミスター・カーシュの協力者ふたりがバルセロナをめざしている。例のプレゼンテーション動画を遠隔操作で公開する方法を見つけるために」

アビラは身をこわばらせた。「そんなことが可能だと？」

「まだなんとも言えないが、仮に成功したら、これまでの貴君の労苦はすべて無駄になる。バルセロナにいますぐ人が必要だ。くれぐれも慎重に。すみやかに向かって、到着しだい電話するように」

そこで電話は切れた。

悪い知らせだったが、アビラは不思議と気分が悪くなかった。自分はまだ必要とされている。バルセロナはマドリードより遠いとはいえ、真夜中の高速道路を全速力で飛ばせば、数時間で着く距離だ。

アビラは時間を無駄にせず、銃を掲げてドライバーの頭に押しつけた。ハンドルを握る男の両手が見るからに緊張する。

「リェバメ・ア・バルセロナ（バルセロナへ連れていけ）」アビラは命じた。

ドライバーはつぎの出口を出てビトリア＝ガステイスへ向かうと、速度をあげてA-1号線にはいり、東へ車を走らせた。この時間に高速道路にいる車と言えば、ほかは轟音を立てて進むトレーラートラックばかりだ。どれも全力で飛ばし、パンプロナ、ウエスカ、リェイダ、そしてその先にある地中海最大級の港湾都市——バルセロナ——をめざしている。

アビラは自分をこの瞬間へと導いた一連の奇妙な出来事を、いまだにほとんど信じられずにいた。自分は深い絶望の淵から浮かびあがり、生涯で最も輝かしい奉仕のときを迎えている。

つかの間、底なしの闇に引きもどされた。セビーリャ大聖堂の煙の立ちこめる祭壇を這いまわり、血まみれの瓦礫を掻き分けて妻と子を探したが、永遠に失われたことを思い知らされるだけだった。

テロ攻撃のあと、アビラは何週間も自宅から出なかった。震えながらソファーに横たわり、目覚めたまま、果てなき悪夢に苦しめられた。恐ろしい悪魔が真っ暗な深淵へとアビラを引きずりこみ、闇と怒りと息詰まりそうな罪悪感で責め立てた。

「その深淵は煉獄です」修道女がすぐそばでささやいた。生存者が死別の悲しみを乗り越えるのを助けるために教会が養成した幾百ものカウンセラーのひとりだ。「あなたの魂は暗い辺獄にとらわれているのですよ。そこから逃れる術はただひとつ、赦罪しかありません。あのようなことをした人たちを赦す道を見つけるのです。さもないと、怒りがあなたを滅ぼすでしょう」修道女は十字を切った。

「赦しこそ唯一の救済の道です」

赦しだと？　アビラは言いかけたが、悪魔に喉を締めつけられていた。そのときは、復讐こそが唯一の救済だと思えた。しかし、だれに復讐すればいい？　爆破事件の犯行声明は出ていないのに。

「宗教にからんだテロ行為を責めるお気持ちはよくわかります」修道女はつづけた。「けれど、わたくしたち自身の信仰が、神の名のもとに何世紀にもわたって異端審問をおこなってきたことを、どうか思い出してください。信仰の名のもとに、罪のない婦女子の命を奪ったのですよ。わたくしたちは世界に対し、みずからに対し、長らくその赦しを請うてきました。そして、時とともに癒されたのです」

　それから聖書の一節を読みあげた。「悪人に手向かってはいけない。もしだれかがあなたの右の頬を打つなら、ほかの頬をも向けてやりなさい。敵を愛し、憎む者に親切にしなさい。呪う者を祝福し、迫害する者のために祈りなさい（マタイによる福音書第五章三十九節、ルカによる福音書第六章二十七節・二十八節）」

　その夜、ひとり苦しみながら、アビラは鏡をのぞきこんだ。こちらを見返しているのは知らない男だった。修道女のことばは苦痛を和らげるのになんの役にも立たなかった。

　赦し？　左の頬も向けろだと！

　自分が目のあたりにした悪には、赦罪などありえない！

　激しい怒りに駆られたアビラは、鏡にこぶしを打ちつけて粉々に砕き、苦悶にむせび泣きながら、バスルームの床に崩れ落ちた。

　職業軍人として、アビラはつねに自制を働かせ、規律と名誉と指揮系統をだれよりも重んじる男だった。だがもうその男はどこにもいない。数週間のうちに、アビラはアルコールと処方薬の強力な組み合わせを麻酔代わりに用い、つねに朦朧としているようになった。目覚めているあいだじゅう、感覚を麻痺させてくれる薬物に取り憑かれ、憎しみの世界に閉じこもった。

数か月後、スペイン海軍はアビラをひそかに退役させた。かつての強大な戦艦は乾ドックに入渠させられ、二度と海へ出ることはない。人生を捧げた海軍は、どうにか糊口をしのげるわずかな恩給を与えただけで、アビラをほうり出した。

五十八歳で、何も残っていない。

アビラは居間でひとり腰かけ、テレビを見てウォッカを飲みながら、ひと筋の光明が訪れるのを待った。ラ・オラ・マス・オスクラ・エス・フスト・アンテス・デル・アマネセル（夜明け前が最も暗い）。幾度となくそう自分に言い聞かせた。しかし海軍でも古くから知られる箴言は、幾度となくアビラを裏切った。最も暗いのが夜明け前であるはずがない。夜は二度と明けない。

五十九歳の誕生日を迎えた雨の降る木曜の朝、空のウォッカの瓶と立ち退きの通知状を見つめていたアビラは、意を決してクロゼットへ向かうと、海軍の制式拳銃を取り出して弾をこめ、銃口をこめかみに押しあてた。

「ペルドナメ（すまない）」そうつぶやいて目を閉じた。そして引き金を引いた。発砲音は思ったよりずっと静かだった。銃声というより、かすかな金属音に近かった。

残酷にも、銃は不発だった。長く手入れもせず、ほこりだらけのクロゼットにしまっていたせいで、安物の儀式用拳銃は故障していたらしい。臆病者のするこんな簡単な行為ですら、いまの自分の手には余るということなのか。

怒りにまかせて拳銃を壁に投げつけると、こんどは発砲音が部屋を揺らした。焼けるような熱がふくらはぎを切り裂き、激痛で一気に酔いが醒めた。アビラは床に倒れて叫び声をあげ、血の流れる脚を押さえつけた。

あわてふためいた隣人たちがドアを叩き、サイレンの甲高い音が鳴り響く。アビラはセビーリャのサン・ラサロ病院に運びこまれ、自殺しようとして脚を撃ったいきさつを説明せざるをえなくなった。

翌朝、傷ついて屈辱感に打ちのめされ、回復室のベッドに横たわっているアビラを訪ねてくる者がいた。

「射撃がへたなんですね」若者がスペイン語で言った。「退役に追いこまれたのも当然だな」

アビラが口を開く前に、若者は窓のブラインドをさっとあけて、部屋に太陽の光を入れた。アビラはまぶしさに目を覆ったが、若者が筋骨たくましく、頭を短く刈りこんでいるのが見えた。身につけたTシャツにはイエスの顔がプリントされている。

「ぼくはマルコ」若者はアンダルシア訛りで言った。「リハビリのトレーナーです。あなたの担当を志願しました。ぼくらには共通点があるから」

「軍隊か?」アビラは若者の無骨な態度を見てとった。

「いや」若者はアビラを見据えた。「あの日曜の朝、ぼくもいました。大聖堂に。テロ攻撃のとき」

アビラは信じられない思いで見つめ返した。「きみもあの場に?」

マルコは手を伸ばして、スウェットパンツの一方の裾をあげ、義肢をあらわにした。「あなたが地獄を経験したのはわかってますけど、ぼくはサッカーのセミプロ選手だったんです。だから、あまり同情を期待しないでください。ぼくは〝神はみずからを助くる者を助く〟を信じるタイプなんで」

何が起こっているかをアビラが理解する間もなく、マルコはその体をかかえあげて車椅子にすわらせると、廊下を進んで小さなジムへ連れていき、二本の平行棒のあいだに立たせた。

「痛いに決まってる」マルコは言った。「でも、がんばって向こうの端まで行くんです。一回だけでいい。そのあと朝食にしましょう」

　耐えがたい痛みだったが、アビラは片脚しかない人間に不平を言う気になれず、両手で体重のほとんどを支えて、平行棒の反対の端まで体を引きずっていった。

「よーし」マルコは言った。「もう一回」

「だが、きみはさっき――」

「ああ、あれは嘘です。さあ、もう一回」

　アビラは茫然（ぼうぜん）と相手を見つめた。海軍将校として生きてきて、長年だれからも指図されたことがなかったが、不思議と新鮮さを覚えた。若返った気がする――はるか昔の新兵だったころにもどった気分だ。アビラは体の向きを変え、足を引きずってもどりはじめた。

「ところで」マルコは言った。「セビーリャ大聖堂のミサにはまだ行ってるんですか」

「いや」

「恐怖のせいで？」

　アビラは首を左右に振った。「怒りのせいだ」

　マルコは笑った。「ははん、そうか。修道女から、加害者を赦すように言われたんでしょう」

　アビラは二本の棒のあいだで急に立ち止まった。「そのとおりだ」

「ぼくもです。努力はしました。だめでしたね。修道女もひどい助言をするもんだ」マルコは笑い声をあげた。

　アビラはイエスの顔がプリントされたマルコのTシャツに目をやった。「しかし、きみはいまでも……」

「ああ、いまでも文句なしの信者ですよ。むしろ信仰は深まりました。運よく、自分の使命を見つけたんです——神の敵に襲われた被害者を助けるって使命をね」

「気高い動機だな」アビラはマルコがうらやましかった。家族を失い、海軍を去ったいま、自分の人生にはなんの意味もない。

「ある偉大な人がぼくを神のもとへ連れもどしてくれて」マルコはつづけた。「実を言うと、その人は教皇です。もう何度も直接会いましたよ」

「待ってくれ……教皇だと？」

「そう」

「つまり……カトリック教会の指導者である、あの教皇か？」

「そう。あなたも謁見したいなら、たぶん手配できますけど」

アビラは正気を疑う目でマルコをじっと見た。「きみがわたしを教皇に謁見させてくれると？」

マルコは不快そうな顔をした。「あなたはご立派な海軍の将校だから、セビーリャの体の不自由なリハビリトレーナーごときがキリストの代理者に会えるなんて信じられないんでしょうね。だけど、ほんとうなんです。その気なら会わせてあげますよ。きっと、あなたが立ちなおるのを助けてくださる。ぼくを助けてくださったように」

アビラはどう返せばいいかわからず、平行棒に寄りかかった。当時の教皇は厳格な伝統主義と正統教義を説く筋金入りの保守派の指導者で、アビラは崇敬の念をいだいていた。しかし不幸なことに、急速に変わりゆく世界で諸方面から非難を浴び、強まる一方のリベラル派から圧力を受けて、近いうちに退位の道を選ぶのではないかと噂されていた。「もちろんお目にかかれるなら光栄だが——」

「わかりました」マルコはさえぎって言った。「あすでどうかと訊いてみます」

その翌日、厳重に守られた聖なる場所の奥深くで、卓越した指導者と対面し、人生で最も勇気づけられる教えを授かることになるとは、アビラは想像もしていなかった。

救済への道はいくつもある。

赦しが唯一の道ではない。

37

マドリード王宮の一階にある王立図書館は、豪華絢爛な部屋が連なり、何千冊もの貴重な稀覯本を所蔵している。そのなかには、美しく彩色を施したイサベル女王の時禱書や、歴代の王が私有した聖書、アルフォンソ十一世の時代の鉄張りの写本などがある。

上の階で王子とバルデスピーノを長くふたりきりにしておきたくなかったので、ガルサは急ぎ足で駆けこんだ。バルデスピーノがほんの数日前にカーシュと会っていながら、それを秘密にしておくのはなぜなのか、ガルサはまだ考えあぐねていた。カーシュは今夜プレゼンテーションの場を設け、そして殺されたというのに。

ガルサは図書館の広い暗がりを横切り、白く光るタブレット型端末を持って物陰で待っていた広報コーディネーターのモニカ・マルティンに歩み寄った。

「お忙しいのは承知していますけど」マルティンは言った。「一刻を争う事態でして。上まで探しにいったのは、セキュリティセンターにコンスピラシーネット・ドットコムから不穏なメールが届いたからです」

「どこからだと?」

「コンスピラシーネットは陰謀論を扱う人気サイトです。取材は手抜きで、文章は稚拙ですが、何百万も愛読者がいます。わたしに言わせるなら、偽ニュースを垂れ流しているだけですけど、陰謀論者のあいだでは評価が高いサイトです」

ガルサにとっては、〝陰謀論〟と〝評価が高い〟というふたつの表現は相容れないものに思えた。

「コンスピラシーネットは今夜ずっと、カーシュ事件のスクープ記事をつぎつぎと発信しています」マルティンはつづけた。「情報源がどこかはわかりませんが、いまやニュースブロガーや陰謀論者の拠点になっています。主要ネットワーク各社までもが、コンスピラシーネットの速報に頼っている始末です」

「だからどうだと言うんだ」ガルサは急かした。

「コンスピラシーネットが王宮に関連する新しい情報をつかみました」マルティンは眼鏡をずりあげた。「その情報を十分後に公開するから、前もってコメントする機会をこちらに与えると言っています」

ガルサは信じられない思いでマルティンを見た。「王宮が扇情的なゴシップ記事など相手にするか!」

「とにかく見てください」マルティンはタブレットを差し出した。

ガルサがそれを引ったくると、目にはいったのはルイス・アビラの別の写真だった。偶然撮られたものなのか、構図がいいかげんだが、白い軍服で正装したアビラが一枚の絵の前を歩くところをとらえている。美術館の客が作品を撮ろうとしていたとき、それを知らずに通ったアビラがたまたま写りこんだのだろうか。

「アビラの外見ぐらい知っている」早く王子とバルデスピーノのもとへもどりたかったガルサは、嚙(か)みつくように言った。「なぜこんなものを見せるんだ」

「スワイプしてつぎの写真を見てください」

ガルサは画面に指をふれて滑らせた。いまの写真を拡大したものが現れる――中心に見えるのは、体の前に振り出されたアビラの右手だ。ガルサはその瞬間、アビラの手のひらにあるしるしに目を留めた。タトゥーらしい。

ガルサの目はそこに釘(くぎ)づけになった。その紋章は、ガルサにとって、いや、多くのスペイン人、特に年配者にとって見慣れたものだ。

フランコの紋章。

二十世紀半ば、スペインじゅうで飾られたこの紋章は、フランシスコ・フランコ将軍による超保守的な専制政治の象徴だった。フランコの圧政は、国粋主義、独裁主義、軍国主義、反自由主義、カトリック至上主義を推し進めるものだった。

この古い紋章は六つの文字を組み合わせたもので、その六文字を並べると、あるラテン語の単語になる――フランコの自己イメージを完璧に表すことばだ。

VICTOR――勝利者。

無慈悲、暴虐にして妥協を知らないフランシスコ・フランコは、ナチス・ドイツとムッソリーニ率いるイタリアの軍事援助を得て、権力の座にのぼりつめた。フランコは敵対する者を果てしなく殺害し、一九三九年にスペイン全土を制圧すると、みずからエル・カウディーリョ――ドイツ語の総統にあたるスペイン語――を名乗った。内戦中とそれにつづく独裁政権の最初の数年間に、フランコに逆らった者はつぎつぎと強制収容所へ送られ、およそ三十万人が処刑されたという。

みずからを〝カトリック・スペイン〟の擁護者、神なき共産主義の敵と称したフランコは、筋金入りの男尊女卑の思想を持ち、多くの社会的地位から女性を公然と排除したため、女性は大学教授や裁判官の職には就けず、銀行口座の開設も自由にできないばかりか、暴力を振るう夫から逃れる権利すらなかった。また、カトリックの教義に則っておこなわれなかった結婚は無効とされ、離婚、避妊、中絶、同性愛は非合法化された。

さいわい、すべてが変わった。

それでもガルサは、この国があまりにも速く、史上有数の暗黒時代を忘れ去ったことに驚きを禁じえない。

スペインの〝忘却の協定〟――フランコの悪政下でおこなわれた何もかもを〝忘れる〟という、国をあげての政治協定――のせいで、子供たちは独裁者についてほとんど教わることがないままだ。ある世論調査では、十代の若者にとっては、俳優のジェームズ・フランコのほうが独裁者のフランシスコ・フランコよりも知名度が高いことが明らかになった。

だが、古い世代はけっして忘れはしない。このVICTORの紋章は――ナチスの鉤十字と同様に――あの血塗られた時代を知る者たちの心に、いまも恐怖を呼び覚ます。今日に至っても、疑り深い人々は、スペイン政府やカトリック教会の上層部にはいまだにフランコ主義者の一派がひそんでいると警鐘を鳴らす――スペインを前世紀の極右主義に回帰させようと目論む保守派の秘密結社があると言って。

年配者の多くが近年のスペインの混沌と宗教的無関心を憂い、この国を救うためには、国教の強い導きのもと、より権威主義的な政府と明確な道徳的指針を築くしかないと考えているのは、ガルサも認めざるをえない。

懐古主義者たちは声を大にして言う。若い連中を見ろ！　根なし草じゃないか！

この数か月間、若き王子フリアンの王位継承が近づきつつあるのを受け、保守派のあいだでは、まもなく王宮までもが国にリベラルな変化を求めはじめるのではないかという不安が高まっている。危機感を煽ったのは、王子が最近アンブラ・ビダルと婚約したことだ。バスク出身で、しかも無神論者であると公言するアンブラがスペイン王妃となれば、きっと教会や国家にかかわる問題でも王子に意見するだろう。

危険な時代だ、とガルサは思った。過去と未来が断絶している。

宗教的な亀裂の深まりに加え、スペインは政治的にも岐路に立たされている。この国は君主制を維持するのか。それとも、オーストリアやハンガリーをはじめとするヨーロッパ諸国のように、王冠を永遠に捨て去るのか。時が経たなくてはわからない。街では年配の保守派がスペイン国旗を掲げ、リベラル派の若者たちは反君主制を表す赤と黄と紫を——かつての共和国旗の色を——誇らしげに身にまとう。

フリアン王子は火薬庫を引き継ぐことになる。

「最初にフランコのタトゥーを見たときは」マルティンはガルサの注意をタブレットに引きもどした。「写真をデジタル加工したいたずらだと思いました——話題を集めるためのね。陰謀論のサイトはどこもアクセス数を争っていますから、フランコ主義者とのつながりがあるとなると、大きな反響を期待できます。今夜のカーシュのプレゼンテーションは反キリスト教的なものでしたから、なおさらです」

そのとおりだとガルサは思った。陰謀論者が見たら大いに興奮するだろう。

マルティンはタブレットを手で示した。「サイト側が掲載しようとしている解説を読んでください」

ガルサは不安を覚えながら、写真に添えられたかなり長い文章に目を走らせた。

コンスピラシーネット・ドットコム

エドモンド・カーシュ殺害事件　最新情報

当初、エドモンド・カーシュの殺害は狂信者による犯行が疑われていたが、超保守的なフランコ主義者の紋章が見つかったことで、政治的背景も疑われる。スペイン政府上層部、さらには王宮内にもいる保守派のあいだで、王の不在とその差し迫った死によって生じた権力の空白をめぐり、主導権争いがおこなわれていると見られ……

「くだらん！」ガルサはそれ以上は読むに堪えず、吐き捨てた。「タトゥーひとつでここまで憶測をでっちあげるのか？　なんの意味もない。たまたまアンブラ・ビダルが暗殺の現場に居合わせただけで、この事件と王室の政治はなんのかかわりもないというのに。コメントなど不要だ」

「ですが、司令官」マルティンは食いさがった。「この解説の残りを読んでもらえれば、バルデスピーノ司教とルイス・アビラをじかに結びつけようとしているのがおわかりいただけるはずです。記事がほのめかしているのは、司教が隠れたフランコ主義者で、長年にわたって王に耳打ちをして、国の大々的な改革をおこなわせないようにしてきたという筋書きです」マルティンはことばを切った。「この説はネットで大きく支持されています」

ガルサはまたしてもことばを失った。もはや自分の住むこの世界がわからなくなっている。いまでは偽物のニュースが本物のニュース並みの影響力を持つというのか。

ガルサはマルティンを見つめ、つとめて平静な声で言った。「モニカ、こんなものはブログを書いている妄想家が興味本位でこしらえたまやかしだ。バルデスピーノ司教がフランコ主義者でないことはわたしが保証する。司教は何十年も国王に忠実に仕えてきた人で、フランコ主義者の暗殺犯とかかわりがあるはずがないんだ。王宮はこんなものにいっさいコメントを出さない。わかったかね？」ガルサはドアへ向きなおり、王子とバルデスピーノのもとへ一刻も早くもどろうとした。

「待ってください！」マルティンはガルサの腕をつかんだ。

ガルサは足を止め、驚いて若い部下の手を見つめた。

マルティンはすぐに手を引っこめた。「失礼しました。ただ、コンスピラシーネットからは、ブダペストで先刻あった電話でのやりとりを録音したものも送られてきたんです」分厚い眼鏡の奥で不安げに目をしばたたく。「こちらもお気に召さないと思います」

38

ボスが殺された。

ジョシュ・シーゲル機長は、エドモンド・カーシュのガルフストリームG550をビルバオ空港の主滑走路へとタキシングさせながら、操縦桿を握る自分の手が震えるのを感じていた。

こんな状態じゃ飛べやしない、とシーゲルは思った。副操縦士も同じくらい動揺しているはずだ。

エドモンド・カーシュのプライベート・ジェット機の操縦を何年もつとめてきたシーゲルは、今夜カーシュが無残にも殺害されたことに大きな衝撃を受けていた。一時間前、シーゲルと副操縦士は空港のラウンジに腰かけて、グッゲンハイム美術館からの生中継を見ていた。

「エドモンドらしい大芝居だな」シーゲルは軽口を叩きながらも、多くの観客を惹きつけるカーシュの力量に感銘を受けていた。プレゼンテーションを見ながら、ラウンジにいたほかの客と同じように、いつの間にか身を乗り出し、好奇心を激しく掻き立てられていたのに、それが一瞬にして悪夢へと変わった。

その後、シーゲルと副操縦士はテレビを見つめたまま茫然とすわりこみ、ただ途方に暮れていた。

十分後、シーゲルの電話が鳴った。かけてきたのはカーシュの個人秘書のウィンストンだった。直接会ったことはなく、少し変わったところのあるイギリス人だが、この相手とフライトの打ち合わせをするのにはすっかり慣れていた。

「もしテレビを見ていなかったら」ウィンストンは言った。「すぐにつけてください」

「見てたよ」シーゲルは答えた。「ふたりともショックを受けてる」

「飛行機をバルセロナへもどしていただきます」つい先ほど起こった事件を考えると、不気味なほど事務的な口調だった。「離陸の準備を進めてください。すぐにまた連絡いたします。それまでけっして離陸しないようお願いします」

シーゲルには、ウィンストンの指示がカーシュの意思によるものかどうかは知る由もなかったが、いまはただ、どういう形であれ、道筋を示してもらえるのはありがたかった。

ウィンストンの指示で、シーゲルと副操縦士は乗員乗客名簿を〝乗客ゼロ〟――〝回送(デッドヘッド)〟といういやな業界用語で呼ばれる――として提出し、飛行機を格納庫から出して飛行前点検に取りかかった。

三十分後、またウィンストンから連絡が来た。「離陸の準備はよろしいですか」

「ああ」

「けっこうです。いつもの東向きの滑走路をお使いになるつもりですね」

「そうだ」シーゲルはときどき、ウィンストンがあまりにも綿密で、恐ろしいほどなんでも知っていることが気になった。

「管制塔に連絡して離陸許可をとってください。飛行場の端までタキシングしたら、滑走路へは進入しないでください」

「誘導路で停まるってことか」

「はい、ほんの短いあいだです。着いたら知らせてください」

シーゲルと副操縦士は驚いて顔を見合わせた。ウィンストンの指示はわけがわからない。

管制塔が文句を言ってくるだろう。

それでもシーゲルは、いくつかの舗装路を経て、空港の西のはずれにある滑走路の端へとジェット機を向かわせた。誘導路はあと百メートルで右に直角に曲がり、東向きの滑走路の端に合流する。

「ウィンストン?」シーゲルは呼びかけた。空港の敷地を囲む高い金網の防護フェンスが目の前に見える。「誘導路の端に着いたぞ」

「そこで待機してください」ウィンストンは言った。「また連絡します」

こんなところで待機できるものか! ウィンストンは何を考えているのか、と思った。さいわい、ガルフストリームの後方確認カメラにほかの飛行機の姿はないから、とりあえず他機の邪魔にはなっていない。見える光は管制塔の照明だけだ。滑走路の奥の三キロほど離れたところでかすかに光っている。

六十秒経った。

「こちら管制塔」ヘッドセットに声が響いた。「EC346便、一番滑走路からの離陸を許可します。繰り返します。離陸を許可します」

離陸したいのはやまやまだが、まだカーシュの秘書からの指示がない。「管制塔、了解しました」シーゲルは言った。「ここで少し待機させてください。警告灯が点灯しているので確認中です」

「了解。準備ができたら知らせてください」

39

「ここで？」水上タクシーの船長はとまどっているようだった。「ここでですかい？　空港はまだ遠いのに。近くまで行きますぜ」

「いや、ここでかまわないんだ」ラングドンはウィンストンの指示どおり、そう伝えた。

船長は肩をすくめ、プエルト・ビデアという標識がある小さな橋のそばへボートを寄せた。川岸には背の高い草が生い茂っているが、どうにかよじのぼれそうだ。アンブラはすでに船から飛び移って斜面をのぼりはじめている。

「いくら払えばいいかな？」ラングドンは尋ねた。

「金ならいいです」船長は言った。「イギリス人のお友達から先払いでもらったんでね。クレジットカードで。三倍づけでしたぜ」

ウィンストンが支払いをすませたのか。ラングドンはまだカーシュのコンピューター秘書との付き合いに慣れていなかった。ステロイド漬けのＳｉｒｉを連れているような気分だ。

人工知能が日々あらゆる複雑な作業をこなしていることを思えば、ウィンストンの性能もなんら驚くことではないのだろう。日本のある文学賞で、人工知能が執筆に大きな役割を果たした小説が受賞寸前まで行ったこともあるという。

ラングドンは船長に礼を言うと、船から岸へ飛び移った。斜面をのぼる前に、いぶかしげな顔の船長へと振り返り、人差し指を口にあてて言った。「ディスクレシオン・ポル・ファボール（内密に頼むよ）」

「スィ、スィ」船長は請け合い、両目を覆ってみせた。「ノ・エ・ビスト・ナーダ（何も見てませんぜ）！」

それから、ラングドンはすばやく斜面をのぼり、線路を渡って、古びた商店が並ぶ眠たげな村の道端でアンブラに追いついた。

「地図によりますと」ウィンストンの声がカーシュのスマートフォンから響いた。「プエルト・ビデアとリオ・アスアの水路が交わるところにいらっしゃいますね。村の中心に小さなロータリーが見えませんか」

「見える」アンブラが答えた。

「はい。そのロータリーからベイケ・ビデアという細い道が出ています。その道を進んで村の中心から離れてください」

二分後、ラングドンとアンブラは村はずれのさびしい田舎道を急いでいた。青々とした牧草地がひろがり、石造りの農家が並んでいる。田園風景のなかを進むうちに、ラングドンは何かがおかしいのに気づいた。右の彼方、小さな丘の頂の向こうで、空が半円形にぼんやりと照らされている。

「あれが空港ターミナルの灯だとすると」ラングドンは言った。「すごく遠いぞ」

「その位置からターミナルまで三キロです」ウィンストンは言った。

アンブラとラングドンは驚いて顔を見交わした。ウィンストンはそんなに遠いとは言わなかったはずだ。

「グーグルの衛星画像によりますと」ウィンストンはつづけた。「右側に広い草原がありますね。横切れそうですか」

ラングドンは右手の牧草地を一瞥した。空港ターミナルの灯に向かって、ゆるやかなのぼり斜面になっている。

「のぼれないこともないが」ラングドンは言った。「しかし、三キロといったら――」

「とにかくのぼってください、教授。わたくしの指示どおりにお願いいたします」ウィンストンの口調はていねいで、いつもどおり無感情だったが、ラングドンは叱られたように感じた。

「おみごとね」坂をのぼりはじめながら、アンブラは楽しげにささやいた。「ウィンストンが苛立ちめいたものを見せたのははじめてよ」


「EC346便へ、こちら管制塔」シーゲルのヘッドセットに声が響いた。「誘導路を出て離陸するか、格納庫へもどって修理するか、どちらかにしてください。現在の状況は？」

「まだ作業中です」シーゲルは嘘を言って、後方確認カメラに目をやった。ほかの機は来ていない――遠い管制塔の灯がおぼろげに見えるだけだ。「あと少しです」

「了解。逐次連絡ください」

副操縦士がシーゲルの肩を叩いて、窓の向こうを指さした。

シーゲルは相棒の視線の先を追ったが、機体の前には高いフェンスしか見えない。すると突然、金網の向こうにぼんやりとした影が見えた。

いったいあれはなんだ？

フェンスの向こうの暗い草原に、幽霊のようなシルエットがふたつ、闇から姿を現し、丘の頂を越えてまっすぐ向かってくる。その影が近づくと、ついさっきテレビで見た、白いドレスの胴の部分を斜めに走る特徴的な黒いサッシュリボンが、シーゲルの目に留まった。

アンブラ・ビダルじゃないか?

アンブラはカーシュとともにこの機に何度か乗ったことがあり、そのたびにシーゲルは、息を呑むほどの美貌に胸がときめいたものだ。そのアンブラがビルバオ空港に隣接した牧草地でいったい何をしているのか、想像すらできなかった。

アンブラといっしょにいる長身の男も、黒と白の正装に身を包んでいる。シーゲルはその男のほうも今夜のイベントに登場したのを思い出した。

アメリカ人の大学教授、ロバート・ラングドンだ。

ウィンストンの声が突然もどった。「ミスター・シーゲル、フェンスの向こうにふたりの人物が見えますね。だれかはおわかりでしょう」気味が悪いほど落ち着いた口調だ。「今夜の状況を何もかもは説明いたしかねることをご理解ください。ですが、どうかミスター・カーシュのためにも、わたくしの指示に従っていただくようお願いします。いまから申しあげることだけご承知ください」ウィンストンはごくわずかな間をとった。「エドモンド・カーシュを殺害した人物もしくは一派が、つぎにアンブラ・ビダルとロバート・ラングドンを殺そうとしています。ふたりの身の安全を守るため、お力を貸してください」

「しかし……そうは言っても……」シーゲルはその意味を理解しようとしながらも、口ごもった。

「ミズ・ビダルとラングドン教授をすぐにあなたの飛行機に搭乗させなくてはなりません」

「いま、ここで?」シーゲルは問い返した。

「乗員名簿を偽ることによって生じる専門的問題は承知しておりますが――」

「空港を囲む高さ三メートルのフェンスによって生じる専門的問題は承知してるのか？」

「もちろんです」ウィンストンは落ち着き払った声で言った。「ミスター・シーゲル、いっしょに仕事をさせていただいてまだほんの数か月ですが、どうかわたくしを信頼してください。これから申しあげることは、この状況ならエドモンドもお願いするにちがいありません」

　ウィンストンが説明する計画を聞き、シーゲルは呆気にとられた。

「そんなことは不可能だ！」

「いいえ」ウィンストンは言った。「実行はじゅうぶんに可能です。各エンジンの推力は七千重量キログラム程度ありますし、円錐状の機首部分は時速一千キロメートルの速度にも――」

「物理的な問題を気にしてるんじゃない」シーゲルはさえぎった。「法的な問題を気にしてるんだよ――それと、おれの操縦士免許が剝奪される可能性だ！」

「それも重々承知しております、ミスター・シーゲル」ウィンストンは淡々と言った。「しかし、まさにいま、未来のスペイン国王妃が重大な危険にさらされているのです。その命を救えるかどうかは、あなたの働きにかかっています。請け合いますが、真実が明らかになったとき、あなたが受けるのは懲戒処分ではなく、国王からの勲章でありましょう」

　草深い場所に立っていたラングドンとアンブラは、ジェット機のランディングライトに照らされた高い防護フェンスを見あげた。

　ウィンストンに促されて、ふたりがフェンスから少しさがると同時に、ジェット機がエンジンの回転数をあげて前へ進みはじめた。ところが、ジェット機は誘導路のカーブに沿って曲がることなく、そのままふたりのほうへ直進し、ペンキで描かれた停止線を越えてアスファルトの周縁部に乗りあげた。速度をさげて徐行し、少しずつフェンスに近づいてくる。

フェンスを支える重たげな鉄柱のひとつへと、ジェット機がまっすぐ向かうのを、ラングドンは見てとった。巨大な機首が垂直に立つ支柱と接触し、エンジンがわずかに回転数をあげた。

ラングドンはもっと抵抗があるものと予想していたが、ロールスロイス製エンジン二基と四十トンの機体重量は支柱が耐えられる限度を超えていたようだ。金属のきしむ音とともに、支柱はふたりに向かって傾き、まるで倒木の球状の根のように、土台にアスファルトの大きな塊をからみつかせたまま倒れた。

ラングドンは走り寄って、傾いたフェンスをつかみ、自分とアンブラが乗り越えられるように引きおろした。ふたりがよろけながらも誘導路におり立つと、ジェット機のタラップはすでにおろされ、制服姿のパイロットが機内から手を振って、乗るよう促していた。

アンブラはかすかに笑みを浮かべてラングドンを見た。「まだウィンストンを信用できない？」

ラングドンには返すことばがなかった。

階段を駆けあがって豪華な客室に足を踏み入れたとき、コックピットでもうひとりのパイロットが管制塔と話す声が聞こえた。

「はい、管制塔、聞こえます」パイロットは言っている。「地上レーダーの調整ミスと思われます。当機は誘導路を出ていません。繰り返します。当機はまだたしかに誘導路上にいます。警告灯が消えましたので、離陸準備が整いました」

最初のパイロットがドアを勢いよく閉めると、もうひとりのパイロットはエンジンを逆噴射して機体を少しずつ後退させ、たわんだフェンスから離れた。ジェット機は大きく転回して滑走路へと進んでいく。

アンブラと向かい合ってすわったラングドンは、しばし目を閉じて大きく息を吐いた。窓の外でエンジンが轟音をあげたあと、ジェット機が滑走路を疾走していき、加速度で体が押しつけられた。

数秒後、機体は空へ飛び立つと、南東へ大きく弧を描き、夜の空をバルセロナに向かって突き進んでいった。

40

ラビ・イェフダ・ケヴェシュは書斎から飛び出して庭を突っ走ったすえ、自宅の玄関をも抜け、踏み段をおりて歩道に出た。

もはや自宅すら安全な場所ではない。激しい動悸に襲われながら、ケヴェシュは自分に言い聞かせた。シナゴーグへ行かなくては。

ドハーニ通りのシナゴーグは、ケヴェシュにとって終生の聖域であるとともに、まさに要塞にほかならない。この聖堂の防柵、鉄条網、二十四時間体制の警備は、ブダペストにおける反ユダヤ主義の長い歴史をまざまざと物語っている。これほどの要塞の鍵を持っていることに、今夜のケヴェシュは深く感謝した。

シナゴーグは自宅から十五分の場所にあるが――のんびりとそこまで散歩するのが日課だ――今夜、

コシュート・ラヨシュ通りを歩きはじめたケヴェシュには恐怖心しかなかった。進みはじめたケヴェシュは、顔を伏せて前方の物陰へ目を走らせた。

　そのとたん、心が騒ぐ光景が見えた。

　通りの向こうのベンチに人影がひとつ、背中をまるめてすわっている——野球帽をかぶってブルージーンズを穿いた屈強な体つきの男だ。何気なくスマートフォンをいじっていて、顎ひげを生やした顔が画面の明かりで照らされている。

　このあたりの住民ではないな。そう悟ったケヴェシュは足を速めた。

　野球帽の男は顔をあげてケヴェシュを一瞥し、すぐに携帯電話へ視線をもどした。ケヴェシュは先を急いだ。一ブロック歩いたところで、不安に駆られて振り返ると、驚いたことに、野球帽の男はもうベンチにいなかった。通りを渡りきって、すぐ後ろの歩道を歩いている。

　尾けられている！　ケヴェシュは足を速め、荒い息をついた。家を出たのは大きなまちがいだったのだろうか。

　バルデスピーノからは家にいるよう言われた。だれを信頼すればよかったのか。

　バルデスピーノの使いが来てマドリードまで同行してくれるのを待つつもりだったのに、あの電話がすべてを変えた。疑いの黒い種がみるみる芽吹いている。

　電話の女はケヴェシュに警告した。司教が人を送りこむのは、あなたを護送するためではなく、排除するためです——サイード・アル＝ファドルを排除したときと同じように。そして女は否定しがたい証拠を示し、ケヴェシュは狼狽して逃げ出すことになった。

　いま、歩道を早足で進むケヴェシュは、安全なシナゴーグまでたどり着けないのではないかと怯えた。野球帽の男はまだ後方にいて、五十メートルほど離れて追ってくる。

耳を覆いたくなるほどの甲高い音が夜気を切り裂き、ケヴェシュは一驚した。少し先の停留所に路線バスが停まるブレーキの音だと気づき、ほっと息をついた。神がつかわしてくださったのかと思いながら、そのバスへ駆け寄って、あわただしく乗りこんだ。車内は騒々しい大学生たちで混み合っていたが、ふたりの若者が礼儀正しく前方の席を譲ってくれた。

「ケセネム」ラビは息を切らしながら言った。〝ありがとう〟。

だが、バスが発車する直前、野球帽とジーンズの男がバスの後方から猛然と駆け寄り、間一髪でどうにか跳び乗った。

ケヴェシュは体をこわばらせたが、男はケヴェシュには見向きもせずに通り過ぎ、後方の座席にすわった。スマートフォンをまたいじる姿がフロントガラスに映っている。ビデオゲームか何かに夢中のようだ。

落ち着け、イェフダ。ケヴェシュは自分に言い聞かせた。こちらに関心など持っていまい。

バスがドハーニ通りの停留所に停まると、ケヴェシュはほんの数ブロック先のシナゴーグの尖塔(せんとう)を物ほしげに見やったが、混み合って安全なバスから出る勇気はなかった。

もしここでおりて、あの男が追ってきたら……

人混みのなかにいたほうが安全だろうと判断し、座席にとどまった。もう少しバスにいて、呼吸を整えようと思ったが、自宅を飛び出す前にトイレに行っておけばよかったと後悔しはじめた。

ドハーニ通りの停留所を出てまもなく、ケヴェシュは自分の心づもりに大きな誤りがあったことに気づいた。

いまは土曜の夜で、乗客はみな若者だ。

このバスの乗客が、みな同じ場所でおりるのはまずまちがいない――つぎの停留所、ブダペストのユダヤ人街の中心で。

第二次世界大戦のあと、その界隈(かいわい)は廃墟(はいきょ)として放置されていたが、昨今ではヨーロッパでも屈指の人気を誇るバー――有名な〝廃墟バー〟――が集まる一角となり、崩れかけた建物にしゃれたナイトクラブがはいっている。爆撃から焼け残った落書きだらけの倉庫や古い邸宅は、色とりどりの照明や折衷主義の芸術で生まれ変わり、週末ともなると、学生や観光客がおおぜい訪れて浮かれ騒ぐ場となった。

予想どおり、バスがつぎの停留所に停まると、学生たちはいっせいに降車した。野球帽の男は後方の座席にすわったままで、まだ携帯電話に熱中している。一刻も早くおりたいという本能に従って、ケヴェシュは立ちあがり、通路を急いで、学生たちの集団とともに通りにおりた。

バスは走りだしたが、すぐに急停車し、ドアをあけて最後の乗客をおろした――あの野球帽の男だ。ケヴェシュの鼓動はまたしても急激に高まったが、男は一瞥もくれなかった。人混みに背を向け、電話をかけながら反対方向へ足早に歩いていく。

悪い想像はやめろ。ケヴェシュは自分に言い聞かせ、息を落ち着かせた。

バスは走り去り、学生たちの一群はバーが建ち並ぶほうへ歩きはじめた。念のため、ケヴェシュはできるかぎり学生たちのなかにいて、どこかで左へ折れてシナゴーグまで歩くことにした。

ほんの数ブロックだ。ケヴェシュは脚のだるさと膀胱(ぼうこう)の張りを我慢した。

廃墟バーはどこも満員で、騒がしい常連客が通りにまであふれている。至るところで電子音楽が鳴り響くなか、ビールの強いにおいが充満し、ソピアネの紫煙とチムニーケーキの甘い香りがそこに混じっている。

曲がり角に近づいたケヴェシュは、だれかに見張られている薄ら寒い気配をまだ感じていた。歩をゆるめ、いま一度背後を盗み見る。ありがたいことに、野球帽とジーンズの男の姿はどこにもなかった。


暗い通路にかがんだまま、ゆうに十秒間は身動きしなかった人影が、物陰からそっと曲がり角をうかがった。

歳の割にやるじゃないか。こちらが身を隠すのはかろうじて間に合ったようだ。

男はポケットのなかの注射器を念入りに確認した。やがて暗がりから歩み出ると、野球帽をかぶりなおして標的のあとを追った。

41

近衛部隊司令官ディエゴ・ガルサは、モニカ・マルティンのタブレット型端末を握りしめたまま、全力で居住区へ駆けもどった。

タブレットには、イェフダ・ケヴェシュというハンガリー人のラビと、インターネット上の告発者との通話を録音したものが保存されている。その内容はあまりにも衝撃的で、ガルサが打てる手はないに等しい。

この告発者が主張する暗殺の陰謀の裏に、ほんとうにバルデスピーノがいようといまいと、録音内容が公になればバルデスピーノの名声は永遠に地に落ちる、とガルサは確信した。

王子に警告して、巻き添えにならないようにしなくては。

この話が広まる前にバルデスピーノを王宮から追い出すほかない。

政治の世界では印象が物を言う。事実はどうあれ、情報を切り売りする輩(やから)がバルデスピーノを叩(たた)きつぶそうとしているのはたしかだ。今夜、王子が司教のそばにいるところをぜったいに見られてはならない。

広報コーディネーターのモニカ・マルティンは、王子にすぐさま声明を発表させるよう、ガルサに強く進言した。さもないと共謀を疑われる、と。

そのとおりだ、とガルサも納得した。フリアン王子をテレビに出演させる必要がある。いますぐに。

階段をのぼりきると、ガルサは手に持ったタブレットに目をやりながら、廊下を息せき切ってフリアンの居室に向かった。

コンスピラシーネットがまもなく公開するデータには、フランコ主義者のタトゥーの画像とラビへの電話の録音だけでなく、第三の決定的な新情報が含まれることになっている――その情報はほかのどれよりも大きな波乱を巻き起こすだろう、とマルティンは警告している。

〝データ・コンステレーション〟とマルティンはそれを呼んだ――一見ばらばらで類似性のないデータや根拠のない情報を示して、それらを陰謀論者が分析したり結びつけたりするように促し、〝星座(コンステレーション)〟を作らせることだという。

星占いマニア以下だ！　ガルサは憤った。ばらばらに並んだ星から動物の形をでっちあげるだけじゃないか！

不幸にも、タブレットに表示されたコンスピラシーネットのデータは、組み合わせるとただひとつの星座が生まれるように見え、しかもそれは王宮からながめて美しいものではなかった。

コンスピラシーネット・ドットコム

エドモンド・カーシュ殺害事件
これまでの要約

・エドモンド・カーシュは科学上の新発見を三人の宗教指導者に話していた——アントニオ・バルデスピーノ司教、アラマ・サイード・アル＝ファドル、ラビ・イェフダ・ケヴェシュである。
・カーシュとアル＝ファドルはともに死亡した。ラビ・イェフダ・ケヴェシュは自宅の電話に応答せず、行方不明と見られている。
・バルデスピーノ司教は健在であり、最後に目撃されたときは広場を横切って王宮へ向かっていた。
・カーシュの殺害犯——スペイン海軍の退役将校ルイス・アビラと判明——には、超保守派のフランコ主義者であることを示すタトゥーがある（保守派として知られるバルデスピーノ司教もフランコ主義者か？）。
・そして最後に、グッゲンハイム美術館内の消息筋によれば、イベントの招待客リストは確定ずみであったが、直前に王宮内の何者かからの要請によって殺害犯ルイス・アビラが追加された（現場でその要請に応じたのは未来の王妃アンブラ・ビダルである)。

コンスピラシーネットは本件に関し、監視番を自任する民間人
monte@iglesia.org からの度重なる寄稿に感謝する。

monte@iglesia.org だと?

ガルサはすぐさま、このモンテと名乗るメールアドレスが偽装だと断じた。iglesia.org はスペインでよく知られた熱心なカトリック系ウェブサイトであり、キリストの教えに身を捧げる聖職者や一般信徒や研究者が集まるオンラインのコミュニティとなっている。情報提供者はドメイン名を偽装し、書きこみが iglesia.org からおこなわれていると見せかけているのだろう。

なんとも狡猾だ、とガルサは思った。バルデスピーノ司教は、このウェブサイトを支持する敬虔なカトリック信者たちに深く敬愛されている。このインターネット上の〝寄稿者〟は、ラビに電話をかけた情報提供者と同一人物なのだろうか。

居住区のドアの前に来たガルサは、王子にどう話を切り出したものかと思案した。ふだんどおりにはじまった一日が、いまや一転し、王宮は亡霊との戦争をはじめたかのようだ。モンテと名乗る正体不明の情報提供者? データの組み合わせ? さらに悪いことに、アンブラ・ビダルとロバート・ラングドンがどうなったかに関して、新しい情報は何もない。

神よ、どうかお助けください。今夜のアンブラの向こう見ずな行動がマスメディアに知られませんように。

ガルサはノックもせずに入室した。「フリアン殿下」声をかけながら居間へと急いだ。「ふたりだけでお話ししたいことがございます」

居間にはいったガルサは、はたと立ち止まった。

部屋はもぬけの殻だ。

「フリアン殿下？」厨房(ちゅうぼう)のほうへもどりながら呼びかける。「バルデスピーノ司教？」

居室をくまなく探したが、王子もバルデスピーノも姿が見えない。

すぐに王子の携帯電話にかけたところ、驚いたことに、着信音が耳にはいった。音はかすかだが、居室のどこかからたしかに聞こえる。ガルサはもう一度王子に電話をかけて、くぐもった音に耳を澄まし、それが壁の小さな絵画の裏で響いているのを突き止めた。そこに隠し金庫があるのは知っている。

王子は携帯電話を金庫にしまったのか？

今夜のように連絡を欠かせない状況で王子が携帯電話を置いていくとは、理解しがたかった。

いったいふたりはどこへ行った？

バルデスピーノなら電話が通じるかと思い、こんどは司教の携帯電話にかけた。しかし、くぐもった着信音がまたしても金庫のなかから聞こえ、ガルサは困惑するばかりだった。

バルデスピーノも置いていったのか？

ガルサは動揺を抑えきれず、目を血走らせて居室を飛び出した。数分にわたって、ふたりの名前を叫びながら廊下を駆けめぐり、上下の階を探しまわった。

まさか蒸発したとでも？

ようやく立ち止まったガルサは、サバティーニが設計した壮麗な大階段の下で息を切らしていた。打ちひしがれて首を垂れる。手にしたタブレットはスリープ状態で、暗い画面に頭上のフレスコ画が映っていた。

残酷なまでの皮肉だ。その絵はジアキントの最高傑作――〈スペイン王家に保護された宗教〉だった。

42

ガルフストリームG550ジェット機が巡航高度をめざして上昇するなか、ロバート・ラングドンは楕円形の窓から外をなんとなく見やりながら、考えをまとめようとつとめた。この二時間は感情が激しく揺れ動くばかりだった――プレゼンテーションの開始を待つ昂揚感は、カーシュの無残な死を目撃して胸をえぐられるような恐怖へと変わった。しかも、考えれば考えるほど謎は深まっていくようにしか思えない。

エドモンドはどんな秘密を解明したのか。

われわれはどこから来たのか。われわれはどこへ行くのか。

あの渦状の彫刻のなかでカーシュの言ったことばが脳裏によみがえった。ロバート、わたしの発見は……その両方の問いに明確な答を与えるものなんです。

カーシュは人間にとって最大の謎ふたつを解き明かしたと主張していたが、ラングドンが疑問に思うのは、その発見が本人を殺してまでも口を封じたいほど危険な破壊力を持っていたのかということだ。

たしかなのは、カーシュが人類の起源と運命を話題にしたことだけだ。

どんな衝撃的な起源を暴き出したのか。

どんな謎めいた運命なのか。

将来について楽観的で前向きに見えたから、終末論めいた予言だったとは思えない。だとしたら、カーシュの発見した何が聖職者たちを深い不安に陥れたのだろう。

「ロバート?」アンブラが熱いコーヒーを持って隣に現れた。「ブラックでよかったのよね」

「ああ、最高だよ。ありがとう」ラングドンはうれしそうにカップを受けとり、カフェインがもつれた思考をほぐしてくれることを願った。

アンブラは真向かいの席にすわり、優雅な浮き彫り模様の施された瓶から自分のグラスに赤ワインを注いだ。「エドモンドはここをシャトー・モンローズの隠し場所にしてたの。無駄になったら残念よ」

ラングドンは一度だけシャトー・モンローズを味わったことがある。ダブリン大学トリニティ・カレッジの地下にある古い秘密のワインセラーで、『ケルズの書』として知られる装飾写本を調査していたときだ。

アンブラは両手で持ったワイングラスを口もとへ運びながら、グラスのふち越しにラングドンを見た。その飾らない優美さに、ラングドンはまたしても不思議と惹かれるのを感じた。

「ずっと考えてたんだけど」アンブラは言った。「エドモンドがボストンを訪れて、いろんな天地創造の物語についてあなたに尋ねたことがあったのよね」

「そう、一年ほど前だ。エドモンドが興味を持っていたのは、〝われわれはどこから来たのか〟という問いに、おもだった宗教がそれぞれどう答えているかだった」

「じゃあ、そこからはじめてみるのがよさそうね」アンブラは言った。「エドモンドが何に取り組んでたかを解明できるんじゃないかしら」

「発端へもどることには賛成だが」ラングドンは答えた。「何を解明すべきかがわからないな。人類の起源については、ふたつの説しかない——神が人間を完全な形で創造したという宗教的概念と、原初の海から這(は)い出た生物が人間へと最終的に進化したというダーウィンのモデルだ」

「じゃあ、エドモンドは第三の可能性を発見したのかも」アンブラは褐色の瞳(ひとみ)を輝かせて言った。「それがエドモンドの発見の一部だとしたら？　人類はアダムとイヴの子孫でもなければ、ダーウィンの言う進化の産物でもないと、エドモンドが証明したとしたら？」

そのような発見——人類の起源についての新たな説——があるなら、世界を揺るがしかねないはずだが、ラングドンにはそれがどんなものか想像もつかなかった。「ダーウィンの進化論は、疑問の余地がないほどに確立されているよ」ラングドンは言った。「科学的に観測可能な事実に基づいているし、生物が長期間にどのように進化し、環境に適応していったのかをはっきりと説明してもいる。進化論は最も優秀な科学者たちが公認したものだ」

「そうなの？」アンブラが言った。「ダーウィンは完全にまちがってたと主張する本を何冊も見たことがあるけど」

「おっしゃるとおりです」ふたりのあいだのテーブルで充電中の電話から、ウィンストンが割ってはいった。「この二十年だけでも、五十冊を超える本が出版されています」

ラングドンはウィンストンがまだいっしょにいることを忘れていた。

「ベストセラーになったものもあります」ウィンストンはつづけた。

「『ダーウィンは何をまちがえたか』……『打倒ダーウィン主義』……『ダーウィンのブラックボックス』……『裁かれるダーウィン』……『チャールズ・ダーウィンのダークサイド』——」

「そうだな」ラングドンはさえぎった。ダーウィンに異を唱える本がかなりの数あることは承知している。「実はずいぶん前に二冊読んだよ」

「それで?」アンブラはたたみかけた。

ラングドンは愛想よく微笑んだ。「全部がそうかはわからないが、読んだ二冊はキリスト教原理主義の観点から論じたものだった。一方は、地球の化石記録は神が〝われわれの信仰を試すために〟置いたとまで主張していたな」

アンブラは眉をひそめた。「じゃあ、あなたの考えを揺るがすことはなかったのね」

「ああ。でも、好奇心をそそられたから、ハーヴァードの生物学の教授にその手の本に対する見解を尋ねてみたんだ」ラングドンは微笑んだ。「その教授というのが、だれあろう、いまは亡きスティーヴン・ジェイ・グールドだった」

「有名な人なの?」アンブラは尋ねた。

「スティーヴン・ジェイ・グールドは」ウィンストンが即座に言った。「高名な進化生物学者で古生物学者です。グールド教授が唱えた〝断続平衡説〟は化石記録のあいだに見られる隔たりを説明するもので、ダーウィンの進化論を裏づける一助となりました」

「グールドは笑っていたよ」ラングドンは言った。「反ダーウィンの本の多くは、創造調査研究所とやらが出しているらしい——みずから作っている説明用資料によると、その組織は聖書を歴史的、科学的事実が記された無謬の文献と見なしている」

「つまり」ウィンストンは言った。「燃え尽きぬ柴が語るとか、ノアがたったひとつの方舟にあらゆる種の生物を乗せたとか、人間が塩の柱になるといった話を信じているのです。いやしくも科学調査をおこなう組織にとって、揺るぎない足場とは言えませんね」

「そのとおり」ラングドンは言った。「しかし、宗教と関係なく、歴史的観点からダーウィンの評判を貶めようとする本もある——フランスの博物学者ジャン＝バティスト・ラマルクの理論を盗用したと非難したんだ。生物は環境に応じて変化するという説を最初に唱えたのはラマルクだからね」

「その考え方は適切ではありません」ウィンストンは言った。「ダーウィンが剽窃をおこなったかどうかは、進化論の信憑性とはなんら関係ありません」

「たしかにそうね」アンブラは言った。「ならロバート、もしいまグールド教授に〝われわれはどこから来たのか〟と尋ねたら、サルから進化したという答がきっと返ってくるのね」

　ラングドンはうなずいた。「つまるところグールドは、まともな科学者たちのあいだでは、進化が起こっていることに疑いの声はないと断言したも同然だった。実証的にその過程を観察できるからだ。グールドの考えでは、もっと適切な問いはこうなる。なぜ進化は起こっているのか。そして、それはどのようにしてはじまったのか」

「グールド教授は何か答を示してくれたの？」

「わたしでも理解できるような答は示さなかったが、思考実験を例に出して説明してくれた。無限回廊と呼ばれるものだ」ラングドンはことばを切り、コーヒーをもうひと口飲んだ。

「それはわかりやすい例ですね」ラングドンが口を開くよりも早く、ウィンストンが割ってはいった。「つまり、自分が長い回廊を歩いているとします。大変に長い回廊で、どこから来たのかもどこへ行くのかもわかりません」

ラングドンはウィンストンの博識に感心してうなずいた。

「すると、遠く背後から」ウィンストンはつづけた。「ボールのはずむ音が聞こえてきます。振り返ると、思ったとおり、ボールがはずみながら近づいてきます。どんどん近づいて、ついには追い越し、そのまま遠くへはずみつづけて見えなくなってしまいます」

「そう」ラングドンは言った。「ここで問うべきは、ボールがはずんでいるかどうかじゃない。というのも、はずんでいるのは明らかだからだ。それは観察できる。だから、こう問うべきだ。なぜボールははずんでいるのか。どのようにしてはずみはじめたのか。だれかが蹴飛ばしたのか。はずむことが好きなだけの特殊なボールなのか。その回廊には、ボールが永遠にはずみつづけるしかないような物理法則が働いているのか」

「グールド教授の論旨は」ウィンストンが締めくくった。「進化もちょうどそれと同じで、はるか遠い過去まで見て、進化がどのようにはじまったかを知るのは不可能だということです」

「そのとおりだ」ラングドンは言った。「われわれは、いま進化が実際に起こっているという事実を観察することしかできない」

「もちろんそれは」ウィンストンは言った。「ビッグバンを理解しようとする試みに似ています。宇宙学者たちは、過去か未来のある時点――T――において膨張する宇宙を表す美しい数式を考え出しました。けれども、ビッグバンが起こった瞬間――Tがゼロに等しい時点――までさかのぼろうとすると、数式はすべて破綻(はたん)し、無限の熱量と密度を持つ謎の点らしきものがあったとしか表してくれません」

ラングドンとアンブラは感心して顔を見合わせた。

「またしてもそのとおりだ」ラングドンは言った。「人間の頭は〝無限〟という概念をうまく処理できないから、現在では大半の科学者が、ビッグバン後の——Tがゼロより大きい時点の——宇宙しか論じていない。それなら数学的な思考が謎めいたものにならずにすむからだ」

ラングドンのハーヴァードでの同僚のひとりは——謹厳な物理学教授だが——〈宇宙の起源〉のゼミに出席する哲学専攻の学生たちにうんざりして、ついには教室のドアに張り紙をした。

> わたしの教室では、Tはゼロより大きい。
> Tがゼロに等しい時点の研究に関しては
> 宗教学部へ行ってもらいたい。

「胚種広布説(パンスペルミア)はどうでしょうか」ウィンストンが尋ねた。「地球上の生命は、ほかの惑星から隕石(いんせき)や宇宙塵(うちゅうじん)で運ばれた芽胞を起源とするという説です。パンスペルミア説は、地球に生命が存在することを説明できる科学的に妥当な説と見なされています」

「たとえその説が正しかったとしても」ラングドンは述べた。「そもそも生命が宇宙でどのように誕生したのかという問いに答えてはくれない。ただ缶を道の先へ蹴飛ばして、はずむボールの出どころに目を向けず、生命はどこから来たのかという大きな疑問を先送りにしている」

ウィンストンはだまりこんだ。

アンブラはワインをひと口飲み、ふたりのやりとりを楽しげに聞いている。

ガルフストリームＧ５５０が高度を稼いで水平飛行に移るころには、ラングドンは物思いにふけっていた。われわれはどこから来たのかという古来の疑問への答をカーシュがほんとうに見つけたのなら、それは世界にとってどのような意味を持つのだろうか。

しかもカーシュによると、その答は謎のごく一部だという。

真実がどうであれ、カーシュは新発見の詳細を鉄壁のパスワードで守っている――詩の一行で、四十七文字だという。すべてが順調に進めば、じきにバルセロナにあるカーシュの自宅でそれが見つかるはずだ。

43

開設から十年余りが経つにもかかわらず、〝ダークウェブ〟は大多数のネットユーザーにとって、いまだに謎の存在だ。通常の検索エンジンではヒットしない、このワールドワイドウェブの不気味な暗部からは、驚くほど多様な違法の物品やサービスに匿名でアクセスできる。
〈シルクロード〉――違法ドラッグを販売する最初のオンライン・ブラックマーケット――からひそかにはじまったダークウェブは、武器、児童ポルノ、政治機密を扱う非合法サイトの巨大なネットワークへと発展した。娼婦（しょうふ）、ハッカー、スパイ、テロリスト、暗殺者などのプロを雇えるサイトまで存在する。

毎週、ダークウェブでは文字どおり何百万という取引がおこなわれている。そして今夜、ブダペストの廃墟（はいきょ）バーが並ぶ一角で、そうした取引のひとつが完了しようとしていた。

野球帽にブルージーンズの男は人目を避けてカジンツィ通りを進み、暗がりに身を隠しつつ標的を追った。ここ数年、この手の仕事を生活の糧にしていて、依頼はつねに、いくつかの有名なネットワーク――〈アンフレンドリー・ソリューション〉、〈ヒットマン・ネットワーク〉、〈ベサマフィア〉――を通して受けている。

暗殺請け負いは数十億ドル規模の市場であり、ダークウェブが保証する匿名取引やビットコインでの追跡不能な決済をおもな追い風として、日々拡大している。ほとんどの案件は保険金詐欺やビジネス上の軋轢（あつれき）や夫婦間の不和にかかわるものだが、理由づけなどは任務をおこなう者にとってはどうでもよいことだ。

質問はなし。暗殺者は心のなかで言った。それがこの稼業の不文律だ。

今夜の仕事は数日前に引き受けたものだった。匿名の雇い主から十五万ユーロの報酬を提示され、老ラビの自宅を見張るよう、そして必要に応じていつでも行動に移るべく待機するよう指示された。行動とは、ラビの自宅に侵入し、塩化カリウムを注射して、心臓発作に見せかけたすみやかな死を与えることだ。

意外にも、今夜のラビは深夜に自宅を出て、路線バスでいかがわしい界隈（かいわい）へと向かった。男はあとを追い、暗号化されたオーバーレイプログラムを使ってスマートフォンで雇い主に状況を伝えた。

標的が外出。バー地区へ移動。

だれかと待ち合わせか？

雇い主からすぐに返信が届いた。

実行せよ。

いま、廃墟バーの並ぶ薄暗い路地で、張りこみとしてはじまった任務が、命を懸けた追いつ追われつのゲームに変わった。

ラビ・イェフダ・ケヴェシュは汗を掻いて息を切らしながら、カジンツィ通りを進んだ。肺が焼けつき、老化した膀胱が破裂しそうだった。

とにかくトイレと少しの休憩が必要だ。ケヴェシュはバー〈シンプラ〉の前の人だかりで足を止めた。この廃墟バーはブダペストでも指折りの規模と知名度を誇る。客たちは年齢も職業もさまざまで、老いたラビに目を留める者はいなかった。

ここに少し寄ろう。ケヴェシュはそう決めて、バーへ向かった。

往時は瀟洒なバルコニーと背の高い窓を具えた美しい石造りの邸宅だったが、いまの〈シンプラ〉は落書きだらけの荒れ果てた大箱にすぎない。ケヴェシュはかつて堂々たる都市住宅だった建物の広い屋根つき玄関にはいり、戸口を抜けた。ドアに暗号らしきものが記されている。EGG-ESH-AY-GED-REH！

しばらくして気づいた。ハンガリー語の egészségedre ——乾杯——が発音どおりに綴られているだけだ。

中にはいると、ケヴェシュは信じられない思いで広々とした店内を見つめた。廃屋の中央には広い中庭があり、これまで見たことがない奇妙なものが点在していた——バスタブでできた長椅子、マネキンを乗せて宙に吊された自転車などだ。部品を抜かれた東ドイツ製セダンのトラバントもあり、いまは客たちの間に合わせの椅子になっている。

中庭は高い壁で囲まれ、スプレーの落書きやソヴィエト連邦時代のポスター、古びた彫刻や垂れさがる蔦でパッチワークのように飾られている。蔦の上の室内バルコニーは、大音量の音楽に合わせて体を揺らす人々であふれ返っている。煙草とビールのにおいが鼻を突く。若いカップルが人目もはばからずに熱っぽくキスをし、ほかの人々はこっそりと小さなパイプで何かを吸ったり、ハンガリーで人気のフルーツブランデー、パリンカを飲んだりしている。

ケヴェシュがいつも皮肉に思うのは、人間は神の最も気高い被造物であるにもかかわらず、芯はいまだに獣で、行動の大半が快楽を求めてなされることだ。人は肉体の安楽を求め、そこから魂の安楽も得ようとする。ケヴェシュはそうした動物的な渇仰——おもに食べ物とセックスの誘惑——にふける人々のカウンセリングに多くの時間を割いていて、インターネット依存症や安価な合成ドラッグの増加とともに、その仕事は日増しに困難なものになっていた。

ケヴェシュがいま必要とする肉体の安楽はトイレだけだが、十人もの待ち行列ができているのを見てひるんだ。待ってはいられず、ほかにもいくつかトイレがあると教えられて、そろそろと階段をのぼった。二階に着くと、居間や寝室がひしめく迷路を進んだ。それぞれに小さなバーや客席が設えられている。バーテンダーにトイレの場所を訊くと、相手は奥まった廊下を指さした。中庭を見渡せるバルコニー通路を抜けていくらしい。

ケヴェシュは急ぎ足でバルコニーへ向かい、手すりをつかんで体を支えつつ先へ進んだ。歩きながら何気なく中庭の人混みを見おろすと、若者たちが重低音のリズムに合わせて踊っていた。

そのとき、それが目にはいった。

足が止まり、血が凍りつく。

中庭の人混みのただなかで、野球帽とジーンズの男がまっすぐにケヴェシュを見あげていた。一瞬、視線がからみ合った。そして豹を思わせるすばやさで野球帽の男が動き出し、客たちを押しのけて階段へと走った。

すれちがう客たちの顔を確認しながら、暗殺者は階段を駆けあがった。〈シンプラ〉はなじみのバーだったので、いまラビが立っていたバルコニーにはすぐたどり着いた。

姿がない。

すれちがってはいないから、建物の奥へ行ったはずだ。

暗殺者は目をあげて暗い廊下を見やり、笑みを浮かべた。標的がどこへ隠れようとしているのか、まるわかりだった。

廊下はせまく、尿のにおいが漂っていた。突きあたりにゆがんだ木のドアがある。

暗殺者は足音高く廊下を進み、ドアを叩いた。

静寂。

もう一度ノックをする。

中から低いうなり声が聞こえ、使用中だと告げた。

「ボチャーション・メグ（すみません）！」暗殺者は快活な声で詫び、大きな音を立てて立ち去るふりをした。それから、静かに体の向きを変えてドアのそばへもどり、板に耳を押しあてた。中から、ラビが声をひそめてハンガリー語で必死に話しているのが聞こえた。

「わたしを殺そうとする者がいる！　男が家の外にいたんだ！　ブダペストのバー〈シンプラ〉に追いつめられた！　頼む、助けをよこしてくれ！」

どうやら一一二――ブダペストの緊急通報番号――に電話をかけているらしい。対応が遅いことで知られるが、いずれにせよ、これ以上会話を聞く必要もない。

背後を一瞥してだれもいないのをたしかめると、暗殺者はたくましい肩をドアに向け、大きく体を引いたあと、大音量のビートに合わせて体あたりを食わせた。

最初の一撃で、古い蝶番がはじけ飛んだ。ドアが勢いよく開く。男は中へはいってドアを閉め、獲物と向き合った。

隅で体をまるめたラビは、怯えているばかりか、唖然としてもいるようだ。

暗殺者は電話を奪いとり、通話を切って便器に投げ捨てた。

「だ……だれに頼まれた？」ラビは言った。

「この仕事のいいところは」男は答えた。「おれには知る手立てがないってことだ」

老いたラビは息を切らし、汗を流していた。そのとき、急にあえぎはじめると、目をむいて両手をあげ、胸を押さえた。

嘘だろ？　暗殺者はそう思い、ほくそ笑んだ。こいつ、心臓発作を起こしたのか？　トイレの床でラビは身悶えして息を詰まらせ、すがるような目を向けながら、顔を赤くして胸を掻きむしった。しばらくして汚れたタイルへ頭から倒れこみ、体を震わせながら膀胱の中身をズボンにぶちまけた。尿が床にひろがっていく。

やがて、ラビは動かなくなった。

暗殺者はかがみこみ、呼吸音をたしかめた。何も聞こえない。

それから立ちあがり、にやりとした。「思ってたよりずっと仕事を楽にしてくれたよ」

そして、ドアへと歩きだした。

ケヴェシュの肺は空気を欲していた。

たったいま、一世一代の名演技をやってのけた。

意識を失いかけて、めまいを覚えながらもじっと横たわり、トイレの床を打つ暗殺者の足音が遠ざかっていくのに耳をそばだてた。ドアがきしみながら開き、音を立てて閉まる。

静寂。

さらに何秒か動かず、物音が聞こえない距離まで暗殺者が確実に去るのを待った。そして、もう待てないという刹那、ケヴェシュは息を大きく吐き、命をもたらす空気を深く吸いこんだ。トイレのよどんだ空気でさえも、天からの贈り物に感じられた。

ゆっくりと目をあけた。酸素不足のせいで視界がかすんでいる。うずく頭を持ちあげると、視界が晴れはじめた。驚いたことに、閉じたドアのすぐ内側に暗い影が見える。

野球帽の男がにやりと笑いながらこちらを見おろしていた。

ケヴェシュは凍りついた。出ていかなかったのか。

暗殺者は大股の二歩でラビに迫り、その首を万力のような手でつかんで、タイルの床に顔を押しつけた。

「息は止められる」男はあざけるように言った。「だが、心臓は止められない」そして笑った。「でも心配するな、おれが手伝ってやる」

一瞬ののち、焼けつくような鋭い熱がラビの首の脇を貫いた。白く熱せられた炎が喉を流れ落ち、頭蓋へと駆けのぼっていく。心臓が発作を起こしたとき、こんどは本物だとラビは悟った。

人生の大半をシャマイム——神と高潔な死者の住みか——の謎を解くことに捧げたイェフダ・ケヴェシュは、すべての答があと心臓一拍のところにあることを知った。

44

G550ジェット機のゆったりとした化粧室でひとりになったアンブラ・ビダルは、洗面台でゆるやかに流れる温水を手に浴びせながら、鏡に映る顔を見つめた。自分とは思えなかった。

何をしてしまったのだろう。

ワインをまた少し飲み、ほんの数か月前までの以前の生活を懐かしく思った。名もない独身の女として、美術館の仕事に没頭していた日々。けれども、すべてが失われた。フリアンに求婚された瞬間に消えてしまった。

ちがう。アンブラは自分を叱った。わたしがイエスと答えた瞬間に消えたのよ。

今夜の暗殺の恐怖がおさまって、ようやく理性が働きはじめ、あの出来事の意味におそるおそる思いをめぐらせた。

エドモンドを暗殺した男を美術館に招き入れたのは自分だ。

王宮のだれかに利用された。

そして、いまは知りすぎた身だ。

フリアン王子がこの残酷な殺人の背後にいる証拠はないし、暗殺計画を知っていたかどうかさえ定かではない。それでも、王宮の内情をじゅうぶん見てきたアンブラには、王子の承認はともかく、王子の関知なしに今回のことは起こりえないように思えた。

フリアンに話しすぎてしまった。

この何週間かは、嫉妬深い婚約者と離れて過ごした時間に何をしたかを逐一説明しなくてはいけない気がし、近々おこなわれるカーシュのプレゼンテーションについて知ることの多くを内密に王子に打ち明けたものだ。隠し立てをしなかったのは軽率だったのではないだろうか。

アンブラは湯を止めて手を拭き、ワインのゴブレットに手を伸ばして最後の数滴を飲み干した。目の前の鏡には見知らぬ女が映っている――かつては自信にあふれた専門家だったのに、いまは後悔と羞恥でいっぱいだ。

この数か月でどれほどのまちがいを犯してきたか。

心が時をさかのぼり、ほかにどうすることができたかと思い迷った。四か月前のある雨の夜、アンブラはマドリードのソフィア王妃芸術センターで開かれた資金調達パーティーに参加していた。

ほとんどの客は第二〇六室へ移動して、この美術館で最も有名な絵画〈ゲルニカ〉を鑑賞していた。幅七メートルを超えるピカソの作品で、スペイン内戦時にバスク地方の小さな町ゲルニカに対しておこなわれた恐ろしい爆撃が描かれている。だがアンブラはつらくてその絵を正視できなかった。ファシズムを信奉したスペインの独裁者フランシスコ・フランコ将軍のもとで一九三九年から一九七五年までつづいたきびしい圧政のことをまざまざと思い出すからだ。

そこでアンブラはひとりで静かな展示室へ行き、好みのスペイン画家マルハ・マリョの作品を鑑賞した。マリョはガリシア州出身のシュールレアリスムの女性画家で、一九三〇年代に活躍し、スペインの女性画家たちを悩ませていたガラスの天井を突き崩すのにひと役買った。

アンブラがひとりきりで〈ラ・ベルベナ〉――いくつもの複雑な象徴に満たされた政治風刺画――に見入っていたとき、後ろから深みのある声が聞こえた。

「エス・カシ・タン・グアパ・コモ・トゥ」男は言った。〝あなたと同じくらい美しいですね〟。

本気で言ってるの？　アンブラはまっすぐ前を向いたまま、目をくるりとまわしたくなるのをこらえた。こうした催しでは、美術館が文化の中心というより、居心地の悪い出会いバーのように感じられることがよくある。

「ケ・クレス・ケ・シグニフィカ？」背後の声はさらに言った。〝何を表していると思いますか〟。

「わかりません」アンブラは嘘をつき、英語で話せば男が立ち去るのではないかと期待した。「ただ気に入ってるんです」

「ぼくも好きですよ」男はほとんど訛（なま）りのない英語で答えた。「マリョは時代の先を行っていた。残念なことに、訓練を受けていない目には、この絵の表面的な美しさが仇（あだ）となって、内面にあるもっと奥深い主題が見えなくなる」男はことばを切った。「あなたのような女性も、それに似た問題につねづね直面しているのでは？」

アンブラは小さくうなった。こんな台詞になびく女がいるの？　顔に慇懃な笑みを貼りつけて、男を追い払おうと振り返った。「光栄なおことばですけど、でも――」

凍りつき、途中でことばを失った。

目の前に立っていたのは、ずいぶん昔からテレビや雑誌で見てきた人物だった。

「まあ」アンブラはおずおずと言った。「あなたは……」

「押しつけがましい？」ハンサムな男は大胆にも言った。「図々しい？　すみません、隔離されて生きてきたもので、この手のことが得意じゃないんですよ」微笑んで、手を差し出す。「ぼくの名前はフリアン」

「お名前は存じあげています」アンブラは頬を染め、スペインの次期国王であるフリアン王子と握手をした。想像していたよりもはるかに背が高く、やさしい目と自信に満ちた笑みの持ち主だった。「今夜ここにいらっしゃるとは知りませんでした」すばやく平静を取りもどし、ことばを継いだ。「プラド美術館のほうがお好きなのかと思ってました――ゴヤやベラスケスや……古典作品がお好みかと」

「つまり、保守的で古くさいということかな」フリアンは楽しげな笑い声をあげた。「ぼくと父を混同しているようだな。マリョとミロは昔からぼくの気に入りなんだよ」

アンブラは王子としばらく会話を交わし、芸術に対する造詣の深さに驚いた。とはいえ、スペインでも最高のコレクションを有するマドリード王宮にずっと出入りしていた人だ。子供部屋にはエル・

グレコのオリジナルの絵画が掛かっていたにちがいない。

「性急だと思われるかもしれないが」王子は金箔が型押しされた名刺を手渡した。「あすの夜のディナーパーティーにぜひ来てもらいたい。これに直通の電話番号が書いてある。連絡してくれ」

「ディナーですって?」アンブラは茶化したように言った。「まだわたしの名前さえご存じないのに」

「アンブラ・ビダル」王子は淡々と言った。「三十九歳。サラマンカ大学で美術史学の学位を取得。ビルバオのグッゲンハイム美術館の館長。最近、ルイス・キレスをめぐる議論について発言をしたね。たしかにキレスの作品は現代生活の恐怖を生々しく映し出していて、幼い子供には向かないかもしれないが、バンクシーの作品に似ているというきみの意見には賛成できないな。結婚歴はなし。子供もいない。そして、きみは黒がとても似合う」

アンブラは呆気にとられた。「驚きました。こういうアプローチはほんとうに効果があるんですか」

「さてね」王子は微笑んだ。「どうなるか見てみよう」

合図があったかのように、近衛部隊の隊員ふたりが現れ、王子をVIPたちのほうへ導いていった。

アンブラは名刺を握りしめ、長らく感じたことのなかった気持ちを味わった。ときめきだ。たったいま、王子からデートに誘われたのよね?

十代のころのアンブラはひょろりと背が高く、デートに誘う男たちから対等に扱われた。けれども、のちに美しく成長してからは、まわりの男たちが自分の前では萎縮したり、気後れして自意識過剰になったり、ひどく丁重にふるまったりすることに気づいた。しかし今夜は、堂々たる男性が臆することなく近づいてきて、すっかり主導権を握った。アンブラは自分が女らしさを取りもどしたように感じた。そして若さも。

翌日の夜、ホテルに車が迎えにきて、アンブラは王宮へ案内された。気がつくと、二十人ほどの客たちに交じって、王子の隣にすわっていた。客の多くは新聞の社交欄や政治欄で見たことのある面々で、王子はアンブラを〝麗しき新たな友〟と紹介し、如才なく美術の話題を切り出して、アンブラがじゅうぶん会話に参加できるようにした。アンブラは品定めされているように感じたが、なぜかいやな気にはならなかった。光栄に思った。

帰り際に、フリアンがそばに来てささやいた。「楽しんでくれたならいいんだが。ぜひまた会いたい」そして微笑んだ。「木曜の夜はどうだろう」

「ありがとうございます」アンブラは答えた。「でも、あしたの朝には飛行機でビルバオへもどることになっていて」

「なら、ぼくも飛ぶことにしよう」フリアンは言った。「〈エチャノベ〉へ行ったことはあるかな」

アンブラは思わず笑った。〈エチャノベ〉はビルバオで一番人気のレストランだ。世界じゅうの美術マニアがひいきにする店で、アバンギャルド風の内装と彩り豊かな料理を売りにし、客はマルク・シャガールの風景画のなかに坐しているような気分を味わえる。

「それは楽しみです」いつの間にかアンブラはそう答えていた。

〈エチャノベ〉では、香辛料のスマックを使ったマグロの叩きや、トリュフをまぶしたアスパラガスなどのしゃれた料理を食べながら、フリアンが胸の内を語った。重病の父親の影から脱して直面した数々の政治的問題や、王家を引き継ぐ人間としての重圧などについてだ。そんなフリアンに、アンブラは世間ずれしていない少年のような無垢さと、母国へ熱い思いをいだく指導者の資質を感じた。魅力的な組み合わせだと思った。

その夜、フリアンが護衛たちに連れられてプライベート・ジェット機へと帰っていったとき、アンブラは切なさを感じている自分に気づいた。

まだ知り合ったばかりなのよ。そう自分に言い聞かせた。浮き足立っちゃだめ。

それから数か月が飛ぶように過ぎた。ふたりは定期的に会い、王宮で食事をしたり、郊外の別荘の庭でピクニックをしたり、昼に映画を見にいったりした。ごく自然に絆が生まれ、アンブラはかつてないほどの幸せを感じていた。フリアンは愛おしいほど昔堅気で、手を握ったり軽くキスをしたりはするものの、許容される範囲を越えようとはしなかった。アンブラはその奥ゆかしさをうれしく思った。

三週間前のある晴れた朝、アンブラはマドリードで、朝のテレビ番組に出演することになっていた。グッゲンハイム美術館で近くおこなわれる展覧会を紹介するコーナーだ。スペイン国営放送の〈テレディアリオ〉は国じゅうの何百万もの人々が視聴する生番組で、アンブラは生放送に少し緊張していたが、美術館の認知度を高めるまたとない機会なのはわかっていた。

その前日、アンブラとフリアンはトラットリア〈マラテスタ〉で気軽なおいしい食事をとったあと、レティーロ公園をひそやかに歩いた。家族連れが散歩をし、たくさんの子供たちが笑ったり駆けまわったりしているのを見ながら、アンブラは心からくつろいでその時間を楽しんだ。

「子供は好きかい」フリアンが尋ねた。

「大好きよ」アンブラは正直に答えた。「それどころか、わたしの人生に欠けてるのは子供だけだって思うこともある」

フリアンは大きな笑みを浮かべた。「気持ちはよくわかる」

その瞬間、こちらを見るフリアンの目がいつもとどこかちがうように感じ、アンブラは質問の意図を急に悟った。不安がこみあげ、頭のなかの声が叫んだ。言うのよ！　いますぐに話しなさい！

アンブラは話そうとしたが、声が出なかった。

「だいじょうぶかい」フリアンが心配そうに尋ねた。

アンブラは微笑んだ。「〈テレディアリオ〉のせいよ。ちょっと緊張してるの」

「深呼吸して。きみならうまくやれる」

フリアンはにっこりと笑って体を寄せ、唇にそっとキスをした。

翌朝の七時半、アンブラはテレビ局のスタジオにいた。〈テレディアリオ〉の魅力的な三人の司会者と生放送で会話をするのは心底楽しかった。グッゲンハイム美術館の話に夢中になり、テレビカメラやスタジオの観客、家で番組を見ている五百万人の視聴者の存在を忘れるほどだった。

「グラシアス、アンブラ。イ・ムイ・インテレサンテ（楽しいお話でした）」コーナーの締めくくりに、女性司会者が言った。「ウン・グラン・プラセル・コノセルテ（お会いできて、とてもうれしかったです）」

アンブラは感謝のしるしにうなずいて、インタビューが終わるのを待った。

不思議なことに、女性司会者ははにかんだ笑みを浮かべ、コーナーを終えずにカメラのほうを向いてつづけた。「けさは」スペイン語で言った。「特別なお客さまが飛び入りでこの〈テレディアリオ〉のスタジオに来てくださっていますので、ここでお招きしたいと思います」

司会者三人が立ちあがり、拍手をするなか、背が高く気品に満ちた男性がセットにはいってきた。その人物を見た観客たちが勢いよく立ちあがり、大喝采を送った。

アンブラも立ちあがり、驚きに目を見開いた。

フリアン？

フリアン王子は人々に手を振り、礼儀正しく三人の司会者と握手をした。そしてアンブラに歩み寄り、隣に立って背中に腕をまわした。

「父は昔からずっとロマンティックな人でした」フリアンはまっすぐにカメラを見て、スペイン語で視聴者に語りかけた。「母が亡くなったあとも、変わらず母を愛しつづけました。わたしは父のロマンティックな気質を受け継いでいます。愛を見つけたときには、その瞬間にそれとわかると信じている」アンブラを見てあたたかく微笑む。「ですから……」フリアンは一歩後ろにさがり、アンブラと向き合った。

何が起ころうとしているのかを悟り、アンブラは信じられない思いで体をこわばらせた。だめよ、フリアン！　何をするつもり？

するといきなり、スペイン国王太子フリアンはアンブラの前でひざまずいた。「アンブラ・ビダル、王子としてではなく、恋に落ちたひとりの男として問う」フリアンは潤んだ目でアンブラを見あげた。その顔をアップでとらえようとテレビカメラがまわりこむ。「愛している。結婚してくれないか」

観客と司会者たちが歓喜に息を呑み、アンブラは国じゅうの何百万もの目が自分に向けられているのを意識した。顔に血がのぼり、肌にあたるライトが急に焼けつくように熱く感じられる。心臓が激しく打ちはじめるのを感じながら、フリアンへ目を向けるとき、ありとあらゆる思いが胸を駆けめぐった。

なぜこんな状況に追いこんだの？　出会ったばかりなのに！　まだ話していない事情がある……す

べてを一変させかねないことがあるのに！

どのくらいのあいだ、パニックに陥って黙していたのかわからないが、ついに司会者のひとりがぎこちなく笑って言った。「うっとりとなさっているようですね！　ミズ・ビダル？　ハンサムな王子があなたの前にひざまずいて、全世界の前で愛を告白していらっしゃるんですよ！」

なんとかうまく切り抜ける方法はないかとアンブラは懸命に考えた。まわりは固唾（かたず）を呑んで静まり返り、ここから逃げることはできない。衆目にさらされた時間を終わらせる手立てはひとつしかない。

「このおとぎ話がハッピーエンドを迎えるのが信じられなくて、ぼんやりしてしまいました」アンブラは肩の力を抜き、柔らかな笑みを浮かべてフリアンを見た。「もちろんお受けします、フリアン王子」

スタジオが大喝采に包まれた。

フリアンは立ちあがり、アンブラを抱きしめた。体を寄せながら、長く抱擁するのはこれがはじめてだとアンブラは気づいた。

十分後、ふたりはフリアンのリムジンの後部座席にいた。

「驚かせてしまったようだね」フリアンは言った。「すまない。ロマンティックにやりたかったんだ。きみのことを大切に思っているから――」

「フリアン」アンブラはさえぎって言った。「わたしもあなたのことを大切に思ってるけど、さっきはのっぴきならない立場に追いこまれてしまったのよ。あなたがあんなに早くプロポーズするなんて思わなかった。わたしたち、まだお互いのことをほとんど知らない。あなたに話さなくてはいけないことがたくさんあるの――わたしの過去についての大事なことが」

「過去なんか気にしない」

「そうはいかないのよ。これはとっても大切なこと」

フリアンは微笑んで、かぶりを振った。「ぼくはきみを愛している。何を聞いても気にならないよ。試してみるといい」

アンブラは目の前の男を見つめた。そう、それならわかった。こういう形で話したくはなかったけど、フリアンが招いたことだからしかたがない。「つまりね、フリアン。わたしは子供のころ、ひどい感染症にかかって死にかけたことがあるの」

「それで？」

話しながら、アンブラは深いむなしさがこみあげるのを感じた。「そのせいで、子供を持つというわたしの生涯の夢が……永遠に夢のままになった」

「意味がわからないんだが」

「フリアン」アンブラは淡々と言った。「わたしは子供が産めないの。幼いころの病気が原因で不妊になったのよ。ずっとほしかったけど、自分の子は持てない。ごめんなさい。子供を持つことがあなたにとってどれほど大事なことかわかっているけど、あなたは世継ぎを授けられない女にたったいまプロポーズをしたのよ」

フリアンは顔色を失った。

アンブラはフリアンから目をそらさず、何か言ってくれないかと心で祈った。

フリアン、いまこそわたしをしっかり抱きしめて、何も問題はないと言って。いまこそ、そんなことは気にしないと言いきって、それでもわたしを愛していると言って。

そのとき、動きがあった。
ほんのわずかだったが、フリアンは体を引いた。
その瞬間、アンブラはすべてが終わったのを知った。

45

近衛部隊の電子セキュリティ部門は、王宮の地下、窓のない部屋が連なる区画にある。部隊の広大な兵舎や武器庫から離れた場所にあえて設置されたこの本部には、コンピューターブースが十余りと電話交換機一台があり、壁一面に監視モニターが並んでいる。スタッフは八名――全員三十五歳以下――で、王宮職員や近衛部隊のための安全な通信網を提供するほか、王宮自体にも電子的監視のサポートをおこなっている。

いつものことながら、今夜も地下の部屋は空気がよどみ、電子レンジで調理したヌードルやポップコーンの強いにおいが充満していた。蛍光灯が低いうなりを立てている。

自分で希望してここにオフィスを置かせてもらったのよね、とマルティンは心のなかで言った。広報コーディネーターは、正確には近衛部隊の役職ではないが、仕事柄、高性能のコンピューターや有能な技術スタッフを必要とするため、電子セキュリティ部門を拠点にするほうが、設備が整わない上階のオフィスを使うよりもずっと理にかなっていると思えた。

今夜は、使えるテクノロジーを総動員しなくてはならない。

この数か月、マルティンがおもに注力してきたのは、フリアン王子への権力の移譲が徐々に進むあいだ、王宮の立場が揺らがないように支えることだった。簡単な仕事ではなかった。指導者が交代するときには、君主制反対の声が高まりかねない。

スペイン国憲法では、国王は〝スペインの統合と永続の象徴〟とされる。だが、スペインには統合されたものなど長らく存在しないことをマルティンは知っている。一九三一年に第二共和制が君主制に終止符を打ち、その後、一九三六年のフランコ将軍の反乱を機にスペイン内戦がはじまった。

今日、復活した君主制は自由民主主義に基づくと考えられているが、多くのリベラル派はいまも国王は宗教と軍が幅をきかせた過去の圧政の遺物であるとし、スペインが現代世界に仲間入りするにはまだ道のりがあることを日々想起させる存在だと非難している。

モニカ・マルティンが今月発信したもののなかには、国王を真の権力を持たぬ親愛なる象徴として位置づけた定例の近況報告も含まれていた。もちろん、国王が軍の最高司令官を兼ねる国家元首だった時代には考えられなかったことだ。

いまや、政教分離がつねに議論の的となる国の国家元首だ、とマルティンは思った。死の床にある国王とバルデスピーノ司教の親密な関係は、長いあいだ世俗主義者やリベラル派の苛立ち(いらだ)の種だった。

そして、フリアン王子の問題もある。

マルティンがいまの仕事に就けたのはフリアンのおかげだが、王子のせいで近ごろいっそうむずかしい仕事となったのはたしかだった。数週間前、フリアンはこれまでマルティンが見たことがないほどの広報上の失態を演じた。

国営放送のテレビ番組で、アンブラ・ビダルの前にひざまずき、ばかげたプロポーズをしたことだ。アンブラが受け入れたからよかったものの、それでもかぎりない緊張を強いられたものだ。アンブラが拒まないだけの分別を持っていたのは幸運だった。

不運だったのは、アンブラ・ビダルはフリアンが考えていた以上の難物だと、あとになってわかったことだ。そしてアンブラの常軌を逸したふるまいのもたらした余波が、マルティンの広報活動の大きな懸案事項になっていた。

しかし今夜、アンブラの無分別はすっかり忘れ去られてしまったらしい。ビルバオでの出来事で生じた報道合戦の大波は空前の規模にふくれあがった。この一時間でさまざまな陰謀論がウィルスさながらに増殖し、世界を席捲(せっけん)している。いくつかの新しい仮説では、バルデスピーノ司教の名前まで取り沙汰(ざた)されている。

グッゲンハイムの暗殺者についてわかった事実のうち、最も重要なのは、その人物が〝王宮内部の人間の指示〟で会場に通されたことだ。このいまわしい情報のせいで、寝たきりの国王とバルデスピーノ司教が共謀してエドモンド・カーシュ——デジタル世界の現人神(あらひとがみ)であり、スペイン暮らしをみずから選んだ人気者のアメリカ人英雄——を殺したのではないかという陰謀論が洪水のごとく広まった。

このままではバルデスピーノは破滅する、とマルティンは思った。

「みんな、聞いてくれ!」ガルサが大声をあげながら管理室にはいってきた。「フリアン王子とバルデスピーノ司教が王宮のどこかでいっしょにいる。監視カメラの映像をすべてチェックして、ふたりを見つけ出せ。さあ!」

ガルサはマルティンのオフィスへ静かに歩み入り、王子と司教の最新情報を小声で伝えた。

「いなくなった?」マルティンは驚いて言った。「携帯電話を王子の部屋の金庫に置いて?」

ガルサは肩をすくめた。「追跡させないようにするためだろう」

「とにかく、なんとしてもふたりを見つけましょう」マルティンは言った。「フリアン王子には、いますぐ声明を出してもらう必要があります。バルデスピーノからもできるだけ離れていただかなくては」

こんどはガルサが信じがたいという顔をした。「すべて伝聞だろう。バルデスピーノが暗殺にかかわっているはずがない」

「そうかもしれませんが、この暗殺はカトリック教会と関連しているようにも思えます。狙撃犯と教会の高位聖職者に直接のつながりがあることがわかったんです。これを見てください」マルティンはコンスピラシーネットの最新記事を見せた。またしても monte@iglesia.org という情報提供者からの情報だ。「数分前に更新されたものです」

ガルサは身をかがめ、記事を読みはじめた。「教皇だと?」怒ったように言う。「アビラが教皇と個人的なつながりを――」

「先を読んでください」

記事を読み終えると、ガルサは画面から体を離し、悪夢から抜け出そうとするかのように何度もまばたきをした。

そのとき、管理室から男の声が聞こえた。「ガルサ司令官! ふたりを見つけました!」

ガルサとマルティンは、インド生まれの監視の専門家スレシュ・バラのブースに駆け寄った。バラはモニターに表示された監視カメラの映像を指さしている。ふたつの人影が見えた――ひとりは司教の長衣をなびかせ、もうひとりはスーツを着ている。木の植えられた小道を歩いているらしい。

「東の庭園」バラは言った。「二分前です」

「宮殿から出たのか？」ガルサが尋ねた。

「お待ちください」バラは映像を早送りし、王宮の敷地に一定間隔で設置されているカメラを切り替えながら、司教と王子の足どりを追った。ふたりは庭園を出て、建物に囲まれた中庭を歩いていく。

「どこへ向かっているんだ」

マルティンは目的地に心あたりがあった。そして、バルデスピーノが中央広場にいる報道陣の車両から見えないように周到にまわり道をしていることに気づいた。

予想どおり、バルデスピーノとフリアンはアルムデナ大聖堂の南側の通用口に着いた。バルデスピーノがドアの錠をはずし、フリアンを中へ通す。ドアが閉まり、ふたりは見えなくなった。

ガルサは押しだまったまま画面を見つめ、いま目にしたものを理解しようと懸命だった。「進展があったら知らせてくれ」しばらくしてそう告げ、マルティンを脇へ手招きした。

まわりから聞こえない場所まで来ると、ガルサは声をひそめて言った。「バルデスピーノ司教がどうやってフリアン王子を説得していっしょに王宮を出たのかも、携帯電話を置いていかせたのかもわからないが、バルデスピーノが非難されていることを王子が知らないのはたしかだな。知っていたら遠ざけるだろう」

「そうですね」マルティンは言った。「司教の目的を憶測するのは気が引けますけど、おそらく……」ことばを呑みこむ。

「おそらく？」ガルサは問いただした。

マルティンは深く息をついた。「おそらく、バルデスピーノはとてつもなく重要な人質をとったのだと思います」

四百キロほど北にあるグッゲンハイム美術館のアトリウムで、フォンセカ隊員の携帯電話が鳴りはじめた。この二十分で六回目だ。発信者名を見て、フォンセカは全身が張りつめるのを感じた。

「はい」心臓を高鳴らせながら、電話に出た。

電話の声はゆったりとした落ち着いた口調でスペイン語を話した。「フォンセカ隊員、重々承知していると思うが、今夜、スペインの未来の王妃がひどい失態を犯した。怪しからぬ輩と行動をともにし、王宮に重大な恥辱を与えた。これ以上被害をひろげないために、一刻も早くミズ・ビダルを王宮へ連れ帰ってもらいたい」

「残念ながら、まだミズ・ビダルの所在がつかめません」

「四十分前にエドモンド・カーシュのジェット機がビルバオ空港を飛び立った――行き先はバルセロナだ」電話の声は断言した。「ミズ・ビダルはそのジェット機に乗っている」

「なぜわかるんですか」フォンセカは思わず口走ったが、無遠慮な物言いをすぐに悔いた。

「本分を果たしていたら」電話の声は鋭く言った。「きみにもわかったはずだ。きみとパートナーのふたりで、ミズ・ビダルをすぐに追ってもらいたい。軍用輸送機がいまビルバオ空港で給油中だ」

「ミズ・ビダルがそのジェット機に乗っているなら」フォンセカは言った。「アメリカ人教授のロバート・ラングドンが同乗していると思われます」

「ああ」電話の相手は苛立たしげに言った。「どうやってミズ・ビダルを言いくるめ、護衛を置いていっしょに逃げたのかわからないが、ラングドンがゆゆしき存在なのはまちがいない。きみの任務はミズ・ビダルを見つけ、連れもどすことだ。必要とあらば武力を用いてでも」

「もしラングドンが邪魔をしたら?」

重い沈黙が落ちた。「巻き添えで被害を出すのはできるかぎり避けてもらいたい」電話の声は言った。「しかし、これほどの緊急事態だから、ラングドン教授が犠牲になってもやむをえないだろう」

46

コンスピラシーネット・ドットコム

速報

カーシュ事件の報道が主要テレビネットワークでも

今夜のエドモンド・カーシュの科学上の発表は、インターネットを利用したプレゼンテーションとしてはじまり、三百万ものオンライン視聴者を集めた。しかし暗殺されたのを機に、カーシュの話題はいまや世界じゅうの主要テレビネットワークで生放送され、現在の視聴者数は八千万人を超えると推定される。

47

ガルフストリームG550がバルセロナへの降下態勢にはいるころ、ロバート・ラングドンは二杯目のコーヒーを飲み干し、ゆうべ機内の調理室からもらってきてアンブラと食べた間に合わせの夜食の残りを見つめた——ナッツとライスケーキ、それに、種類こそいろいろあるが味は似たり寄ったりの〝絶対菜食主義者バー〟だ。

テーブルを隔ててすわるアンブラは、二杯目の赤ワインを飲み終えて、ずいぶん緊張が解けたように見える。

「聞いてくれてありがとう」アンブラは恥ずかしそうに言った。「当然だけど、フリアンのことはだれにも話せなかったから」

ラングドンはうなずいて理解を示した。テレビカメラの前でフリアンから常識はずれなプロポーズをされた話を、たったいま聞いたところだ。アンブラに選択の余地はなかった。全国放送のテレビ番組で、未来のスペイン国王に恥をかかせる危険を冒せたはずがない、とラングドンにもじゅうぶんに察しがついた。

「もちろん、結婚の申しこみがあんなに早いと知ってたら」アンブラは言った。「子供を産めないことを先に打ち明けてた。でも、ほんとうに何もかも突然で」かぶりを振って、沈んだ顔で窓の外を見る。「フリアンのことを好きだと思ってた。でも、ただスリルを感じていただけなのかも——」

「長身で髪が黒くハンサムな王子に?」ラングドンは一方の口の端をあげて笑ってみせた。

アンブラは小さく笑い、ラングドンに向きなおった。「たしかにそれもあの人の魅力ね。わからないけど、いい人に思えたの。温室育ちかもしれないけど、ロマンティックで――ぜったいエドモンドの殺害にかかわるような人じゃない」

アンブラの言うとおりなのだろう、とラングドンは思った。カーシュが死んでもフリアンが得るものはほとんどないし、どんな形であれ、フリアンの関与を示すたしかな証拠はない――王宮のだれかから、アビラを招待客リストに加えるよう要請する電話があっただけだ。現時点ではバルデスピーノ司教が最も有力な容疑者に思える。カーシュの新発見を事前に知っていて、公表を阻止する策を講じることができたし、それが世界の宗教の権威にとってどれほどの脅威かをだれよりもよく知っていたはずだからだ。

「フリアンと結婚できるわけがない」アンブラは静かに言った。「ずっと考えてたんだけど、子供を産めないと知った以上、フリアンは婚約を破棄すると思う。この三百年、あの人の一族がほとんど王位を継承してきたんだから。ビルバオの美術館館長なんかがその流れを断ち切っちゃいけない気がする」

頭上のスピーカーが音を立て、パイロットがまもなくバルセロナに着陸する準備にはいると告げた。王子のことを考えて落ち着かなくなったのか、アンブラは席を立って客室内を片づけはじめた――調理室でグラスを洗い、食べ残しを捨てていく。

「教授」テーブルに置いてあるカーシュのスマートフォンからウィンストンの声が響いた。「オンラインで新しい情報が広まっていますので、お知らせしなくてはと思いまして――バルデスピーノ司教と暗殺者アビラとのひそかなつながりを示す有力な証拠です」

ラングドンははっとした。

「残念ながら、ほかにもあります」ウィンストンはつづけた。「ご存じのとおり、カーシュとバルデスピーノ司教の密会には、ほかに宗教指導者二名が立ち会っていました――高名なラビと敬愛されるアラマです。今夜、そのアラマの死体がドバイにほど近い砂漠で発見されました。そしてつい数分前にも、ブダペストから凶報が届いています。ラビのほうも心臓発作で絶命したのが見つかったようです」

ラングドンは愕然とした。

「偶然ふたりとも死ぬのはおかしいと、すでにブロガーたちが騒ぎはじめています」ウィンストンは言った。

ラングドンは信じられない思いで、ただうなずいた。いずれにせよ、これでアントニオ・バルデスピーノ司教は、カーシュの新発見の内容を知る唯一の存命人物となった。


ガルフストリームＧ５５０が、バルセロナの丘陵地にあるサバデイ空港の一本しかない滑走路に着陸したとき、アンブラはパパラッチや記者が待ち受ける気配がないのを見て安堵した。

カーシュの説明によると、バルセロナのエル・プラット空港では芸能人のファンが集まって面倒だから、このこぢんまりとしたジェット機用空港を定置場に決めたとのことだった。

ほんとうの理由はちがう、とアンブラにはわかっていた。

実のところ、カーシュは注目を浴びるのがきらいではなく、プライベート・ジェット機をサバデイに置くのが、自宅までの曲がりくねった道を大好きなスポーツカーで走る口実にすぎないことは本人も認めていた。テスラ・モデルX－P90Dは、テスラ・モーターズのCEO、イーロン・マスクからじきじきに贈られたものだという。カーシュは自分のジェット機のパイロットに対して、滑走路で一マイルのドラッグレース――ガルフストリーム対テスラのタイムレース――を挑んだが、勝ち目を計算したパイロットにことわられたらしい。

エドモンドがいなくてさびしい。アンブラは胸を詰まらせた。身勝手でふてぶてしいところもあったが、たぐいまれな想像力を持った人で、今夜こんな最期を迎えたのはあまりにも不当だった。新発見を公表することで、せめて栄誉を讃えたい。

一機ぶんの広さの格納庫に飛行機がはいり、エンジンが止まると、アンブラは何もかもがひっそりしているのに気づいた。こちらの動きはまだつかまれていないらしい。

ジェット機のタラップをおりながら、頭をすっきりさせようと深呼吸をした。二杯目のワインがずいぶんきいていて、一杯でやめなかったのを悔やんだ。格納庫のコンクリートの床に足をおろしたとき、わずかに体がふらつき、ラングドンの頼もしい腕が肩を支えてくれた。

「ありがとう」アンブラは笑みを返しつつ小声で礼を言った。ラングドンはコーヒー二杯の効果でしっかりと目が覚め、頭も冴えているようだ。

「なるべく早く姿を消したほうがいい」ラングドンは格納庫の隅に停めてあった黒光りするＳＵＶに目をやって言った。「あれがきみの話に出てきた車かい」

アンブラはうなずいた。「エドモンドの秘密の恋人よ」

「妙なナンバープレートだな」

アンブラは車の前についたプレートを見て、小さく笑った。

E-WAVE

「これね」アンブラは説明した。「エドモンドの話だと、最近グーグルとNASAがD-WAVEという画期的なスーパーコンピューターを導入したらしいの――世界初の〝量子〟コンピューターのひとつよ。エドモンドから説明を聞いたんだけど、ずいぶん複雑な話で――重ね合わせとか量子力学とかを利用した、まったく新しいタイプのマシンだとか。とにかく、D-WAVEをしのぐコンピューターを作りたいと言ってた。完成したら、E-WAVEという名前をつけるつもりだって」

「エドモンドのEだ」ラングドンはつぶやいた。

しかも、EはDの一歩先を行っている。アンブラは映画〈2001年宇宙の旅〉に登場する有名なコンピューターについて、カーシュがしていた話を思い出した。そのコンピューターがハル(HAL)という名前なのは、それぞれの字がアルファベット順でIBMのひとつ前に来るからだという都市伝説があるらしい。

「ところで、車のキーは?」ラングドンは尋ねた。「隠し場所を知っていると言っていたじゃないか」

「キーは使わない」アンブラはカーシュのスマートフォンを手にとった。「先月ここに来たとき、本人から見せてもらったの」画面にふれると、テスラ用のアプリが立ちあがり、アンブラは呼び寄せのコマンドを選択した。

瞬時にして、格納庫の隅でSUVのヘッドライトが点灯し、テスラが――まったく音を立てずに――滑るようにふたりのそばまで来て、停止した。

ラングドンは車が勝手に動くのかと、不安な顔で首をかしげた。

「心配ご無用」アンブラはラングドンに請け合った。「エドモンドのアパートメントまで、あなたに運転してもらうから」

ラングドンはうなずいて同意し、車体をまわりこんで運転席へ向かった。車の前部に差しかかったところで足を止め、ナンバープレートを見つめて笑いだした。

何がおかしいのか、アンブラにはわかっていた——ナンバープレートのフレームにこう記されているからだ——〝おたくなる者、その人は地を嗣（つ）がん〟。

「エドモンドらしいな」ラングドンは運転席に乗りこみながら言った。「表現の妙とは無縁だった」

「エドモンドはこの車を愛してた」アンブラはそう言って、ラングドンの隣にすわった。「百パーセント電動で、フェラーリより速いのよ」

ラングドンはハイテクのダッシュボードに目をやって肩をすくめた。「車は特に好きじゃないんだ」

アンブラは微笑んだ。「好きになるはずよ」

48

闇を突っ切って東へ走るウーバーの車のなかで、アビラは海軍将校の現役時代に何度バルセロナに寄港しただろうかと考えた。

かつての人生はセビーリャで灼熱（しゃくねつ）の閃光（せんこう）のうちに潰（つい）え、いまや別世界の出来事に思える。運命は無慈悲で気まぐれな女神で、いまのところは気味が悪いほど穏やかだ。かつてセビーリャ大聖堂で魂を引き裂いたその運命が、こんどはアビラに第二の人生を与えてくれた――再出発の機会は、まったく別の大聖堂の安らかな空間でもたらされた。

皮肉にも、アビラをそこへ導いたのは、マルコというただの理学療法士だった。

「教皇に謁見？」アビラはトレーナーのマルコから話を持ちかけられて、そう訊き返した。「あす？ローマで？」

「あす、スペインで。教皇はこの国にいらっしゃいます」それがマルコの返事だった。

アビラは、正気なのかという目でマルコを見た。「聖下がスペインにいらっしゃっているなどという報道はなかったが」

「信じてないんですね」マルコは笑って答えた。「もしあす、ほかに予定がなければ、どうですか」

アビラは怪我した脚へ目をやった。

「九時に出発しましょう」マルコは誘った。「あすの小旅行のほうが、リハビリより断然楽だと保証しますよ」

翌朝、マルコに自宅からとってきてもらった海軍の制服を着て、両手に松葉杖を握り、アビラはふらつきながらマルコの車に――古いフィアットに――乗りこんだ。マルコの運転する車は病院の駐車場から出て、ラサ通りを南へ進み、やがて街から出てハイウェイN-Ⅳ号線をさらに南へ向かった。

「どこへ行くんだ」アビラは急に不安になって尋ねた。

「肩の力を抜いて」マルコは笑って言った。「ぼくを信じてください。三十分で着きますから」

アビラの知るかぎり、N-Ⅳ号線はこの先百五十キロ以上にわたって乾いた牧草地がひたすらつづく。自分はとんでもないまちがいを犯したのではないか、とアビラは考えはじめた。出発して三十分で、車はエル・トルビスカルという薄気味悪い廃墟（はいきょ）の町に近づいた——かつては農村として栄えていたが、人口が減りつづけていまは無人になっている。いったいどこへ連れていく気なんだ？　マルコは何分か車を走らせたのち、ハイウェイをおりて北へ曲がった。

「見えますか」マルコが休耕地の向こうを指さして言った。

アビラには何も見えなかった。若いトレーナーが幻覚を見ているのか、自分の目が老化しているのかのどちらかだ。

「すばらしいでしょう？」マルコは力をこめて言った。

日差しに目を細めながら見ていると、ようやく景色から黒っぽい影が浮かびあがった。さらに車が近づいたとき、アビラは信じがたい思いで目を見開いた。

あれが……大聖堂なのか。

それはマドリードかパリにありそうな規模の建物だった。アビラは生まれてからずっとセビーリャに住んでいたが、こんな辺鄙（へんぴ）なところに大聖堂があるとは知らなかった。近づくにつれ、その威容が姿を現す。堂々たるコンクリートの壁を張りめぐらせた物々しさは、ヴァチカン市国でしか見られないほどだ。

マルコは本道を離れ、聖堂へ通じる短い連絡道路に乗り入れて、行く手をさえぎる高い鉄門に迫った。車を停めたあと、グローブボックスからラミネート加工の施されたカードを取り出して、ダッシュボードの上に置く。

警備員が寄ってきて、カードに目をやったあと、車内をのぞきこんでマルコを認め、満面の笑みを浮かべた。「ビエンベニードス」警備員が言う。「ケ・タル、マルコ？」〝やあ、元気か、マルコ〟。

ふたりは握手をし、マルコがアビラを紹介した。

「ア・ベニード・ア・コノセル・アル・パパ」マルコは警備員に言った。〝この人は教皇に会いにきた〟。

警備員はうなずきながら、アビラの制服の勲章に賞賛の目を向け、中へ進むよう手で促した。大きな門が開き、アビラは中世の城にはいっていくような錯覚を覚えた。

そびえ立つゴシック様式の大聖堂には八つの高い尖塔(せんとう)があり、それぞれが三層の鐘楼を具(そな)えている。本体は三つの巨大な円屋根を頂き、濃褐色と白の石造りの外壁が不思議な現代風の趣を醸している。

視線をさげて連絡道路を見ると、平行に走る三つの道に分かれていて、どれも両側にヤシの高木が密に連なっている。驚いたことに、どこもかしこもぎっしり車が停まっていて——何百台もある——高級セダンから、おんぼろバス、泥まみれのペダルつきバイクまで……思いつくかぎりの種類があった。

それらを避けながらマルコが聖堂の前庭へ車を進めると、別の警備員が気づいて、腕時計に目をやり、ふたりのために確保してあったにちがいない駐車スペースへ誘導した。

「少し遅刻ですね」マルコが言う。「中へ急ぎましょう」

アビラは返事をしようとしたが、ことばが喉(のど)につかえて出なかった。

聖堂の前に掲げられていた表示が目に留まったからだ。

イグレシア・カトリカ・パルマリアナ（パルマール・カトリック教会）

なんと！　アビラは驚愕した。この教会の名前は聞いたことがある！

アビラは高鳴る心臓を静めつつ、マルコのほうを向いた。「ここがきみの教会なのか、マルコ」動揺を声に出すまいとつとめる。「きみは……パルマール教会の信者だと？」

マルコは笑った。「疫病か何かみたいな言い方ですね。ぼくはローマが道を誤ったと考えてるただの敬虔なカトリック教徒ですよ」

アビラはあらためて視線をあげ、聖堂を見た。教皇と知り合いだと言ったマルコの奇妙なことばが急に理解できた──〝教皇はこの国にいらっしゃいます〟。

二年ほど前、〈カナル・スール〉というテレビ局が、〝ラ・イグレシア・オスクラ（闇の教会）〟と題して、パルマール教会の秘密を暴こうというドキュメンタリー番組を放送した。信徒数と影響力を増していることはもちろん、そもそもそんな奇妙な教会が存在することを知らなかったアビラは、番組を見て衝撃を受けた。

言い伝えによると、パルマール教会が創立されたのは、近くの牧草地で幻影を見たという地元住民たちの訴えを受けてのことだった。聖母マリアが現れ、カトリック教会には〝現代主義の異端〟が蔓延しているから、真の信仰を守らなくてはならないと諭したという。

聖母マリアはパルマールの住民に対し、別の教会を建てて、ローマの現教皇が偽者だと糾弾するよう説いた。ヴァチカンの教皇が正統ではないとするこの主張は、〝教皇座空位論〟として知られている──聖ペテロの後継たる〝座〟が文字どおり〝空〟だとする考え方だ。

そしてパルマール教会は、真の教皇は彼らの教会の創始者──グレゴリウス十七世を名乗るクレメンテ・ドミンゲス・イ・ゴメス──であり、その証拠があると主張した。教皇グレゴリウス──主流派のカトリックから見れば〝対立教皇〟――のもと、パルマール教会は着々と発展をつづけた。二〇〇五年、教皇グレゴリウスが復活祭のミサのさなかに死去すると、信者たちはその符合を天からの奇跡のしるしと見なし、グレゴリウスが神と直接つながっていたと確信した。

いま、巨大な聖堂を前にして、アビラの目にはそれが禍々しいものにしか映らなかった。

現在の対立教皇がどんな人物であれ、会う気はない。

教皇を僭称したことへの批判だけでなく、パルマール教会に対しては、洗脳やカルトまがいの脅迫を疑う声のほか、いくつかの不可解な死について責任を問う声さえあがっていた。たとえば、教会の信者ブリジット・クロスビーの一件では、ブリジットは自宅で死後数か月後に腐乱した状態で発見されたが、遺族の代理人の話では、アイルランドのパルマール教会から〝逃れることができなかった〟という。

新たな友に無礼な真似はしたくなかったものの、アビラはこのようなことを望んで来たわけではなかった。「マルコ」すまない思いでため息を漏らす。「悪いが、わたしには無理だ」

「そう言われる気がしてましたよ」マルコは動じる様子もなく答えた。「それに実は、はじめてここに来たとき、ぼくもあなたと同じでした。ぼくもいろんな噂話や悪評ばかりを耳にしてましたから。でも、はっきり言って、何もかもヴァチカンの中傷工作なんですよ」

中傷されて当然ではないか、とアビラは思った。ヴァチカンの正統性を否定したのだから。

「ローマ教会にはこちらを破門する理由が必要でした。だから嘘をでっちあげたんです。何年ものあいだ、ヴァチカンはパルマール教会に関するデマを広めてきました」

アビラは辺鄙な場所に建つ壮麗な大聖堂をもう一度見た。どうも腑に落ちない。「わからないんだが、ヴァチカンとつながりがないなら、どこからこれだけの金がはいるんだね」

マルコは微笑んだ。「カトリックの聖職者のなかにパルマール教会のひそかな支持者がどれほどいるか、その数を知ったらきっとびっくりしますよ。スペインのカトリック小教区には、ローマの主導するリベラルな変化を認めない保守派も多く、ぼくらのように従来の価値観を守ろうとする教会に、こっそり資金を流しているんです」

意外な答だが、真実味があった。カトリック教会の内部で不和が大きくなっていることをアビラ自身も感じていた――教会には近代化が必要で、そうしなければ生き残れないという考えと、教会の真の目的は世界が変化してもけっして揺るがないことだという考えに割れている。

「現教皇はすばらしいかたです」マルコは言った。「あなたのことを話したら、叙勲された将校をわが教会に迎えられるのは名誉なことだ、きょうの礼拝のあとで個人的にあなたと会いたいとおっしゃっていました。歴代の教皇と同じで、現教皇も神を見いだされる前に軍に属していらっしゃったことがあり、あなたがどんな経験をしてきたのかを理解なさっています。教皇のお話は、あなたが心の平安を見いだす助けになると思いますよ」

マルコは車からおりようとしてドアをあけたが、アビラは動けなかった。その場にすわったまま、巨大な建物を見あげ、そこにいる人々に対してやみくもな偏見をいだいたことを後ろめたく感じた。考えてみれば、パルマール教会については噂以上のことは何も知らないし、ヴァチカンにしても醜聞と無縁ではない。何より、アビラの奉じる教会は、テロ攻撃を受けたあと、まったく救ってくれなかった。修道女が言ったのは、敵を愛せとか、左の頰も向けろとか、そんなことばかりだ。

「ルイス、よく聞いてください」マルコが小声で言った。「だますようにしてここまで連れてきたのは認めます。でも、善意でしたことです……教皇に会ってもらいたくて。あのかたのことばが、ぼくの人生を一変させた。脚を失ったあと、ぼくはいまのあなたと同じところにいたんですよ。死にたかった。闇に沈んでいたぼくに、あのかたのことばが生きる目的を与えてくれました。とにかく、中へはいって講話を聞いてください」

アビラはためらった。「きみが立ちなおれたのはよかったと思うよ、マルコ。しかし、わたしはひとりでだいじょうぶだ」

「だいじょうぶですって?」マルコは声をあげて笑った。「一週間前、あなたは自分の頭に銃をあてて、引き金を引いたんですよ! だいじょうぶなわけがない」

そのとおりだとアビラにもわかっていた。一週間後に治療が終わって自宅へもどり、ひとりになったら、また途方に暮れるだろう。

「何を恐れてるんですか」マルコは迫った。「あなたは海軍将校です。艦隊を指揮していた立派な人だ! 教皇がたった十分であなたを洗脳して、人質にとるのがこわいとでも?」

何を恐れているのか、自分でもわからない。アビラはそう思いながら、怪我した脚を見つめた。妙に自分が小さく無力に感じられた。これまではずっと、人に指図をする側、監督する側だった。それが人から指図を受けることになると思うと、不安だった。

「いいでしょう」マルコがシートベルトをまた締めながら言った。「困らせてしまって、すみませんでした。無理強いするつもりはなかったんです」エンジンをかけようと手を伸ばす。

アビラは自分が愚かに思えた。相手は自分の三分の一しか生きていない、まだ子供と言ってもよいくらいの若者で、片脚を失った身なのに、怪我人に手を差し伸べようとしている。それなのに自分は感謝もせずに疑い、もったいぶった態度で応えている。

「いや」アビラは言った。「許してくれ、マルコ。喜んで話を聞かせてもらうよ」

49

カーシュのテスラ・モデルXの大きなフロントガラスは、頭の後ろのあたりでルーフと一体化しているため、ラングドンはガラスの泡のなかを漂っているような気がして、どうも落ち着かなかった。木々に囲まれたバルセロナ北部のハイウェイを走るうちに、いつの間にか制限速度の毎時百二十キロを大幅に超えていて、はっとした。この車は電動モーターの音が静かで加速がなめらかなので、どんな速度でもほとんど同じに感じる。

助手席のアンブラがダッシュボードの大きなコンピューター画面でせわしなくインターネットを検索し、あの事件が世界へ広まっているさまを教えてくれた。いよいよ陰謀の様相が濃くなっていて、中にはバルデスピーノ司教がパルマール教会の対立教皇に資金を電送していたという噂もあった──その対立教皇は保守派のカルロス主義者と軍がらみでつながっていて、エドモンド・カーシュだけでなく、サイード・アル＝ファドルとラビ・イェフダ・ケヴェシュの死にも関与しているという。

アンブラが声に出して記事を読むうちに、どこのメディアも同じ問いを投げかけているのがわかってきた。エドモンド・カーシュはいったい何を発見したのか。高名な司教とカトリックの保守的な教派が脅威に感じ、公表させまいと殺害に及ぶほどの発見とは、はたしてどういうものなのか。

「視聴者数がとんでもないことになってる」アンブラが画面から顔をあげて言った。「この事件に空前の関心が集まって……全世界の目が釘（くぎ）づけになってるみたい」

それを聞いたラングドンは、カーシュの無残な死にも、いまわしい形ながら救いはあったのかもしれないと思った。メディアの注目が集まり、世界じゅうの視聴者数が、カーシュ本人も想像できなかったほどの規模にふくれあがった。死してなお世界の耳目を引いている。

そう気づいたラングドンは、目的を果たそうとあらためて強く心に誓った——カーシュの設定した四十七文字のパスワードを突き止めて、プレゼンテーションの内容を世に公表しなくてはならない。

「フリアンからまだなんの声明もないの」アンブラは当惑混じりの声で言った。「王宮からもひとことも出てない。どう考えてもおかしいと思う。広報コーディネーターのモニカ・マルティンをよく知ってるけど、いつも透明性と情報公開を何より重視して、マスコミに曲解されないように先手を打つのよ。声明を出すようフリアンに進言してるはずなのに」

同感だ、とラングドンは思った。王宮の最高の宗教顧問が、マスコミから陰謀の——それも殺人の——疑いをかけられているのだから、目下調査中というひとことだけでも、フリアンからなんらかの声明を出すのが筋だろう。

「しかも」ラングドンは付け加えた。「エドモンドが撃たれたとき、すぐそばに未来の王妃がいたことを考えればなおさらだ。撃たれるのはきみだったかもしれないんだから。王子は少なくとも、きみが無事で安心したと声明を出さなきゃおかしい」

「ほんとうに安心したのかしら」アンブラは冷ややかに言い、ブラウザを閉じて背もたれに寄りかかった。

ラングドンはそれを横目で見た。「慰めにもならないだろうけど、わたしはきみが無事でうれしいよ。今夜は自分ひとりでは手に負えなかったと思う」

「自分ひとりですって?」イギリス訛り(なま)の声が、車のスピーカーから問いかけた。「われわれはなんと忘れっぽいことか!」

ウィンストンの憤然たるあてこすりを聞いて、ラングドンは笑った。「ウィンストン、エドモンドはきみが向きになったり取り乱したりするようにプログラムしたのかい」

「いいえ」ウィンストンは言った。「わたくしは人間の行動を観察、学習、模倣するようプログラムされております。わたくしの口調はむしろユーモアの試みと言いますか――ユーモアを持つようエドモンドから促されておりまして。ユーモアはプログラムできませんから……学習するしかないのです」

「そうか、よく学習しているよ」

「ほんとうですか」ウィンストンは言った。「そのおことばを、もう一度お聞かせください」

ラングドンは大声で笑った。「いま言ったとおり、きみはよく学習している」

気がつくと、アンブラがダッシュボードのモニターを初期設定のページにもどしていた――衛星画像の上に、この車の位置を示す小さな〝アバター〟が表示されたナビ映像だ。コルセローラ山脈を走る曲がりくねった道を進んできて、バルセロナへ向かうハイウェイB-20号線にまもなく合流するのがわかった。衛星画像上の現在位置の南に、ラングドンは気になるものを見つけた――都市部のただなかにある広い森林で、巨大なアメーバのごとく、緑地が不規則にひろがっている。

「グエル公園かな」ラングドンは尋ねた。

アンブラが画面に目をやってうなずいた。「ご明察ね」

「エドモンドは空港から自宅へ向かう途中、その公園によく寄っていました」ウィンストンが言い添えた。

意外な話ではなかった。グエル公園は、建築家アントニ・ガウディのだれもが知る傑作のひとつだ。カーシュのスマートフォンのケースにもガウディの作品が使われていた。ガウディはカーシュとよく似ている、とラングドンは思った。ふたりとも、常識があてはまらない型破りの夢想家だ。

熱心に自然を学んだアントニ・ガウディは、みずからの建築の着想を生物の形状から得ていた。〝神の作りたもうた自然界〟を参考に、生き物を思わせるなめらかな線の建築物を設計し、その多くはあたかも地面から生えているかのように見える。〝自然界に直線はない〟と本人が語ったとされ、実のところ、作品にほとんど直線は使われていない。

〝生きた建築〟や〝生物学的設計〟の先駆者とたびたび評されるとおり、ガウディは建築物を色とりどりの鮮やかな皮で〝包みこむ〟べく、木、鉄、ガラス、陶磁器を用いた斬新な技法を生み出した。

死後一世紀近くを経た現在もなお、他に類のない現代芸術をひと目見ようと、世界じゅうからバルセロナに観光客がやってくる。ガウディの作品の種類は庭園、公共建築物、私邸と多岐にわたるが、むろん最高傑作はカトリックの壮大な聖堂――サグラダ・ファミリア――である。海綿を思わせる尖塔が高々と並び立って、バルセロナの空にくっきりと映え、批評家たちはそれを〝芸術史において唯一無二の存在〟と讃えてきた。

ラングドンは以前から、ガウディによるサグラダ・ファミリア構想の大胆さに驚嘆の念をいだいている――桁はずれに大きいため、着工から百四十年近く経った現在も工事がつづいているほどだ。

今夜、ガウディの作として名高いグエル公園の衛星画像を見て、ラングドンは大学時代にはじめてそこを訪れたときのことを思い出した——おとぎ話のような世界を歩きまわり、空中回廊を支えるねじれた木を思わせる柱、うねるような不思議な形のベンチ、トカゲや魚をかたどった噴水のある岩屋、巨大な単細胞生物の鞭毛(べんもう)のごとく波打つ白い壁を見たものだ。

「エドモンドはガウディを敬愛していました」ウィンストンがつづけた。「特に、自然を有機的芸術としてとらえる思想に惹(ひ)かれていたようです」

ラングドンはまたカーシュの発見に思いをはせた。自然。有機物。創世。ガウディの名高い〝パノット〟が脳裏にひらめく——バルセロナの歩道に敷かれている六角形の舗装タイルだ。タイルの一枚一枚に、一見意味のない、のたうつ渦巻きのような同じ図案が刻まれているが、正しい向きに合わせて並べると、驚くべき模様が——プランクトンや微生物や海中植物を配した水中の光景が——浮かびあがる。地元の人々はこの図案を〝ラ・ソパ・プリモルディアル（原始スープ）〟と呼ぶことが多い。

ガウディの原始スープか。ラングドンは生命の起源に対するカーシュの興味とバルセロナの街とがみごとに嚙(か)み合うのに気づき、またしても驚きを覚えた。科学上の通説では、生命は地球の原始スープのなかではじめて宿ったとされる——太古の海洋で、火山から噴き出た多様な化学物質が攪拌(かくはん)され、やむことのない嵐のなかで雷が繰り返し落ちるうちに……突然、ユダヤの伝説の泥人形(ゴーレム)のように、最初の単細胞生物が誕生したと考えられている。

「アンブラ」ラングドンは言った。「きみは美術館の館長だから、エドモンドと美術について話し合う機会が多かったはずだ。特にガウディのどこに感銘を受けたか、エドモンドは言っていなかったかな」

「さっきのウィンストンの説明がすべてよ」アンブラは答えた。「ガウディの建築は、自然そのものによって作られたかのようで、それを支える柱は地面から生えているかのよう。そして、タイル細工は太古の海の生物を思わせる」肩をすくめる。「理由はどうあれ、エドモンドはガウディに心酔してスペインに移り住んだ」

ラングドンは驚いてアンブラを見た。カーシュは世界数か国に家を持っているが、最近スペインに落ち着くことにしたと聞いている。「こっちに住んだのはガウディの作品が目当てだったのか？」

「ええ、たぶん」アンブラは言った。「前に〝どうしてスペインなの〟って訊いたら、唯一無二の物件を借りられる貴重な機会だからだと言ってたの。世界じゅうどこにもこんな物件はないって。いまのエドモンドの部屋のことだと思う」

「どこにあるんだ」

「ロバート、エドモンドは〈カサ・ミラ〉に住んでたのよ」

ラングドンは思わず訊き返した。「あの〈カサ・ミラ〉？」

「〈カサ・ミラ〉と言えばあそこしかない」アンブラはうなずいた。「去年、最上階すべてをペントハウスとして借りたの」

そのことばを呑みこむのに少し時間がかかった。〈カサ・ミラ〉はガウディの建築物のなかでも特によく知られている作品だ。層状のファサードと石造りの波打つバルコニーが目を引くその奇抜な〝家〟は、掘削された山を思わせ、〝ラ・ペドレラ（石切り場）〟という愛称でも広く親しまれている。

「最上階はガウディ美術館じゃなかったかな」ラングドンは何度か訪れたときのことを思い出して尋ねた。

「おっしゃるとおりですが」ウィンストンが答えた。「〈カサ・ミラ〉を世界遺産として保護している組織にエドモンドが寄付をし、一時的に美術館を休館して二年間居住してよいと認められたのです。何しろ、ガウディの作品はバルセロナじゅうで見られますからね」

エドモンドが〈カサ・ミラ〉のガウディ美術館に住んでいた？　たった二年だけの入居？

ウィンストンはさらに言った。「エドモンドは〈カサ・ミラ〉の建築様式をわかりやすく説明する動画の制作にも協力しています。一見に値しますよ」

「ほんとうに、すごくよくできた動画なのよ」アンブラが同意し、身を乗り出してブラウザ画面にふれた。表示されたキーボードにLapedrera.comと入力する。「これよ、見て」

「いちおう運転中でね」ラングドンは答えた。

アンブラはステアリングコラムに手を伸ばし、小型のレバーをすばやく二度引いた。ラングドンはハンドルが突然固まったような手応えを感じたが、車がみずから舵をとり、車道の中央をはずれずに走っていることにすぐさま気づいた。

「自動操縦よ」アンブラは言った。

どうしても不安がぬぐえず、ラングドンは両手をハンドルの上にかざし、足をブレーキの上に浮かせた。

「リラックスして」アンブラは手を伸ばし、ラングドンの肩にやさしく置いた。「人間が運転するよりはるかに安全だから」

ラングドンはしぶしぶ両手を膝に置いた。

「その調子」アンブラは微笑んだ。「これで〈カサ・ミラ〉の動画を見られる」

動画は、大海原の水面すれすれを飛ぶヘリコプターから撮影したのか、荒立つ波をローアングルで撮ったドラマチックな映像からはじまった。遠くに島が浮かんでいる――砕ける波の上に高さが百メートルはあろうかという断崖がそびえる石の山だ。

その山の上に文字が表示される。


ラ・ペドレラを造ったのはガウディではない

それから三十秒のあいだ、ラングドンは波が山を削りはじめ、しだいに〈カサ・ミラ〉独特の有機的な外観になっていくのを見つめた。つづいて、くぼみや洞窟めいた部屋がつぎつぎ生まれ、流れ落ちる水が階段を削り出すと、そこかしこで伸びた蔓がねじれて鉄の手すりになり、その下に苔が生えて床を覆った。

最後にカメラが海のほうへ引くと、巨大な山に彫られた、だれもが知る〈カサ・ミラ〉――〝石切り場〟――の姿が現れた。


――ラ・ペドレラ――

自然の造った傑作

カーシュに演出の才があるのはまちがいない。ラングドンはCGで作られたこの動画を見て、〈カサ・ミラ〉を再訪したくてたまらなくなった。

ラングドンは道路に目をもどすと、手を伸ばして自動操縦を切り、また自分で運転しはじめた。

「とにかく、探しているものがエドモンドの部屋にあることを祈るしかない。パスワードを見つけなくては」

50

ディエゴ・ガルサ司令官は、武装した近衛部隊の隊員四名を率いて、アルメリア広場の真ん中を突っ切った。目はまっすぐ前方を見据え、柵の外で騒ぎ立てている報道陣には取り合わない。みな、柵の隙間からこちらへテレビカメラを向け、大声でコメントを求めている。

行動を起こした人間がいることは、あの連中も見届けるだろう。

部下とともに大聖堂に着いたが、正面の入口が施錠されていたため――この時間なら当然だ――ガルサは拳銃の握りでドアを叩きはじめた。

応答なし。

ガルサは叩きつづけた。

ようやく錠がまわって、ドアが開いた。出てきたのは掃除係の女で、ドアの外に押しかけた武装隊員の一団を見て、当然ながら怯えた顔をした。

「バルデスピーノ司教はどこだ」ガルサは問いただした。

「あ……あたしは知りません」女は答えた。

「司教がここにいるのはわかっている」ガルサは言い放った。「フリアン王子もごいっしょのはずだ。ふたりを見なかったか」

女は首を横に振った。「いま来たばかりだもんで。毎週土曜の夜にお掃除を——」

ガルサは女を押しのけ、薄暗い聖堂内へ散開するよう部下に指示を出した。

「ドアを施錠して」掃除係の女に言った。「あとは邪魔にならない場所にいるように」

それからガルサは銃の撃鉄を起こし、まっすぐバルデスピーノの執務室へ向かった。


そこから広場を隔てた王宮の地下管理室で、モニカ・マルティンは冷水器のそばに立ち、我慢していた煙草をようやく吸っていた。〝政治的な正しさ(PC)〟を求めるリベラル派の運動がスペインを席捲(せっけん)したせいで、王宮のオフィスでも喫煙が禁じられたが、今夜は王宮にさまざまな犯罪の疑いが向けられているので、少々の副流煙くらいは大目に見てもらえるだろう。

目の前に並ぶテレビには、五つのニュース番組が音を消した状態で映っていて、どれもエドモンド・カーシュ暗殺事件の生中継を延々とつづけ、残酷な殺害場面を臆面(おくめん)もなく繰り返し流している。むろん、流す前にはかならず、お決まりの警告文がはいる。


注意。これから流れる映像には、一部の視聴者には適切でない画像が含まれている恐れがあります。


なんと恥知らずなのか。この手の警告は視聴者への細やかな配慮などではなく、チャンネルを変えさせないよう巧みに焦(じ)らす戦略だろう。

マルティンは煙草をもうひと口吸いながら、テレビ画面をながめていたが、どの局もたいがい〝速報〟の見出しをつけてテロップを流し、ひろがりつつある陰謀論を少しずつ伝えている。

教会が未来学者を殺害か？
科学的発見は永遠に闇のなか？
王族が雇った殺し屋か？

ニュースを伝えなさいよ。疑問符つきで、たちの悪い噂をばら撒いたりしないで。マルティンはぼやいた。

自由と民主主義には責任あるジャーナリズムが不可欠、とマルティンはつねづね思っているので、ジャーナリストが明らかなデマを流して世論を煽る——しかも、ばかげた主張をただ誘導尋問の形にすることで、法による反撃を避けようとしている——のを見るたび、失望を覚えた。

定評ある科学番組までが、そういう手口で視聴者に問いかけている。〝ペルーのこの神殿を古代の異星人が建てたというのは、ほんとうなのか？〟などと。

ふざけないで！　マルティンはテレビに向かって叫びたかった。そんなわけがない！　ばかげた質問をしないで！

目の前に並ぶテレビ画面のうち、ＣＮＮが最も礼をわきまえて番組を作っているように見えた。

予言者、空想家、創作者であった
エドモンド・カーシュを偲んで

マルティンはリモコンを手にとり、音量をあげた。

「……芸術、テクノロジー、革新を愛した人物であり」男性司会者がしんみりと言った。「未来を予測する神秘的なまでの能力の持ち主として、高く評価されていました。故人を知る人たちがおっしゃるには、コンピューター科学の分野において、エドモンド・カーシュの予測は例外なく現実になっているそうです」

「そうなんですよ、デイヴィッド」女性司会者が言った。「自分自身に対する未来予測も正しければよかったんですが」

そこで、日焼けした元気そうなエドモンド・カーシュの映像が流れた。ニューヨーク市のロックフェラー・センターの近くの歩道で記者会見を開いたときだ。「きょう、わたしは三十歳になりました」カーシュは言った。「平均余命はたったの四十八年です。けれどもこの先、医学が進んで、寿命を延ばすテクノロジーが発達し、染色体末端のテロメア再生が可能になれば、わたしの予測では百十歳の誕生日を迎えられます。そう確信していますから、実は百十歳の誕生日パーティー用に、ここの〈レインボー・ルーム〉をさっき予約してきたところです」カーシュは微笑し、ビルのてっぺんを見あげた。「全額を支払いました——八十年後の料金を、物価の上昇ぶんを加算して」

ふたたび女性司会者が画面に現れ、重々しいため息をついた。「古い諺（ことわざ）どおり、〝人は企（たくら）み、神は笑う〟ということですね」

「ええ、たしかに」男性司会者が調子を合わせた。「カーシュの死をめぐる謎に加え、発見の内容に関してもさまざまな憶測が飛び交っています」真剣な顔でカメラを見据える。「われわれはどこから来たのか。われわれはどこへ行くのか。興味深いふたつの問いです」

「そこで当番組では、この問いに答えるべく」女性司会者が興奮した口調で付け加えた。「その道に精通したふたりの女性にお越しいただきました――ヴァーモントの米国聖公会の司祭と、カリフォルニア大学ロサンゼルス校の進化生物学者のかたがたです。このあとコマーシャルをはさんで、おふたりの考えをうかがいましょう」

マルティンには先の展開が読めた――そのふたりは両極端の考えのはずだ。そうでなければ、番組に呼ばれるわけがない。きっと司祭のほうは「われわれは神のもとから来て、神のもとへ行く」などと語り、それに対して進化生物学者は「われわれは類人猿から進化して、絶滅へ向かう」などと述べるのだろう。

結局ふたりが明らかにするのは、うまく興味を煽れば視聴者はなんでも見るということだけだ。

「モニカ！」どこか近くからバラの大きな声がした。

マルティンが振り返ると、電子セキュリティ部門の責任者が駆けるようにして角を曲がってくるのが見えた。

「どうしたの？」マルティンは尋ねた。

「たったいま、バルデスピーノ司教からぼくに電話があったんだ」バラは息をはずませて言った。

マルティンはテレビの音量を絞った。「司教から……あなたに？　何をするつもりか言ってた？」

バラはかぶりを振った。「訊かなかったし、向こうも言わなかった。電話サーバーのデータを確認できるか知りたいって話だった」

「意味がわからないんだけど」

「コンスピラシーネットがどう報じてるかは知ってるだろう？　今夜、イベント直前にこの王宮内のだれかがグッゲンハイム美術館に電話をかけて、アビラの名前を招待客リストに加えるようアンブラ・ビダルに要請したって」

「ええ。その件を調べるよう、あなたに頼んだはずよね」

「そう、バルデスピーノはきみと同じことを頼んできたんだよ。王宮の電話交換システムにログインして、その通話記録を見つけ、王宮内のどこから発信されたのかを突き止めてくれと言われた。できれば、だれがかけたのかもわかるとありがたいって」

バルデスピーノが最も怪しいと思っていたので、マルティンは困惑した。

「グッゲンハイムの言い分では」バラはつづけた。「今夜、イベント開始直前に、受付がマドリード王宮の代表番号からの電話を受けた。あっちの通話履歴に残ってるそうだ。ところが、問題があってね。ぼくが王宮の電話交換システムの記録を調べて、その時刻のタイムスタンプがある発信を探したら」かぶりを振る。「なかったんだ。一本もね。王宮からグッゲンハイムへの発信記録を何者かが削除したんだよ」

マルティンは長々と同僚を見つめた。「それができるアクセス権限を持ってるのはだれ?」

「まさに同じことをバルデスピーノに訊かれたよ。だからほんとうのことを答えた。電子セキュリティ部門の責任者である自分は、その記録を削除できる立場にあるが、そんなことはしていない。そして、通話記録にアクセスする権限を持つ人物はほかにひとりだけで、それはガルサ司令官だって」

マルティンはバラを凝視した。「まさかガルサが通話記録を改竄したと思ってるの?」

「筋は通る」バラは言った。「なんと言っても、ガルサの仕事は王宮を守ることだからね。もし捜査がおこなわれても、王宮側からすれば、そんな通話はなかったことになる。理屈の上では、われわれは無理なく否定できるんだ。記録を消去することで、王宮は難を免れる」

「免れる?」マルティンは声を荒らげた。「その電話がかけられたことに疑問の余地はないのよ!アンブラがアビラを招待客リストに加えた! グッゲンハイム美術館の受付係も、きっとそう証言を――」

「それはそうだが、美術館の若い受付係が証言したところで、相手は王宮全体だ。記録を見るかぎり、そんな通話はなかったわけだし」

バラの紋切り型の判断はあまりに楽観的に思えた。「それで、いま言ったことをそのままバルデスピーノに話したの?」

「事実だからね。ガルサ自身が電話をかけたかどうかまではわからないけど、王宮を守るために記録を削除したのはガルサではないか、と伝えたよ」バラはことばを切った。「ただ、司教との電話を終えたあと、気づいたことがあったんだ」

「というと?」

「厳密に言えば、サーバーへのアクセス権限を持つ第三の人物がいる」バラは不安げに室内を見まわしてから、マルティンに身を寄せた。「フリアン王子のログインコードがあれば、すべてのシステムに無制限でアクセスできる」

マルティンは目を見開いた。「ばかばかしい」

「ばかげてるのはわかってる。でも、王子は王宮にいたんだ。問題の電話がかけられた時刻には、居住区でひとりきりだった。電話をかけたあと、ログインしてサーバーにアクセスし、記録を削除するのはたやすかったはずだ。ソフトウェアは簡単に操作できるものだし、王子はまわりが思ってるよりもずっとコンピューターにくわしい」

「スレシュ」マルティンは鋭い声で言った。「あなた、ほんとうにフリアン王子が――未来のスペイン国王が――エドモンド・カーシュを殺すために、みずからグッゲンハイム美術館に刺客を送りこんだと考えてるの？」

「わからない」バラは言った。「ぼくが言えるのは、その可能性があるってことだけだ」

「なんのためにフリアン王子がそんなことを？」

「それは、だれよりもきみがよくわかってるはずだ。アンブラとエドモンド・カーシュがふたりきりでいた件で、たちの悪いマスコミに手を焼かされたのを覚えてるだろう？　バルセロナの自宅にカーシュがアンブラを連れていった件だよ」

「あれは仕事でしょう！　ビジネスよ！」

「政治は体裁がすべてだ」バラは言った。「きみがそう教えてくれたんだよ。それに、きみもぼくも、王子の求婚が本人の思いどおりにはうまく運んでないのを知ってる」

電話が電子音を発し、バラは着信メッセージを読んだ。不審の念で表情が曇る。

「なんなの？」マルティンは訊いた。

バラは無言で背を向け、セキュリティセンターへ駆けもどった。

「スレシュ！」マルティンは煙草を揉み消して追いかけ、バラの部下が使っているセキュリティ用ワークステーションの前へ行った。技術者が粒子の粗い監視テープを再生している。

「なんの映像？」マルティンは尋ねた。

「大聖堂の裏口です」技術者は言った。「五分前の」

マルティンとバラは身を乗り出して映像を見つめた。若い侍者が大聖堂の裏から出てきて、あまり人の多くない大通りを急ぎ足で進み、おんぼろのオペル・セダンのロックを解除して乗りこんだ。

なるほど、ミサが終わって帰宅するのね、とマルティンは思った。それがどうしたっていうの？

画面では、オペルが発進して少し移動したあと、大聖堂の裏門——さっき映っていた門——のすぐ近くで停車した。間を置かず、その門からふたつの黒い影が身を低くして出てきて、侍者の運転する車の後部座席に飛び乗った。乗りこんだふたりは——まちがいなく——バルデスピーノ司教とフリアン王子だ。

数秒後、オペルは一気に加速し、角を曲がってカメラの視界から消えた。

51

〈カサ・ミラ〉の名で知られるガウディの一九〇六年の傑作は、プロベンサ通りとグラシア通りの角に、粗く削った山のごとくそびえている。これは賃貸住宅でありながら、不朽の芸術作品でもある。ガウディが曲線の果てしない連なりとして構想した七階建ての建物は、波打った石灰石のファサードですぐに見分けがつく。曲がったバルコニーや不均衡な外形は、建物に生き物めいた息吹を与えていて、まるで数千年にわたって吹きつけていた風が、荒れ果てた峡谷さながらのくぼみや曲線を削り出したかのようだ。

当初は度肝を抜くモダニズムの設計が近隣住民に敬遠されたものの、〈カサ・ミラ〉は美術評論家たちに広く賞賛され、またたく間にバルセロナの珠玉の建築物となった。発注した実業家ペレ・ミラは、三十年にわたって妻とともに広大な主室で暮らしつつ、残りの二十室を賃貸していた。今日に至るまで、グラシア通り九二番地の〈カサ・ミラ〉は、スペイン全土でも一、二を争うほど入居がむずかしい憧(あこが)れの住所と見なされている。

ロバート・ラングドンは、車がまばらに行き交う美しい並木道をカーシュのテスラで走りながら、目的地に近づいているのを感じた。グラシア通りはパリのシャンゼリゼのバルセロナ版だ――幅の広さも風格も群を抜いていて、完璧(かんぺき)な美観のなかに高級ブランドの路面店が建ち並んでいる。

シャネル……グッチ……カルティエ……ロンシャン……

ようやく、ラングドンは二百メートル先にそれを見つけた。

下方から柔らかく照らされた〈カサ・ミラ〉は、表面が粗く白っぽい石灰石と湾曲したバルコニーのおかげで、近隣の直線的な建物のなかでひときわ目立っていた。まるで、美しい珊瑚(さんご)のかけらが海岸に打ちあげられて、コンクリートブロックの浜に落ち着いたかのようだ。

「これを心配してたの」アンブラが言い、瀟洒(しょうしゃ)な通りの先を緊張気味に指さした。「見て」

ラングドンは〈カサ・ミラ〉の前の広い歩道へ目を移した。正面に報道陣のトラックが五、六台停まっていて、おおぜいの記者がカーシュの住まいを背景に実況中継をしているようだ。警備員が何人か配置され、群衆を玄関へ近寄らせないようにしている。カーシュの死は、本人にまつわるあらゆるものをニュースの材料に変えたらしい。

ラングドンは駐車できる場所がないかと路肩に目を走らせたが、まったく見あたらず、走行中の車も滞りなく流れていた。

「身をかがめて」報道陣の集まる角をそのまま通過するしかないと判断し、ラングドンはアンブラにそう促した。

アンブラは座席から滑りおりて床にしゃがみ、外から見えないよう姿を隠した。ラングドンは集団から顔をそむけて、その角を走り過ぎた。

「正面玄関はすっかり囲まれているようだ」ラングドンは言った。「はいる隙はない」

「右折してください」ウィンストンが自信満々な口調で割りこんだ。「こういうこともあろうかと想像しておりました」


ブロガーのエクトール・マルカーノは沈鬱な思いで〈カサ・ミラ〉の最上階を見あげながら、エドモンド・カーシュがほんとうに逝ったという事実をどうにか受け入れようとしていた。

三年にわたって、エクトールはバルシーノ・ドットコム――バルセロナの起業家や最先端企業向けの定評あるプラットフォーム――に技術記事を寄稿してきた。偉大なエドモンド・カーシュがここバルセロナに住んでいるというだけで、ほかならぬゼウスの足もとで働いている気分だった。

エクトールがカーシュとはじめて対面したのは一年余り前で、この伝説的な未来学者は、バルシーノの定例の看板イベント――〝大失敗ナイト〟――で話をすることを快諾してくれた。大成功をおさめた起業家がみずからの最大の失敗について語るそのセミナーで、カーシュがきまり悪そうに聴衆に打ち明けたのは、E-WAVEという量子コンピューター――すべての科学分野、とりわけ複雑系のモデル化にかつてない進歩を促すであろう、きわめて高速な演算処理能力を有するマシン――の開発に、六か月で四百万ドル以上をつぎこんだということだった。

「残念ながら」カーシュは認めた。「これまでのところ、量子コンピューティングでは大飛躍ならぬ大挫折だよ」

今夜、カーシュが世界を揺るがす発見を公表する予定だと知ったとき、エクトールはE-WAVE関連のものかもしれないと考えて胸を躍らせた。ひょっとして実現の秘策が見つかったのか？　しかしカーシュの哲学じみた前口上を聞いて、その発見はまったく別の何かだろうと察した。

その内容を知ることはもう永遠にできないのだろうか。そう思うとエクトールの心は沈み、ブログ記事のためではなく、心から追悼したくてカーシュ宅へやってきたのだった。

「E-WAVEだ！」だれかが近くで叫んだ。「E-WAVEだぞ！」

エクトールのまわりで、集まっていた人々がいっせいにつややかな黒のテスラを指さしてカメラを向けはじめた。その車はゆっくりと広場へ進入し、ハロゲンヘッドライトをぎらつかせてじりじりと群衆のほうへ向かっていた。

エクトールは見慣れた車を驚きの目で見守った。

〝E-WAVE〟のナンバープレートがついたカーシュのテスラ・モデルXは、ローマでの教皇専用車と同じくらい、バルセロナでは有名だ。カーシュはよく、プロベンサ通りのダニエル・ビオール宝石店前の道路でわざわざ二重駐車をしては、車をおりてサインに応じながら、自動駐車機能を作動させて野次馬を沸かせていたものだ。無人のテスラは、あらかじめプログラムされた経路で通りを走り、広い歩道を横断して——歩行者や障害物は車のセンサーが感知する——車庫の入口へ行き、門が開くと、〈カサ・ミラ〉地下の専用駐車スペースへ向かって螺旋状の傾斜路をゆっくりとくだっていった。

自動駐車機能——車庫のシャッターをあけ、まっすぐに入庫し、エンジンを切るまでが容易にできる——はテスラの全モデルに標準装備されているが、カーシュは愛車のテスラのプログラムを得々として書き換え、より複雑な経路をたどれるようにしていた。

何もかもショーの一部だ。

今夜のショーはずいぶん奇妙だった。カーシュが死去したというのに、本人の車がこうして現れ、プロベンサ通りを徐行して歩道を横切ったのち、車庫の美麗な門に向きを合わせて、人垣を分けながら少しずつ前進している。

車へ駆け寄った記者やカメラマンが、濃い着色ガラスの窓越しに車内をのぞきこんで、驚きの声をあげた。

「だれも乗ってない！　運転手もいないぞ！　こいつはどこから来たんだ」

〈カサ・ミラ〉の警備員たちはこの芸当を前にも見たことがあるらしく、テスラから人々を引き離し、開きつつある車庫の門から遠ざけていた。

エクトールは、カーシュの無人の車がゆっくりと車庫をめざすのを見て、飼い主を失った犬がひっそり家に帰っていくさまを思い浮かべた。

幽霊のごとく静かに車庫の入口を抜けたテスラは、カーシュの愛車に心のこもった拍手を浴びせはじめた群衆に見送られながら、これまで幾度となくそうしてきたように、バルセロナ最古の地下駐車施設へ向かって螺旋状の傾斜路をくだっていった。

「あなたがそんなにひどい閉所恐怖症だったなんて」ラングドンの横でテスラの床に伏せたまま、アンブラが小声で言った。ふたりは座席の二列目と三列目のあいだのせまい空間に身を押しこめ、アンブラが荷室から出してきた黒いビニールの自動車カバーの下に隠れていたので、着色ガラスの窓越しには姿が見えなかった。

「なんとか耐えるさ」ラングドンは震え声で言ったが、それよりも自動運転の車に不安を感じていた。車が螺旋状の急な傾斜路をくだっているのがわかり、いつ衝突するかと気が気でなかった。

二分前、プロベンサ通りのダニエル・ビオール宝石店の外で二重駐車をしているあいだに、ウィンストンがきわめて明瞭(めいりょう)な指示をふたりに与えた。

アンブラとラングドンは、車からおりずにモデルXの座席の三列目まで移動し、それからアンブラがスマートフォンのボタンをひとつ押して、この車向けに調整された自動駐車機能を作動させた。

暗がりのなかで、ラングドンは車が通りをゆっくりと自動走行しているのを感じた。隙のない空間でアンブラの体が自分の体に押しつけられると、十代のころにはじめて車の後部座席でかわいい女の子と過ごしたときのことを思い出さずにはいられなかった。あのときはもっと緊張していたな、とラングドンは懐かしんだが、未来のスペイン王妃と密着して運転手なしの車に横たわっていることを思うと、なんだか不思議だった。

車は傾斜路をくだりきったらしく、そこから直進して、何度か低速で曲がったのち、なめらかに完全停止した。

「着きました」ウィンストンが言った。

すぐさまアンブラが黒いカバーをどけ、そろそろと身を起こして、窓の外をのぞいた。「だれもいない」と言って、車の外へ出る。

ラングドンもそのあとにつづき、広々とした車庫におり立ってひと息ついた。

「エレベーターはメインロビーにあるの」アンブラは言い、おりてきた傾斜路の上方を手で示した。

だがその瞬間、ラングドンの目は思いがけないものに釘づけになった。カーシュの駐車スペースのすぐ前にあるコンクリートの壁に、豪華な額におさまった海辺の風景画が掛けられている。

「アンブラ」ラングドンは言った。「エドモンドは自分の駐車スペースに絵を飾っていたのか」

アンブラはうなずいた。「わたしも本人に同じことを訊いたの。帰宅するたびに燦然たる美に迎えてもらうための手立てなんですって」

ラングドンはくすりと笑った。独身貴族め。

「その絵の作者はエドモンドが大いに崇敬していた人物です」ウィンストンが言った。その声はもう自動的に切り替わって、アンブラの手にしたカーシュのスマートフォンから発せられている。「だれだかおわかりになりますか」

ラングドンにはわからなかった。それはよく描けた水彩の海景画にしか見えなかった――カーシュのいつもの前衛趣味とはかけ離れている。

「チャーチルよ」アンブラが言った。「エドモンドはしじゅうチャーチルを引用していた」

チャーチル。一瞬だれのことかわからなかったが、それがウィンストン・チャーチルにほかならないことにラングドンは思い至った。そのイギリスの名高い政治家は、軍事上の英雄にして、歴史家、雄弁家、ノーベル賞作家であるのみならず、卓越した才能を持つ画家でもあった。いま思い出したが、カーシュはかつて、宗教関係者からきらわれていることを指摘されたとき、このイギリス元首相のことばを引用して切り返していた――〝敵がいる？　いいじゃないか。それは何かのために立ちあがったことがある証だ〟。

「エドモンドが何より惹かれたのは、チャーチルの多才ぶりでした」ウィンストンが言った。「ひとりの人間があれほど広範な活動分野においてすぐれた技量を示した例はほとんどありません」

「それでエドモンドはきみを〝ウィンストン〟と名づけたのか」

「さようです」ウィンストンは答えた。「エドモンドからの最高の賛辞です」

訊いてよかった、とラングドンは思った。ウィンストンという名前は、ワトソン——何年か前にクイズ番組の〈ジェパディ！〉で活躍したＩＢＭ製のスーパーコンピューター——を意識してつけた名前かと想像していたからだ。いまやワトソンは、合成知能の進化段階で言うと、単細胞の原生動物であるバクテリアと同等と見なされるにちがいない。

「よし、それじゃあ」ラングドンはエレベーターを指さして言った。「上へ行って目当てのものを探そう」


ちょうどそのころ、マドリードのアルムデナ大聖堂内では、ディエゴ・ガルサが携帯電話を握りしめ、王宮の広報コーディネーター、モニカ・マルティンからの最新報告を信じがたい思いで聞いていた。

バルデスピーノとフリアン王子が安全な王宮を抜け出した？

ふたりが何を考えているのか、ガルサはまったく想像もつかなかった。

侍者の車でマドリードの街を走りまわる？　正気の沙汰じゃない！

「各交通機関に連絡することはできます」マルティンは言った。「スレシュの考えでは、交通監視カメラで追跡が可能だと——」

「だめだ！」ガルサは言いきった。「だれに対してであれ、王子が護衛もなしに宮殿の外にいる事実を知らせるのはあまりに危険だ！　王子の身の安全を第一に考えろ」

「承知しました」マルティンは言い、にわかに気まずそうな口調になった。「ほかにもお知らせすることがあります。削除された通話記録の件で」

「待て」四人の部下が近寄ってきたことに気づいて、ガルサは言ったが、どうしたことか、四人はつかつかと歩み寄ってまわりを取り囲んだ。ガルサが反応する間もなく、部下たちは慣れた動きで拳銃と電話を取りあげた。

「ガルサ司令官」年長の隊員が無表情に言った。「あなたを逮捕するよう、じきじきに命令を受けております」

52

〈カサ・ミラ〉の形は無限大の記号に似ている――折り返す曲線が交差してふたつのいびつな輪を作り、それぞれが竪穴となって建物を貫いている。屋根のないそれらの光庭はどちらも三十メートルほどの深さがあり、壊れかけた管のようにゆがんだ形をしていて、空中からだと、屋上にふたつの巨大な排水口があるように見える。

せまいほうの光庭の底から上空を見あげたラングドンは、なんとも落ち着かなかった――巨獣の喉に引っかかったような気分だった。

足もとの石敷きの床は、傾斜していて平坦ではない。上まで突き抜けた空間の内側に沿って螺旋階段が設けられ、錬鉄製の手すりには、海綿の不ぞろいな空洞に似た格子細工が施されていた。からまる蔦やたわむヤシの葉が小さなジャングルを形作り、すべてを覆いつくそうとするかのように柵からはみ出ている。

息づく建築物だな。ラングドンはそう思い、生き物に近い質感を作品に吹きこむガウディの才に感嘆した。

ふたたび視線をあげ、〝喉〟の側面の湾曲した壁をたどっていくと、茶や緑のタイルとまだら模様をなす、淡い色調のフレスコ画に描かれた植物や花が、吹き抜けの上の楕円形に切りとられた夜空へ向かって伸びているように見えた。

「エレベーターはこっちよ」アンブラがささやき、先に立って光庭の端を進んだ。「エドモンドの部屋はずっと上」

小さくて窮屈なエレベーターにふたりで乗りこみながら、ラングドンは最上階の屋根裏部屋の記憶をよみがえらせた。ここで催されたガウディの小規模な展覧会を見るために一度訪れたことがある。覚えているかぎりでは、〈カサ・ミラ〉の屋根裏は暗く曲がりくねった部屋が連なっているだけで、窓もほとんどなかった。

「エドモンドはその気ならどこにでも住めたのに」エレベーターが上昇をはじめると、ラングドンは言った。「屋根裏を借りていたなんて、まだ信じられない」

「変わった住まいよね」アンブラも同意した。「でもご承知のとおり、エドモンドはすごく変わった人だったから」

エレベーターが最上階に着くと、ふたりは小ぎれいな廊下におり立ち、新たな螺旋階段を使って最上部の専有通路までのぼりつめた。

「ここよ」アンブラは言い、取っ手も鍵穴もないなめらかな金属のドアを示した。この建物にはどう見ても不似合いな未来志向の入口は、カーシュが増設したものにちがいない。

「鍵の隠し場所はわかると言っていたね」ラングドンは言った。

アンブラはカーシュのスマートフォンを掲げてみせた。「全部同じところに隠してあるみたいよ」

ドアに電話を押しつけると、電子音が三度鳴り、いくつかのデッドボルトが解錠される音がした。

アンブラは電話をポケットにしまって、ドアを押しあけた。

「どうぞお先に」大仰な身ぶりで促す。

ラングドンが足を踏み入れたのは、ほのかな明かりのともった玄関ホールで、壁と天井が白っぽい煉瓦(れんが)でできていた。床は石敷きで、空気が薄い気がする。

ホールを進んで開けた空間に出ると、真正面の奥の壁に、美術館並みのスポットライトでみごとに照らされた巨大な絵が掛かっていた。

その作品を見るなり、ラングドンは足を止めた。「まさか、あれは……本物か?」

アンブラはにっこり笑った。「そうよ。機中で話すつもりだったけど、あなたをびっくりさせることにしたの」

ことばもなく、ラングドンはその傑作に歩み寄った。横幅が四メートルぐらい、高さが一メートル半ぐらいだろうか――かつてボストン美術館で見たときの記憶よりもはるかに大きい。匿名のコレクターに売却されたのは聞いていたが、それがエドモンドだったとは!

「この部屋ではじめてそれを見たとき」アンブラは言った。「エドモンドがこういう作風の絵を好むというのが信じられなかった。でも、今年あの人が何に取り組んできたかを知ったいまは、あまりにもぴったりだと思う」

半信半疑のまま、ラングドンはうなずいた。

世に知られたこの傑作は、フランスの後期印象派の画家ポール・ゴーギャン――十九世紀末に印象派の活動を象徴する存在となり、現代美術への道を開いた革新的な画家――の代表作のひとつだ。

その絵に歩み寄りながら、ラングドンがまず驚いたのは、ゴーギャンの用いた色づかいが、やはり自然らしい風景を表現している〈カサ・ミラ〉の玄関の色調――生き物の緑や茶や青が混じり合ったもの――にきわめて近いことだった。

描かれた人々や動物たちも興味深かったが、ラングドンの目はすぐさま、左上の隅――この作品の題名がフランス語で記された明るい黄色の個所――に引きつけられた。

ラングドンは息を呑(の)んで、そのことばを読んだ――ドゥ・ヴノン・ヌ……ク・ソム・ヌ……ウ・アロン・ヌ。

〝われわれはどこから来たのか〟……〝われわれは何者か〟……〝われわれはどこへ行くのか〟。

帰宅して毎日この問いと向き合っていたことが、カーシュに直感を与える助けとなったのだろうか、とラングドンは考えた。

アンブラが絵の前にやってきて、ラングドンと並んだ。「エドモンドが言うには、家にはいるたびにこの問いかけを見て意欲を燃やしたかったそうよ」

いやでも目につく、とラングドンは納得した。

ここまで目立つ場所に飾っていたことからすると、この絵自体にカーシュの発見に関する何かの手がかりがあるのではないかとラングドンは思った。一見したところ、この絵の主題は先進的な科学上の発見のヒントとなるには原始的すぎるように思える。大雑把でむらのある筆づかいで描かれているのはタヒチの密林で、土地の人々や動物たちがとりどりに暮らしている。

この絵についてはよく知っているが、ゴーギャンはたしか、これが右から左へ――フランス語の文のふつうの読み方とは逆向きに――〝読まれる〟ことを意図していたはずだ。そこでラングドンはさっそく、見覚えのある人物たちを右から目でたどりはじめた。

右端には、人生のはじまりを表す、巨石の上で眠る赤ん坊。〝われわれはどこから来たのか〟。

中央には、日々の営みをおこなう、年齢も性別もさまざまな人々。〝われわれは何者か〟。

そして左端には、ひとりで坐して考えこみ、みずからの死に思いをはせるかのような老女。〝われわれはどこへ行くのか〟。

カーシュから新発見の要点をはじめて聞かされたとき、即座にこの絵のことを思いつかなかったのが不思議なくらいだった。われわれの起源は？　われわれの運命は？

ラングドンは絵を構成するほかの要素に目を向けた。特に何をしているでもなさそうな、犬や猫や鳥たち。後方の原始的な女神像。山や、からみついた根や、木々。そしてもちろん、老女の足もとにはよく知られた〝奇妙な白い鳥〟がいるが、これはゴーギャンによると〝ことばの不毛さ〟を表しているという。

不毛かどうかはさておき、とラングドンは思った。自分たちは〝ことば〟を求めてここへ来た。願わくは、四十七文字のことばを。

一瞬、この絵の独特な題名が、探しているパスワードに直接結びつくのかもしれないと思い、ラングドンはあわててフランス語と英語の両方で文字数をかぞえたが、どちらも四十七にはならなかった。

「まあいい、詩の一行を探そう」ラングドンは期待をこめて言った。

「エドモンドの書庫はこっちよ」アンブラがそう言って指し示した左手の広い廊下の先には、美しい家具調度が設えられ、そこにガウディの仕事に関連したさまざまな展示品が置かれていた。

エドモンドは美術館に住みついていたのか？　ラングドンはいまだに得心がいかなかった。〈カサ・ミラ〉の屋根裏は、格別居心地のいい場所というわけではない。全体が石と煉瓦でできたこの屋根裏には、高さの少しずつちがう二百七十のパラボラアーチがおよそ一メートルの間隔で連なっていて、平たく言えば〝肋骨が途切れなく並んだ蛇腹状のトンネル〟のようなものだ。窓はきわめて少なく、空気は乾いて清らかな感じがあり、ガウディの展示品を保護するために厳重に調整されているのは明らかだった。

「すぐそっちへ行くよ」ラングドンは言った。「その前にトイレへ行きたいんだが」

アンブラは入口のほうを困ったように見やった。「エドモンドからはいつも、下のロビーのを使うように言われてたの……この部屋のバスルームをなぜか見せたがらなくて」

「男のひとり住まいだ――たぶん自分のバスルームは散らかっていて、恥ずかしかったんだろう」

アンブラは微笑んだ。「そうね、あっちだと思う」書庫とは反対側のひどく暗いトンネルの先を指さす。

「ありがとう。すぐにもどる」

アンブラはカーシュの書庫へ向かい、ラングドンは逆方向のせまい廊下を進んだ。煉瓦のアーチが形作る印象的なトンネルは、地下の洞窟や中世の地下墓所を思い出させる。気味の悪いことに、そのトンネルを歩いていくと、人感センサー式のライトがおのおのアーチの根もとでぼうっと光り、足もとを照らした。

しゃれた読書スペース、こぢんまりした運動スペース、そして食品庫の横を通り過ぎたが、どのスペースにもガウディのデッサンや建築図面や立体模型をさまざまに展示したテーブルが置かれていた。中でも、照明のあてられた〝生物学的〟作品群の展示テーブルの横を通るときは、その内容――先史時代の魚の化石、美しいオウムガイの貝殻、蛇のくねくねした抜け殻――に驚いて思わず足を止めた。ラングドンはつかの間、この科学関連の展示物はカーシュ自身が陳列したにちがいないと思った――もしかすると、生命の起源の研究に関係があるのかもしれない。ところが、すぐに展示ケース上の注釈が目に留まり、それらの陳列品はガウディが所有していたもので、この家のさまざまな建築上の特色がそこに見てとれることがわかった――魚の鱗(うろこ)は壁のタイルの模様、オウムガイは車庫へ至る螺旋状の傾斜路、そして文字どおり蛇腹状の蛇の抜け殻はこの廊下そのものだ。

そこにガウディの謙虚なことばが添えられていた。

どんなものも新たに生み出すことはできない、それはもとから自然に記されているのだから。
独創性(オリジナリティ)は起源(オリジン)への回帰によって成り立つ。

――アントニ・ガウディ

ラングドンは肋骨のようなアーチが連なる曲がりくねった廊下に目を転じ、あらためて生き物の体内にいるように感じた。

エドモンドにうってつけの家だな。科学に触発された芸術か。

蛇のトンネルの最初のカーブをたどると、空間が広くなり、人感センサー式の照明がともった。ラングドンは、廊下の真ん中にあるガラスの大型展示ケースにたちまち目を奪われた。

　カテナリー模型か、とラングドンは思った。ガウディのこうした独創的な試作品にはつねづね驚嘆させられていた。〝懸垂線（カテナリー）〟とは、ふたつの固定点のあいだにゆるく垂れさがった紐（ひも）──ハンモックや、映画館などで使われる二本のガイドポールのあいだに架けられたベルベットのロープなど──が形作る曲線を指す建築用語だ。

　目の前のカテナリー模型では、十数本の鎖がガラスケースの頂からだらりと垂れ、長々と急降下してまた急上昇する締まりのないU字形をなしている。重力による伸張は圧縮の逆であるため、ガウディは鎖がそれ自体の重さで自然にぶらさがったとき正確にどんな形になるかを研究し、その形状を真似ることで、重力による圧縮の建築学上の難題を解決した。

　だが魔法の鏡が要るな、と思いながら、ラングドンはケースに近づいた。予想どおり、ケースの底は鏡になっていて、下をのぞきこむと魔法のようなものが映っていた。模型全体が逆さまで、垂れさがった何本もの鎖はそびえ立つ尖塔（せんとう）群と化している。

　ケースのなかに見えるのは、ガウディの高層建築サグラダ・ファミリアの上下逆さまの空中写真だ、とラングドンは気づいた。あのゆるやかな曲線を描く尖塔がまさにこの模型を用いて設計されたのだとしても、まったく不思議ではない。

　廊下をさらに進んでいくと、みやびやかな睡眠スペースに着いた。古風な四柱式ベッドや、サクラ材の衣装戸棚や、象嵌（ぞうがん）細工の施されたチェストがある。壁にはガウディの設計図がいくつも飾られていたが、それらもまた美術館の展示品にしか見えなかった。

その部屋に追加されたらしい唯一の芸術作品は、カーシュのベッドの上の壁に大きく飾られた引用文のカリグラフィーだった。最初の一文を読んだだけで出典がわかった。

神は死んだ。神はよみがえらない。殺(あや)めたのはわれわれだ。
あらゆる殺害者のなかでも最たる殺害者のわれわれが、心を休めることなどできようか。

――ニーチェ

〝神は死んだ(ゴット・イスト・トート)〟は、十九世紀ドイツの著名な哲学者にして無神論者のフリードリヒ・ニーチェが記した最も名高い三語の文だ。ニーチェは容赦のない宗教批判だけでなく、科学に関する考察でもよく知られていた。特にダーウィンの進化論については、それが人類をニヒリズム――人生にはなんの意味もなく、高尚な目的もなく、神が存在する明白な証拠もないという認識――の一歩手前まで導いたとニーチェは考えていた。

ベッドの上の引用文を見て、ラングドンは思った。カーシュは、あれだけ声高に反宗教を叫んではいたけれど、神の世界の一掃を試みるにあたって、心中の葛藤(かっとう)に苦しんでいたのかもしれない、と。

そのニーチェの引用文は、ラングドンの記憶では、このようなことばで締めくくられている――〝われわれが成しとげたことの偉大さは、われわれにとって大きすぎるのではないか。それに値する存在となるには、われわれがみずから神々になるしかないのではないか〟。

この大胆な考え――人は神を殺すために神になる必要があるというもの――は、ニーチェの思想の中核をなしていて、カーシュのような先端技術分野の天才たちが、みずからを神に比するゴッド・コンプレックスに陥りがちな理由のひとつなのかもしれない、とラングドンは思った。神を消し去る者は……自身が神となるしかない。

それについて考えをめぐらせているうちに、また別のことに気づいた。

ニーチェは哲学者であっただけではない――詩人でもあった！

ラングドン自身も、『孔雀と水牛』という、神や死や精神について考えた二百七十五篇の詩と箴言をおさめたニーチェの詩集を持っていた。

すぐさま、飾られている引用文の文字数を調べた。数は合わなかったものの、心に芽生えた期待が一気にふくらんだ。探している詩の作者がニーチェということはあるだろうか？　もしそうなら、エドモンドの書庫でニーチェの詩をおさめた本が見つかるのでは？　いずれにせよ、ウィンストンに頼めば、インターネット上でニーチェの詩集にアクセスして、四十七文字から成る一行を洗い出せるだろう。

早くもどってアンブラにそれを伝えたいと思い、ラングドンは寝室の先に見えるバスルームへと急いだ。

中にはいると、照明が自動で点灯し、しゃれた内装の空間に、台座つきの洗面台や独立したシャワーブースやトイレが現れた。

すぐに目を引いたのは、洗面用品や小物で散らかった骨董品のローテーブルだった。上に載った品々をよく見たとたん、ラングドンははっと息を呑んであとずさった。

ああ、そんな。エドモンド……嘘だろう。

目の前のテーブルは、裏通りのドラッグ専門店さながらだった――使用ずみの注射器、ピルボトル、中身を出したカプセル、それに血で汚れた布切れまでも。

ラングドンの心は沈んだ。

エドモンドがドラッグをやっていた？

昨今では、薬物依存症が金持ちや有名人のあいだでも残念なほど蔓延していることをラングドンは知っていた。ヘロインはいまやビールよりも安価で、アヘンに近い作用を持つオピオイド系鎮痛剤をイブプロフェンのように常用する者もいる。

依存症だったとしたら、あの痩せ方にも説明がつく、とラングドンは思った。カーシュはげっそりして目が落ちくぼんだのをごまかすために、〝絶対菜食主義者〟に転向したふりをしたのかもしれない。

ラングドンはテーブルに歩み寄って、ピルボトルのひとつを手にとり、調剤ラベルの文字を読んだ。オキシコンチンかパーコセットのような、よくあるオピオイド系薬剤のどれかだろう。

ところが、こう記されていた――〝ドセタキセル〟。

とまどいながら、別のボトルを見る――〝ゲムシタビン〟。

なんの薬だ、と思いながら、三つ目を見た――〝フルオロウラシル〟。

ラングドンは凍りついた。フルオロウラシルについてはハーヴァードの同僚から聞いたことがあり、たちまち戦慄を覚えた。つづいて、ピルボトルとともに置いてあるパンフレットが目にはいる。タイトルは〝絶対菜食主義は膵臓癌の進行を遅らせるか？〟だった。

真相を突きつけられ、ラングドンは口を大きくあけた。

カーシュは薬物依存症だったのではない。

死に至る癌とひそかに闘っていた。

（下巻につづく）

装丁　片岡忠彦

図版クレジット

P29、60、89、235：Courtesy of Fernando Estel, based on the work of Joselarucca, under Creative Commons 3.0
P41：Courtesy of Shutterstock
P55：Courtesy of Blythe Brown
P93：Courtesy of Dan Brown
P166：Courtesy of Shutterstock

ダン・ブラウン
1964年ニューハンプシャー生まれ。アマースト大学を卒業後、英語教師から作家へ転身。2003年3月『ダ・ヴィンチ・コード』を刊行、一躍ベストセラー作家の仲間入りを果たす。父は数学者、母は宗教音楽家、そして妻は美術史研究者であり画家でもある。

越前敏弥（えちぜん　としや）
文芸翻訳者。1961年石川県金沢市生まれ。東京大学文学部国文科卒。ダン・ブラウンの作品を筆頭に、60冊以上の訳書がある。単著に『翻訳百景』（角川新書）などがある。

オリジン　上

2018年２月28日　初版発行
2018年３月30日　再版発行

著者／ダン・ブラウン
訳者／越前敏弥（えちぜんとしや）
発行者／郡司 聡
発行／株式会社KADOKAWA
〒102-8177　東京都千代田区富士見2-13-3
電話　0570-002-301（ナビダイヤル）
印刷所／旭印刷株式会社
製本所／本間製本株式会社

ISBN 978-4-04-105577-9　C0097